QUANDO A LUZ SE APAGA

ROBERT BRYNDZA

QUANDO A LUZ SE APAGA

UM *THRILLER* DA SÉRIE DA DETETIVE KATE MARSHALL

TRADUÇÃO DE Guilherme Miranda

Copyright © 2021 Raven Street Ltd. Todos os direitos reservados.
Copyright desta edição © 2024 Editora Gutenberg.

Título original: *Darkness Falls: A Kate Marshall Thriller, v. 3*

Todos os direitos reservados pela Editora Gutenberg. Nenhuma parte desta publicação poderá ser reproduzida, seja por meios mecânicos, eletrônicos, seja via cópia xerográfica, sem a autorização prévia da Editora.

EDITORA RESPONSÁVEL
Flavia Lago
EDITORAS ASSISTENTES
Natália Chagas Máximo
Samira Vilela
PREPARAÇÃO DE TEXTO
Samira Vilela
REVISÃO
Claudia Vilas Gomes

CAPA
Alberto Bittencourt
(Sobre foto de
Erica Magugliani / Unsplash)
DIAGRAMAÇÃO
Guilherme Fagundes

Dados Internacionais de Catalogação na Publicação (CIP)
(Câmara Brasileira do Livro, SP, Brasil)

Bryndza, Robert
  Quando a luz se apaga / Robert Bryndza ; tradução Guilherme Miranda. -- São Paulo : Gutenberg, 2024. -- (Série Detetive Kate Marshall ; 3)

  Título original: Darkness Falls: A Kate Marshall Thriller
  ISBN 978-85-8235-726-2

  1. Ficção policial e de mistério (Literatura inglesa) I. Título. II. Série.

23-183955   CDD-823.0872

Índices para catálogo sistemático:
1. Ficção policial e de mistério : Literatura inglesa 823.0872
Cibele Maria Dias - Bibliotecária - CRB-8/9427

A **GUTENBERG** É UMA EDITORA DO **GRUPO AUTÊNTICA**

São Paulo
Av. Paulista, 2.073 . Conjunto Nacional
Horsa I . Sala 309 . Bela Vista
01311-940 . São Paulo . SP
Tel.: (55 11) 3034 4468

Belo Horizonte
Rua Carlos Turner, 420
Silveira . 31140-520
Belo Horizonte . MG
Tel.: (55 31) 3465 4500

www.editoragutenberg.com.br
SAC: atendimentoleitor@grupoautentica.com.br

Para vovó May.

PRÓLOGO

Sábado, 7 de setembro de 2002

Joanna Duncan saiu do edifício comercial e atravessou a rua de cabeça baixa. A *chuva era boa*, pensou o homem que a observava de dentro do carro. As pessoas viam menos com a cabeça baixa e os guarda-chuvas erguidos.

Joanna andava rápido em direção ao velho estacionamento Deansgate, de vários andares. Ela era baixa, tinha o cabelo loiro ondulado na altura dos ombros e traços fortes, semelhantes aos de um gnomo, mas estava longe de ser feia. Tinha a beleza natural de uma deusa guerreira e usava um longo casaco preto e botas de caubói de couro marrom. O homem esperou um ônibus passar e saiu da vaga onde estava estacionado. O ônibus espirrou água suja pela rua e, por um momento, ele perdeu Joanna de vista. Ligou os limpadores de para-brisa. Ela estava perto do ponto de ônibus, onde uma fila de gente esperava.

Às 17h40, o dia estava se encerrando, as lojas começavam a fechar; e as pessoas, a se dispersar e ir para casa. O ônibus chegou e parou no ponto. Bem quando Joanna atravessou a rua, passando por trás do veículo, o homem o ultrapassou, usando-o para se esconder.

O estacionamento de blocos de concreto cinza seria demolido dali a poucos meses, e Joanna era uma das únicas pessoas que ainda estacionavam o carro lá. Ficava perto da redação do jornal onde ela trabalhava, e ela era teimosa. Essa teimosia ajudou a colocar o plano dele em prática.

Ao virar à direita para entrar no estacionamento, o homem viu que ela estava passando perto do ônibus. A rampa dos carros dava voltas e mais voltas, e ele chegou ao terceiro andar zonzo de tanto dirigir em círculos. O Ford Sierra azul de Joanna era o único carro no andar, parado no meio de uma fileira vazia. O interior do estacionamento era mal iluminado; não havia janelas, apenas aberturas largas e rústicas espaçadas nas paredes, sem proteção contra as intempéries. Sob a luz fraca, um chuvisco tênue caía e escurecia o concreto já úmido.

O homem estacionou na vaga à esquerda da escada de serviço. Os elevadores não funcionavam, então ela usaria a escada. Ele desligou o motor e saiu do carro, depois correu até uma das aberturas que serviam de janela, com vista para a rua principal. Ele viu o topo da cabeça de Joanna enquanto ela atravessava a rua para entrar no estacionamento. Voltou às pressas para o carro, enfiou o braço lá dentro e apertou o botão para abrir o porta-malas, de onde tirou um saco plástico preto e grosso.

Joanna era rápida, porque ele mal tinha acabado de preparar o saco quando ouviu os passos dela na escada. A situação toda parecia caótica, o homem precisava pensar rápido. Ele se posicionou perto da entrada da escada. Assim que Joanna chegou ao topo, passando pela porta, ele enfiou o saco sobre a cabeça dela, puxou-a para trás e usou as alças para apertar o plástico com firmeza ao redor do pescoço.

Joanna gritou e cambaleou, derrubando a enorme bolsa que carregava. Ele puxou o saco com mais força. O plástico se assentou ao redor do crânio e inflou sobre a boca e o nariz enquanto ela tentava respirar.

Puxando o cabelo e o saco plástico juntos, ele apertou com mais força, e ela soltou um gemido estrangulado.

Uma brisa fria atravessou as aberturas na parede, e ele sentiu respingos de chuva nos olhos. Joanna se debateu e engasgou, tentando arranhar o plástico grosso. Ele era muito mais alto, mas precisou de toda a sua força para se manter firme e não perder o equilíbrio.

Sempre o surpreendia o tempo que as pessoas levavam para sufocar. A luta para sobreviver era longa demais para programas de televisão. Depois do primeiro minuto arranhando o plástico escorregadio em vão, Joanna ficou esperta e começou a atacar, dando dois socos fortes nas costelas dele e tentando acertar um chute na virilha, do qual ele conseguiu desviar.

O homem estava suando pelo esforço quando tirou uma mão do plástico, esticou o braço e apertou a garganta dela, erguendo-a do chão de concreto. O saco então se tornou uma forca, acelerando a morte.

Joanna esperneou no ar e deu um gemido estridente e terrível, como se estivesse totalmente sem fôlego. Após um último tremor, ela ficou imóvel. Ele a segurou pendurada por mais um momento e então a soltou. O corpo caiu no piso de concreto com um baque surdo e repulsivo. Ele estava encharcado de suor, tentando recuperar o fôlego. Tossiu, e o som ecoou pelo vasto espaço vazio. O estacionamento fedia a urina e umidade. Ele sentiu o ar frio na pele e olhou ao redor. Ajoelhou-se, deu um nó no saco plástico atrás da nuca de Joanna e arrastou o corpo até o carro. Ele a deitou no chão, no espaço entre o carro e a parede externa do poço do elevador. Depois abriu o porta-malas e ergueu o corpo inerte, passando um dos braços embaixo das pernas dela e o outro sob os ombros, como um noivo carregando a noiva para casa. Ele a colocou no porta-malas, cobriu-a com um lençol e fechou a porta. Com um lampejo de pânico, viu que a bolsa dela ainda estava no chão ao lado da escada. Ele a pegou e voltou ao carro. O *laptop* e o caderno de Joanna estavam ali dentro, assim como o celular. Ele checou o registro de chamadas, as mensagens e, em seguida, desligou o aparelho e o limpou minuciosamente com um pano. Depois correu até o carro de Joanna e jogou o telefone embaixo do veículo.

Ele fez uma rápida inspeção com uma lanterna, olhando cuidadosamente o local onde havia atacado Joanna para ver se ela havia derrubado alguma coisa, mas estava tudo em ordem.

O homem entrou no carro e ficou sentado por um momento no silêncio.

E agora? Ela precisava desaparecer. O corpo dela. O computador. Todas as evidências de DNA tinham que desaparecer.

Uma ideia veio a sua mente. Era audaciosa e arriscada, mas, se funcionasse... Ele ligou o motor e saiu com o carro.

CAPÍTULO 1
TREZE ANOS DEPOIS

Terça-feira, 5 de maio de 2015

— Vai ser muito caro consertar? – perguntou Kate Marshall, estreitando os olhos e baixando os óculos escuros. Observava Derek, o faz-tudo idoso, medir lentamente o caixilho da janela quebrada. Estavam ao lado de um *trailer* de alumínio Airstream 1950, e o sol forte da manhã rebrilhava na borda curva do teto.

— Estamos falando de janelas de vidro *redondas* – disse Derek, com seu forte sotaque da Cornualha, na Inglaterra. Ele deu um tapinha na ponta da fita métrica. – É caro consertar.

— Caro quanto?

Ele hesitou, inspirando pelos lábios. Parecia incapaz de responder a uma pergunta sem uma pausa irritantemente longa. Derek rolou a parte superior da dentadura dentro da boca.

— Quinhentas libras.

— Você cobrou duzentas de Myra para consertar uma dessas janelas redondas – disse Kate.

— Ela estava passando por dificuldades, com o câncer e tudo o mais. O vidro redondo dá mais trabalho para o vidraceiro. E o puxador fica embutido no vidro.

Myra era amiga de Kate havia nove anos, e elas tinham ficado próximas. Sua morte, dezoito meses antes, tinha sido súbita e chocante.

— Admiro que tenha ajudado Myra, mas 500 libras é demais. Posso arranjar outra pessoa.

Derek moveu a dentadura de novo, e a borda rosa da gengiva da prótese apareceu brevemente detrás de seus lábios. Kate tirou os óculos escuros e o encarou, recusando-se a desviar o olhar.

– Vai demorar uma semana, com o corte de vidro especializado e tudo o mais, mas vamos fechar em 250.

– Obrigada.

Derek pegou sua caixa de ferramentas, e eles desceram a colina do *camping* até a rua. Havia oito *trailers* parados, a espaços regulares um do outro, em uma miscelânea de estilos que iam de casas móveis brancas mais modernas a carroças ciganas com tinta vermelha e verde desbotada. Eram alugados para pessoas que vinham passar as férias, fazer trilha ou surfar. Cada unidade tinha dois quartos e uma cozinha pequena, e alguns dos mais novos tinham banheiros. O estacionamento de *trailers* ocupava a posição mais baixa na escala de hotelaria, mas fazia sucesso sobretudo com surfistas, já que era um lugar barato para ficar a uma caminhada curta até a praia, que tinha algumas das melhores ondas de Devon e Cornualha. A temporada de férias começaria em uma semana, e parecia que a primavera tinha finalmente chegado. As árvores ao redor estavam carregadas de folhas e o céu, de um azul cristalino.

Quando chegaram ao curto lance de escadas que dava para a rua, Kate ofereceu o braço para Derek se apoiar, mas ele a ignorou, crispando-se enquanto descia devagar até onde o carro estava estacionado. Ele abriu o porta-malas e guardou a caixa de ferramentas. Depois, olhou para ela; seus olhos azuis aquosos eram penetrantes.

– Aposto que foi uma surpresa quando Myra deixou a casa e a empresa para você no testamento.

– Sim.

– E ela não deixou nada para o filho... – Derek estalou a língua e abanou a cabeça. – Sei que eles não eram próximos, mas, como sempre digo, era para o sangue falar mais alto.

Foi mesmo um choque para Kate o fato de Myra ter deixado tudo para ela. Isso havia provocado muita raiva no filho da amiga e na esposa dele, além de ter gerado muita fofoca e comentários ácidos na cidade.

– Você tem meu número. Me avise quando o vidro estiver pronto – disse Kate, querendo encerrar a conversa.

Derek pareceu irritado por ela não lhe dar mais atenção. Respondeu com um aceno curto, entrou no carro e foi embora, deixando-a em um rastro de fumaça preta.

Kate tossiu e limpou os olhos, depois ouviu seu celular tocando ao longe. Atravessou a rua correndo até um prédio pequeno e quadrado.

No térreo ficava a loja do *camping*, ainda fechada com tábuas por causa do inverno. Ela subiu a escada na lateral do prédio até o segundo andar e entrou no pequeno apartamento em que Myra havia morado, que Kate usava agora como escritório.

Havia uma fileira de janelas nos fundos do prédio com vista para a praia. A maré estava baixa, expondo as rochas cobertas de algas pretas. À direita, projetava-se uma fileira de falésias, formando a beira da baía, e do outro lado ficava a cidade universitária de Ashdean, que Kate conseguia ver com clareza naquele dia claro e ensolarado. Seu celular parou de tocar assim que ela chegou à escrivaninha.

A chamada perdida era de um número fixo com um código de área que ela não reconheceu. Estava prestes a retornar a ligação quando recebeu uma mensagem de voz. Ela escutou; era de uma mulher mais velha, com sotaque da Cornualha, que falava em um ritmo hesitante e nervoso.

– Oi... Peguei seu número na internet... Vi que você acabou de abrir sua própria agência de detetive... Meu nome é Bev Ellis e estou entrando em contato para falar da minha filha, Joanna Duncan. Ela era jornalista e está desaparecida há quase treze anos... Simplesmente sumiu. A polícia nunca descobriu o que aconteceu, mas ela *desapareceu*. Não fugiu nem nada assim... Estava tudo dando certo na vida dela. Quero contratar uma detetive particular para descobrir o que aconteceu com ela. O que aconteceu com o corpo dela... – Nesse ponto, a voz da mulher embargou, e ela respirou fundo e engoliu em seco. – Por favor, me ligue.

Kate ouviu a mensagem de novo. Pelo tom de voz, era óbvio que aquela mãe tinha precisado de muita coragem para fazer a ligação. Ela abriu o *laptop* para pesquisar o caso no Google, então hesitou. Devia retornar a ligação imediatamente. Havia outras duas agências de detetive mais bem estabelecidas na região de Exeter, com sites e escritórios elegantes, e Bev Ellis poderia estar ligando para elas agora.

A voz de Bev ainda estava trêmula quando ela atendeu o telefone. Kate pediu desculpas por ter perdido a ligação e deu os pêsames pelo desaparecimento da filha.

– Obrigada – disse Bev.

– Você vive aqui na região? – perguntou Kate, enquanto pesquisava "Joanna Duncan desaparecida" no Google.

– Estamos em Salcombe, a mais ou menos uma hora de distância.

– Salcombe é muito bonita – disse a detetive, passando os olhos pelos resultados de busca que haviam aparecido na tela. Dois artigos de setembro de 2002 no *West Country News* diziam:

MÃE DEVASTADA DA JORNALISTA LOCAL JOANNA DUNCAN FAZ APELO A TESTEMUNHAS DO DESAPARECIMENTO DA FILHA PRÓXIMO AO CENTRO DA CIDADE DE EXETER.

AONDE JO FOI? CELULAR É ENCONTRADO COM CARRO NO ESTACIONAMENTO DEANSGATE.

Outro, do jornal *Sun*, dizia:

JORNALISTA DO *WEST COUNTRY* DESAPARECE.

– Moro com meu companheiro, Bill – disse Bev. – Estamos juntos há anos, mas acabei de vir morar com ele. Eu morava no conjunto habitacional Moor Side, na periferia de Exeter... Completamente diferente.
Outra manchete, datada de 1º de dezembro de 2002, anunciava que a jornalista estava desaparecida havia três meses e chamou a atenção de Kate. Quase todos os artigos usavam a mesma foto: Joanna Duncan em uma praia contra um céu azul e uma areia branca perfeita. Tinha olhos azuis brilhantes, maçãs do rosto salientes, um nariz marcante e os dentes da frente ligeiramente pronunciados. Estava sorrindo na foto. Havia um grande cravo vermelho encaixado atrás da orelha esquerda, e ela segurava a metade de um coco com um guarda-chuvinha de coquetel.
– Você disse que Joanna era jornalista? – perguntou Kate.
– Sim, no *West Country News*. Ela estava crescendo na carreira. Queria se mudar para Londres e trabalhar em um tabloide. Ela adorava o trabalho. Tinha acabado de se casar. Jo e o marido, Fred, queriam ter filhos... Ela desapareceu no sábado, dia 7 de setembro de 2002. Estava no trabalho em Exeter e saiu por volta das 17h30. Um dos colegas a viu sair. Não dava nem meio quilômetro de caminhada da redação do jornal até o estacionamento, mas, em algum lugar no meio do caminho, aconteceu alguma coisa. Jo simplesmente desapareceu no ar... Encontramos o carro dela no estacionamento, o celular estava embaixo. A polícia não descobriu nada. Não tinham nenhum suspeito. Passaram quase treze

anos fazendo só Deus sabe o que, e então, na semana passada, recebi uma ligação deles dizendo que, depois de doze anos, o caso foi arquivado. Desistiram de encontrar Jo. Preciso descobrir o que aconteceu com minha filha. Sei que ela deve estar morta, mas quero encontrá-la para que descanse em paz. Vi em um artigo na *National Geographic* que você encontrou o corpo daquela jovem que ficou desaparecida por vinte anos... Então pesquisei no Google e vi que você tinha acabado de abrir sua própria agência de detetive. É verdade?

– Sim – respondeu Kate.

– Gosto que você seja mulher. Passei anos demais lidando com policiais homens que me tratavam com superioridade. – Bev aumentou a voz, afrontada. – Podemos nos encontrar? Posso ir ao seu escritório.

Kate ergueu os olhos para o que ela chamava de "escritório". O espaço que estava usando havia sido a sala de estar de Myra. Ainda tinha o velho carpete estampado dos anos 1970, e a escrivaninha era uma mesa de jantar dobrável aberta. Ao longo de uma das paredes havia frascos de desinfetante para mictório e embalagens de papel-toalha para o parque de *camping*. Fixado no alto de um grande quadro de cortiça na parede havia um papel que dizia "CASOS ATIVOS", mas estava em branco. Desde a conclusão de seu trabalho mais recente, uma verificação de antecedentes de um rapaz para seu futuro empregador, a agência estava sem trabalho. Quando Myra deixou a herança para Kate, foi sob a condição de que ela abandonasse o emprego e corresse atrás do sonho de abrir uma agência de detetive. Estavam em funcionamento havia nove meses agora, mas transformar a agência em algo que realmente desse lucro estava se provando difícil.

– Que tal eu e meu colega Tristan irmos encontrar você? – sugeriu Kate.

Tristan Harper era o sócio de Kate na agência. Estava fora naquele dia, em seu outro trabalho. Três vezes por semana, trabalhava na Universidade de Ashdean como assistente de pesquisa.

– Ah, sim, eu me lembro do artigo da *National Geographic* mencionar Tristan... Escute, estou livre amanhã. Mas você já deve estar ocupada...

– Espere apenas eu falar com Tristan. Vou dar uma olhada em nossa agenda e ligo de volta para você – disse Kate.

Quando pousou o telefone na mesa ao fim da ligação, o coração da detetive estava batendo forte de euforia.

CAPÍTULO 2

Enquanto Kate finalizava a ligação, Tristan Harper estava sentado no pequeno escritório de paredes de vidro de sua irmã, no Barclays Bank da Ashdean High Street.

– Certo, vamos acabar logo com isso – disse ele, empurrando o envelope de plástico com o formulário de financiamento na direção dela. Estava sentindo um frio na barriga.

– Do que você está falando? – perguntou Sarah.

– Do seu interrogatório sobre as minhas finanças.

– Você vestiria isso se eu fosse uma estranha te entrevistando para um pedido de financiamento? – questionou ela, abrindo o envelope e olhando para ele do outro lado da mesa.

Tristan baixou os olhos para sua elegante camiseta branca de gola V, a calça jeans e o tênis.

– É o que visto para trabalhar – respondeu.

– Mas é um pouco informal para uma entrevista com sua gerente do banco – disse ela, ajeitando a jaqueta cinza e a blusa azul. Sarah tinha 28 anos, era três anos mais velha do que Tristan, mas às vezes parecia ter vinte anos a mais.

– Quando cheguei, não vi muita gente de terno fazendo fila para fazer depósitos. E esses tênis são de uma edição limitada da Adidas.

– Quanto custaram?

– Não vem ao caso. São um investimento. E são lindos, não acha? – disse ele, sorrindo.

Sarah revirou os olhos e fez que sim.

– São muito bonitos.

Tristan era alto, tinha o corpo magro e musculoso. Os antebraços eram cobertos de tatuagens, e dava para entrever a cabeça da águia tatuada em seu peito detrás da gola V. Os irmãos se pareciam, tinham os mesmos olhos castanho-claros. O cabelo castanho e cacheado de Tristan estava na altura dos ombros agora, todo desgrenhado, ao passo que o de Sarah estava amarrado para trás e cuidadosamente finalizado com chapinha.

Houve uma batida na porta de vidro, e um homem calvo e baixo vestindo terno e gravata entrou no escritório.

— O interrogatório já começou? – perguntou ele. – Ela queria colocar uma lâmpada na mesa para apontar para a sua cara!

Gary, marido de Sarah, era o gerente daquela filial do banco. Tristan se levantou e deu um abraço no cunhado.

— Gary! Não seja bobo – disse Sarah, sorrindo. — Estou fazendo as mesmas perguntas que faria a qualquer candidato interessado em um financiamento.

— Olhe como seu cabelo está comprido. Queria que o meu ainda crescesse assim! – disse Gary, dando um tapinha na própria careca.

— Gosto muito mais dele de cabelo curto – discordou Sarah.

— Quer um café, Tris?

— Por favor.

— Um café preto seria ótimo, obrigada, querido – disse Sarah. Gary saiu do escritório, e ela pegou o formulário de financiamento. Passou os olhos, virou a página e suspirou.

— O que foi? – perguntou Tristan.

— Só estou vendo o valor esdrúxulo que você ganha trabalhando meio período na universidade – respondeu ela, balançando a cabeça.

— Também trouxe meu contrato da agência e meu novo contrato de locação – disse ele. A irmã tirou os dois documentos da pasta de plástico.

— Quanto trabalho *Kate* arranjou para você?

Tristan notou como Sarah disse o nome de Kate, com a mesma entonação de quando se referia a mulheres que desaprovava.

— Investi na agência como sócio – disse ele, eriçando-se. — Eu e Kate recebemos honorários, independentemente do volume de trabalho. Está tudo aí no contrato.

— E a agência tem algum trabalho agora? – ela perguntou, erguendo os olhos para o irmão.

Ele hesitou.

— Não.

Sarah arqueou as sobrancelhas e voltou a ler a papelada. Tristan quis se defender, mas não estava a fim de começar outra discussão. Durante os nove meses de funcionamento da agência de detetives, eles haviam recebido quatro casos. Dois eram de mulheres em busca de evidências da infidelidade de seus maridos. Um era do dono de uma empresa de materiais de escritório em Exeter que queria descobrir se uma de suas funcionárias estava roubando do estoque para revender – o que ela estava. E o outro era uma verificação detalhada de antecedentes de um rapaz que uma empresária local queria contratar.

Gary apareceu à porta com uma bandeja cheia de copos de plástico com café e tentou abrir a maçaneta com o cotovelo. Tristan se levantou e o ajudou.

– A renda da agência é irregular, e vocês ainda não apresentaram nenhuma declaração de imposto de renda – disse Sarah, segurando o contrato da Agência de Detetives Kate Marshall entre o polegar e o indicador, como se fosse uma cueca suja. Gary colocou os copos fumegantes em cima da mesa.

– Também recebemos rendimentos do *camping* – argumentou Tristan.

– Então, quando o trabalho de detetive está em baixa, Kate faz você trocar roupas de cama e esvaziar banheiros químicos?

– Abrimos uma empresa juntos, Sarah. Leva tempo para crescer. O filho de Kate, Jake, vai voltar da universidade daqui a algumas semanas e vai nos ajudar a dirigir o *camping* durante o verão.

Sarah balançou a cabeça. Sempre tinha sido hostil em relação a Kate, mas, desde que o irmão passara a trabalhar apenas meio período na universidade para se dedicar à agência, a antipatia tinha se intensificado. Para ela, Kate estava afastando o irmão de um trabalho estável e com bons benefícios. Tristan queria que Sarah aceitasse Kate como sua amiga e sócia. Kate era inteligente e nunca dizia nada negativo sobre Sarah, mas Sarah adorava criticar e reclamar dela e de seus muitos defeitos. Tristan entendia por que a irmã era protetora. O pai deles os abandonara quando eram pequenos, e a mãe havia morrido quando Sarah e Tristan tinham 18 e 15 anos. Desde muito jovem, Sarah teve que ser a provedora e responsável.

– Ele tem um locatário agora, não é, Tris? – comentou Gary, tentando aliviar o clima. – É uma boa rendinha extra.

– Sim, o acordo de locação está aí – disse Tristan.

– Como está indo com o abominável homem das neves? – perguntou o cunhado, e Tristan sorriu. Seu novo locatário, Glenn, tinha pelos escuros cobrindo todas as partes visíveis da pele, além de uma barba grossa e desgrenhada.

– Ele é um bom sujeito. Muito organizado. Fica no quarto dele quase todo o tempo e não fala muito – respondeu.

– Não faz seu tipo, então?

– Não, gosto de homens com duas sobrancelhas.

Gary riu. Sarah tirou os olhos da papelada.

– Gary, agora que ele largou o trabalho em tempo integral na universidade, vai ser difícil aprovar o financiamento do apartamento com base no que está ganhando...

O gerente deu a volta na mesa e tocou levemente nos ombros da esposa.

– Vamos dar uma olhada. Para tudo, dá-se um jeito. Basta um pouquinho de magia de Gary – disse ele. Sarah se levantou e deixou que o marido se sentasse na cadeira, e ele abriu formulário de financiamento no computador.

– Você tem sorte por seu cunhado ser gerente de banco – disse Sarah. O celular de Tristan tocou no bolso, e ele o pegou. O nome de Kate apareceu na tela. – Quem é? Isso aqui é importante.

– É Kate. Vai ser rápido – respondeu Tristan, levantando-se e saindo do pequeno escritório.

Enquanto descia o corredor, ele ouviu a voz de Sarah dizer:

– Kate está ótima. Não é *ela* quem está financiando uma casa...

– Alô. – Tristan atendeu a ligação. – Espere um pouco, estou no banco. – Ele passou pela fila de pessoas que esperava diante dos caixas, atravessou o saguão e saiu para a calçada.

– Deu tudo certo? – perguntou Kate.

– Sarah e Gary estão cuidando disso.

– Quer que eu ligue depois?

– Não, está tranquilo.

Kate parecia animada quando contou sobre a conversa com Bev Ellis.

– Pode ser um caso antigo de grande repercussão? – perguntou Tristan.

– Sim, mas parece complicado. O caso apareceu em um episódio de *Crimewatch* e, depois de doze anos, a polícia ainda tem pouquíssimas pistas.

– Acha que essa mulher consegue bancar uma investigação longa?

– Não sei. Andei pesquisando no Google. A imprensa fez um grande alarde sobre Bev ser uma mãe solo de baixa renda.

– Certo.

– Mas é a imprensa, e você sabe como eles gostam de distorcer as coisas. Ela se mudou faz pouco tempo para Salcombe e mora com um namorado de longa data. O endereço é na rua dos milionários. Queria me encontrar com eles amanhã se você topar.

– Claro.

Ao desligar o celular, Tristan sentiu uma onda de euforia. Ele se virou e viu Sarah saindo pela porta principal do banco.

– Você deve uma cerveja a Gary – disse ela, cruzando os braços sobre a blusa azul para se proteger da brisa. – Ele conseguiu aprovar seu financiamento, *e* com uma taxa fixa muito melhor pelos próximos cinco anos. Você vai economizar 80 libras por mês.

– Que ótimo – disse ele, dando um abraço na irmã e sentindo-se aliviado. – Obrigado, mana.

– O que *Kate* queria?

– Talvez tenhamos um caso novo, uma pessoa desaparecida. Vamos nos reunir com a cliente amanhã.

Sarah balançou a cabeça e sorriu.

– Que bom. Sabe, Tris, não gosto de ser dura com você. Só quero que você fique bem. Sempre prometi para a mamãe que cuidaria de você. E, quando comprei aquele apartamento, foi a primeira vez que alguém de nossa família teve uma propriedade. Você não pode deixar de pagar o financiamento.

– Eu sei e vou pagar – disse ele.

– Um dia, quando estiver tudo quitado, você será dono de verdade do apartamento e poderá ficar tranquilo.

– *Ou* posso conhecer um milionário maravilhoso que vai me levar embora – disse Tristan.

Sarah olhou de um lado a outro da rua, para a meia dúzia de moradores com a aparência miserável.

– Está vendo algum milionário em Ashdean?

– Exeter é pertinho...

Sarah revirou os olhos e riu.

– Onde você vai encontrar essa cliente nova?

– Salcombe. Ela mora em uma casa grande com vista para a baía.

– Bom, não resolvam o caso rápido demais se o pagamento for por hora.

CAPÍTULO 3

Kate não dormiu bem naquela noite. A reunião ficou assombrando sua mente. Será que Bev Ellis havia entrado em contato com outros detetives particulares? O que exatamente ela havia descoberto sobre Kate na internet? Estava tudo em domínio público. A um clique do mouse. Os resultados de pesquisa do Google falavam por si só.

Ela se revirou na cama, relembrando todos os seus fracassos do passado. Kate era uma jovem agente da Polícia Metropolitana de Londres quando descobriu que seu colega Peter Conway, um oficial superior da polícia, havia sido responsável pelos crimes de estupro e assassinato de jovens na capital britânica. Para piorar, tinha um envolvimento romântico com Peter e estava grávida dele quando desvendou o caso. As matérias de tabloide haviam sido escabrosas e invasivas, e o escândalo colocou um fim na carreira de Kate na força policial. Na sequência, ela passou a sofrer com o vício em álcool, o que resultou em sua mãe e seu pai ficando com a custódia do filho, Jake, quando ele tinha 6 anos.

Kate se mudou para a costa sul para reconstruir a vida e, nos últimos onze anos, trabalhou como palestrante de criminologia na Universidade de Ashdean. Durante esse período, Myra foi sua rocha. Uma boa amiga e sua madrinha nos Alcoólicos Anônimos, e Kate sentia uma responsabilidade consigo mesma e com Myra de tornar a agência de detetives um sucesso.

Às 5 horas da madrugada, ela se levantou e foi dar seu habitual mergulho no mar. Acalmava-a nadar na água tranquila, tendo apenas o som distante das gaivotas cantando. E, ao raiar do dia, o céu se iluminava de azul, rosa e dourado.

Kate estava esperando na frente de casa quando Tristan estacionou seu Mini Cooper azul.

– Bom dia. Trouxe café para você – disse ele, erguendo um copo da Starbucks quando ela se sentou no banco do passageiro.

– Ótimo. Duplo? – perguntou ela, sentindo o calor do copo nas mãos frias.

– Triplo. Não dormi muito bem.

Tristan estava usando um terno azul-escuro com uma camisa branca aberta no pescoço, e Kate pensou que ele estava muito bonito. Ela tinha tomado cuidado ao se vestir, escolhendo uma blusa branca e uma jaqueta azul real de lã leve. Deu um gole do café, deliciando-se com a dose de cafeína.

– Está gostoso. Também não dormi muito bem.

– Fiquei nervoso com o caso – disse Tristan, enquanto eles passavam pelo *camping*. – Ainda me sinto um novato.

– Não precisa ficar nervoso. Bev Ellis está desesperada para encontrar a filha, e somos as pessoas capazes de encontrá-la. Certo?

– Certo – ele concordou com a cabeça.

– Pense nesses termos e você não se sentirá ansioso – disse Kate. Era o que tinha dito a si mesma enquanto nadava e se preparava para a reunião, e já estava quase acreditando.

– Você pesquisou sobre Joanna Duncan na internet? – perguntou Tristan. – Ninguém tem a mínima ideia do que aconteceu. Ela desapareceu naquele estacionamento de vários andares na Exeter High Street, em um fim de tarde movimentado de sábado. Tem algo de assustador nisso. No fato de ela ter desaparecido em pleno ar.

– Depois de vasculhar as matérias sobre o desaparecimento, encontrei algumas coisas interessantes sobre a carreira de Joanna como jornalista investigativa – disse Kate. – Ela publicou um dossiê sobre o parlamentar local na época, Noah Huntley. Ele estava aceitando suborno em dinheiro para conceder licitações públicas. Os tabloides nacionais divulgaram a história, o que provocou uma eleição suplementar, e ele acabou perdendo a cadeira no Parlamento.

– Quando foi isso? – perguntou Tristan.

– Seis meses antes de ela desaparecer. Março de 2002. Vai ser interessante perguntar para Bev em que outras matérias a filha estava trabalhando na época.

***

O dia esquentou cedo e, pela primeira vez no ano, eles não precisaram ligar o aquecedor do carro. Dirigiram ao longo da costa por alguns quilômetros. A Costa Jurássica era incrivelmente linda; Kate nunca deixava de se admirar. Era uma paisagem quase californiana comparada com o resto do Reino Unido. Eles saíram da estrada costeira e entraram na via expressa, por onde seguiram por quarenta minutos. Depois, voltaram à costa e viraram no sentido de Salcombe. A estrada serpenteou na direção da baía, e as casas foram ficando mais grandiosas. Barcos de pesca e iates repousavam no mar calmo, que refletia o sol e o céu azul como um vidro plano.

O GPS indicou que eles deveriam pegar uma curva à direita para uma rua particular estreita. As árvores foram se dispersando, e eles chegaram a um muro branco alto com um portão. Tristan abriu a janela e apertou um botão no interfone.

– Ela disse o que Bill faz da vida? – perguntou ele.

– Não. Algo lucrativo, presumo – respondeu Kate.

– O homem gosta de privacidade. Olhe só essas árvores enormes – disse ele, apontando para uma linha de abetos gigantes atrás do muro. O interfone chiou.

– Oi, estou vendo vocês. Vou liberar a entrada – disse Bev. O portão se abriu, deslizando para a direita em silêncio. Kate ergueu os olhos e viu uma câmera de segurança instalada no domo de vidro de um dos pilares do portão. Eles seguiram uma estradinha pavimentada e sinuosa que subia através de um jardim paisagístico, com palmeiras, figueiras e uma variedade de sempre-vivas. O caminho era cercado por canteiros de tulipas igualmente espaçados nas cores vermelha, branca, amarela e roxa, todas prestes a abrir. O caminho contornava a lateral da casa e então virava abruptamente à esquerda e se abria para uma área de estacionamento pavimentada. De perto, a parte de trás da casa era uma caixa branca enorme e minimalista. Não havia janelas nos fundos, apenas uma pequena porta de carvalho.

Eles saíram do carro, e a porta de carvalho se abriu. Bev Ellis apareceu com um homem muito alto. Kate notou que ele era quase um palmo mais alto do que Tristan, que tinha pouco mais de 1,80 m. Bev mal dava na altura do ombro dele.

Havia uma forte semelhança entre mãe e filha. Assim como Joanna, Bev era magérrima, com o mesmo nariz marcante, lábios fartos, maçãs do rosto proeminentes e olhos azuis, mas a pele da mãe era pálida e enrugada, e ela tinha olheiras enormes. Tinha o cabelo bem curtinho, o que acentuava suas orelhas proeminentes, e o havia tingido em um tom um pouco escuro demais. Ela usava Crocs rosa, calça jeans e uma blusa verde encardida. Parecia completamente deslocada, como alguém que acabou de ganhar na loteria ou uma parente pobre do interior. Kate espantou esse pensamento maldoso.

Bill parecia mais jovem do que Bev. Era magro e musculoso, e seu farto cabelo grisalho havia sido aparado curto na máquina. Usava uma camiseta surrada dos Rolling Stones com um cordão dourado por cima, calça jeans desbotada rasgada na altura dos joelhos e tinha os pés descalços. Seu rosto era gentil e rosado, destacado por lindos olhos verdes.

– Oi – disse Bev, estendendo a mão trêmula para Kate. – Esse é Bill. Quero chamá-lo de namorado, mas somos muito mais do que isso, haha. Estamos juntos há uma eternidade.

– Prazer em conhecer você, Kate, e você também, Tristan – disse Bill, apertando a mão de cada um. Parecia calmo em comparação com Bev. Todo o nervosismo de Kate sobre ser julgada se evaporou.

– Foi fácil achar a casa? – perguntou Bev. Kate ia começar a responder, mas ela continuou: – É claro que sim. Vocês estão aqui! Entrem.

A porta dava para uma imensa sala de estar aberta. A fachada da casa tinha vidro do chão ao teto, com vista para uma sacada e para a baía. O piso era de mármore branco com delicados fios dourados e pretos, e havia pouquíssimos móveis no espaço. À esquerda ficava outra sala com uma grande lareira de concreto, além de um longo sofá de couro branco e de um carpete também branco, de frente para uma televisão de tela plana sobre a lareira.

À direita havia uma cozinha minimalista e espaçosa, completamente branca e sem nada sobre as superfícies. Kate se perguntou desde quando Bev morava ali. Ela era uma pessoa falante e ansiosa. Pela experiência de Kate, pessoas falantes e ansiosas gostavam do espaço cheio de móveis e quinquilharias, de modo a refletir sua necessidade de preencher o silêncio.

– Puta que pariu, olha essa vista! – disse Tristan quando se aproximaram das janelas. A vista panorâmica arrebatadora dava para a baía e para o mar, sem ser interrompida por casa nenhuma. As rochas ondulantes da Costa Jurássica se estendiam em uma névoa azul. – Foi mal. Desculpa o palavrão.

– Tudo bem, querido. Acho que minhas primeiras palavras também foram *puta que pariu* quando vi isso pela primeira vez! – disse Bev. Instalou-se um silêncio constrangedor, e ela corou. – Sentem-se, vou fazer chá e café – acrescentou, apontando para o sofá.

Kate e Tristan se sentaram e observaram enquanto Bill e Bev preparavam as coisas. Bev teve dificuldade para abrir as portas do armário branco, que eram lisas, sem puxadores, e errou duas vezes a porta da geladeira.

– Há quanto tempo ela mora aqui? – murmurou Tristan. Kate balançou a cabeça e se preparou, pegando caderno e caneta.

Alguns minutos depois, Bill e Bev trouxeram uma grande cafeteira francesa e um suporte de bolo de três andares cheio de *cupcakes* e biscoitos. Bill se sentou no chão, com as costas apoiadas na lareira de pedra. Bev se sentou no braço de uma poltrona ao lado dele.

– Vocês se importam se eu fizer anotações? – perguntou Kate, apontando para o caderno. – Só para não deixarmos passar nada.

– Imagina, fique à vontade – disse Bill. Bev pressionou o êmbolo da prensa francesa e serviu o café.

A sala de repente ficou carregada com o silêncio. As mãos de Bev tremiam tanto que Bill teve que assumir, passando as xícaras para Kate e Tristan.

– Está tudo bem – disse Bill, inclinando-se para a frente para acariciar a perna dela. Bev pegou a mão dele. As mãos dela eram minúsculas. Ela parecia um passarinho.

– Desculpem, eu estava apavorada por ter que falar sobre esse assunto – disse Bev, soltando a mão e esfregando-a na calça. – Nem sei por onde começar.

– Por que não nos fala sobre Joanna? – sugeriu Kate. – Como ela era?

– Eu a chamava de Jo – começou Bev, parecendo surpresa por uma pergunta tão simples. – Ela era uma bebê maravilhosa. Tive uma gestação tranquila, um parto rápido, e ela era muito boazinha e calma. O pai era um cara mais velho que namorei por um tempo. Ele tinha 26 e eu, 17. Ele morreu quando Jo tinha 2 anos. Ataque cardíaco, raro para alguém tão jovem. Ele tinha uma cardiopatia da qual nunca soubemos. Nunca fomos casados, e ele nunca foi muito presente, então criei Jo sozinha. Éramos muito próximas. Muito amigas, na verdade, especialmente quando ela ficou mais velha.

– Você trabalhava com o quê? – perguntou Kate.

– Eu era faxineira na Reed, uma empresa que alugava escritórios. Eles tinham dois espaços grandes em Exeter e Exmouth... Morei em um apartamento no bairro social por anos, no conjunto habitacional Moor Side. Depois aluguei outro um pouco mais perto da cidade. Me mudei para cá há apenas dois meses. O proprietário me avisou que estava vendendo o imóvel. Tudo isto aqui é do Bill.

Bill ergueu os olhos para ela e sorriu.

– Esta casa também é sua agora, amor.

Bev assentiu, tirou um lenço surrado de dentro da manga da camisa e secou os olhos.

– Há quanto tempo vocês estão juntos? – perguntou Tristan.

– Nossa. Entre idas e vindas, o quê? Trinta anos? Nunca fomos casados. Gostávamos de ter cada um seu espaço – disse Bev. Bill concordou com a cabeça. Ela corou de novo, e Kate pensou em como isso parecia vazio. Como uma frase pronta.

– Jo sempre quis ser jornalista? – perguntou Kate.

– Sim. Aos 11 anos, Joanna tinha uma máquina de escrever infantil, a Petite 990. Funcionava como uma máquina de escrever de verdade. Vocês se lembram da propaganda? Tinha uma menininha vestida como Dolly Parton digitando, e tocava "9 to 5".

– Eu me lembro – disse Kate. – Quando foi isso?

– Em 1985.

Kate fez um cálculo rápido. Se Joanna tinha 11 anos em 1985, ela havia nascido em 1974. Isso significava que tinha 28 anos quando desapareceu, em 2002.

– Em 1985, ainda faltavam quatro anos para eu nascer – disse Tristan, erguendo a mão. Todos riram, e a tensão na sala se aliviou um pouco.

– Assim que Jo viu a propaganda, ela pediu a máquina de presente de Natal, mas, na época, custava o olho da cara: 30 libras! Eu falei: "Para que você quer uma máquina de escrever? Ela vai acabar no armário no dia seguinte, juntando poeira". E Jo respondeu: "Porque eu quero virar uma repórter!". Arranjei as 30 libras, implorei e peguei emprestado, principalmente com Bill...

Bill riu baixinho com a lembrança, assentindo com a cabeça.

– Então dei a máquina de escrever para Jo. E ela cumpriu sua palavra. Toda semana, datilografava um jornal, noticiando coisas bobas que tinham acontecido conosco ou na escola. Jo nunca parou de escrever e fazer perguntas... Ela era inteligente. Passou no exame do primário e entrou na escola secundária. Foi estudar jornalismo na Universidade de Exeter e trabalhou como repórter no *West Country News*. Na época, o jornal vendia meio milhão de cópias por dia... Ela estava se candidatando para vagas em Londres, em um dos jornais nacionais, e até conseguiu uma entrevista... – Bev perdeu a voz. – Depois, ela desapareceu.

– Nos meses ou semanas antes do desaparecimento, o comportamento de Joanna mudou? Ela estava deprimida ou preocupada com alguma coisa?

– Não. Estava mais feliz do que nunca.

– E você a via com frequência?

– Algumas vezes por semana. Nós nos falávamos ao telefone quase todos os dias, às vezes mais de uma vez. Ela havia acabado de comprar uma casa em Upton Pyne, uma vilazinha nos arredores de Exeter, com o marido, Fred.

– O que você acha de Fred?

– Fred era... é... um cara ótimo. Não foi ele – Bev respondeu no mesmo instante. – Ele passou o dia inteiro em casa, com muitas testemunhas. Estava pintando a casa deles... Muitas pessoas o viram na vila, em cima de uma escada, e confirmaram seu álibi.

– Aconteceu algo fora do comum nos dias anteriores ao desaparecimento? – perguntou Kate.

– Não.

– Em que matéria Joanna estava trabalhando? Li que ela era jornalista investigativa.

– Ela trabalhava em muitas matérias – respondeu Bev, olhando para Bill.

– Mas nada que pudesse levá-la a ser morta ou sequestrada – completou ele.

– Ela foi trabalhar no sábado, dia 7 de setembro, e deixou o jornal às 17h30. Era uma caminhada curta até o carro, mas em algum ponto do caminho, ela desapareceu. Eu e Bill estávamos na Killerton House, a uma hora de carro. Voltamos à tarde. Bill parou no prédio comercial que a empresa dele estava reformando em Exeter, e eu vim para casa. Então, por volta das 19 horas, recebi um telefonema de Fred dizendo que Jo não tinha voltado para casa. Ligamos para todo mundo; ninguém sabia onde ela estava. No fim, Fred pegou o carro e me buscou, e começamos a procurar. A polícia só a trataria como pessoa desaparecida depois de 24 horas, então rodamos pelos hospitais da região e demos uma olhada no estacionamento perto da redação do jornal. O carro dela ainda estava lá. Encontramos o celular embaixo do carro, desligado. Não havia impressões digitais, nem mesmo dela, o que levou a polícia a acreditar que quem quer que a levou, o desligou e apagou as digitais.

– O carro estava no estacionamento Deansgate, que foi demolido uns meses depois, em 2003? – perguntou Tristan.

– Isso. Tem apartamentos lá agora – disse Bev.

– Joanna... Jo estava investigando a delação de um parlamentar local, Noah Huntley, por fraude. Isso foi em março de 2002, seis meses antes de ela desaparecer, certo? – disse Kate.

– Sim. A matéria de Jo foi reproduzida pelos jornais nacionais, causou uma eleição suplementar, e Noah Huntley perdeu a cadeira. Mas isso foi em maio, quatro meses antes do desaparecimento.

– E, depois de perder a cadeira, Huntley conseguiu muitos trabalhos no setor privado, que pagavam muito mais do que ele ganhava como parlamentar – disse Bill, balançando a cabeça com indignação.

– Joanna estava trabalhando em alguma outra matéria que pudesse tê-la colocado em perigo? – perguntou Kate.

– Não, achamos que não – respondeu Bev, olhando para Bill. Ele negou com a cabeça. Ela continuou: – Jo não falava muito das matérias em que estava trabalhando, mas não tinha nada que deixasse o editor dela preocupado... A polícia conversou com Noah Huntley. Acho que estavam desesperados por não terem nenhum outro suspeito, mas não havia motivação para ele fazer nada contra Jo depois que o artigo foi publicado, e ele tinha um álibi.

– Muitas testemunhas viram Jo antes de ela desaparecer? – Kate quis saber.

– Algumas pessoas se apresentaram para dizer que a viram sair da redação do jornal. Outra senhora se lembra dela passando pelo ponto de ônibus a caminho de Deansgate. A polícia obteve imagens de uma câmera de segurança na rua principal pela qual ela passou, por volta das 17h40, mas estava voltada na direção oposta do estacionamento. Ninguém sabe o que aconteceu depois. É como se ela tivesse sumido.

Houve um longo silêncio, e Kate notou, pela primeira vez, um relógio tiquetaqueando no fundo. Bill colocou a xícara na mesa.

– Escutem, Bev significa tudo para mim – disse ele. – Já a vi sofrer por tempo demais. Não posso fazer nada para substituir Jo, mas, se ela tiver sido assassinada, quero ajudar a encontrá-la para que possamos sepultá-la... – Bev baixou os olhos para o lenço que estava torcendo no colo. Lágrimas escorriam por suas bochechas enrugadas. – Se eu contratar vocês, sei que a investigação não vai durar apenas algumas horas. Estou preparado para pagar pelo seu tempo, detetives, mas não vou simplesmente assinar um cheque em branco. Estamos entendidos?

– Claro – respondeu Kate. – Nunca fazemos falsas promessas, mas todo caso que pegamos, nós solucionamos.

Bill acenou brevemente com a cabeça, depois se levantou.

– Se puderem vir comigo, tem algo que quero mostrar a vocês.

CAPÍTULO 4

Passando pela cozinha totalmente branca, havia um corredor largo com quatro portas. Estavam todas fechadas, e o corredor era pouco iluminado.

Bill ia na frente, seguido por Bev, Tristan e Kate. Seis ou sete retratos de mulheres nuas, em preto e branco e emoldurados, cobriam as paredes. Tristan estava longe de ser puritano, mas achou as imagens bem chocantes. As modelos estavam artisticamente iluminadas, mas as fotos eram explícitas. Uma delas mostrava o close de uma vagina ao lado da mão de um homem, que segurava uma banana descascada.

Tristan voltou os olhos para Kate para ver o que ela achava, e a detetive ergueu uma sobrancelha. Quando se virou novamente para a frente, viu que Bev tinha notado sua troca de olhares, e ela riu com nervosismo.

— Bill é um colecionador de arte — disse ela. — Essas cópias são edições limitadas. Valem bastante dinheiro. O artista é muito famoso. Como ele se chama mesmo, querido?

Bev parecia preocupada em convencê-los de que as fotos nas paredes eram arte e não pornografia. Tristan se perguntou se ela havia se oposto às imagens ficarem expostas quando se mudou.

— Arata Hayashi. É um artista plástico japonês muito criativo. Fui convidado para a exposição dele quando estava a trabalho no Japão, no ano passado — disse Bill.

— Com o que você trabalha? — perguntou Tristan.

— Construção. Comecei com prédios comerciais e, mais recentemente, migrei para estradas. Tenho uma empresa que fornece todos os materiais para grandes projetos de construção de rodovias.

— A empresa de Bill acabou de reerguer a rodovia M4 — disse Bev, orgulhosa.

Tristan pensou na extensão da rodovia M4: 300 quilômetros, de Londres a Gales do Sul. Era muito cimento e asfalto.

Ao chegarem ao fim do corredor, Bill abriu a porta que levava ao escritório. Era escuro em comparação com o resto da casa, com muitos móveis de madeira pesada, estantes e um armário de armas, no qual uma fileira de espingardas ficava exposta atrás do vidro polido.

Pendurada na parede sobre a escrivaninha havia uma grande cabeça de cervo. Tristan sentiu uma pontada de tristeza ao ver a boca aberta e os olhos melancólicos do animal. Estava prestes a perguntar a Bill se ele caçava quando notou uma pilha de caixas de papelão contendo evidências policiais, empilhadas ao lado de uma lareira de mármore preto. Cada uma estava identificada como "ARQUIVOS DO CASO JOANNA DUNCAN" e tinha um número.

– São arquivos oficiais do caso? – perguntou Kate, dirigindo-se às caixas.

– Sim – respondeu Bill.

Tristan viu Kate franzir a testa.

– Bill arranjou para mim – disse Bev, como se fosse algo que ele havia encomendado para ela pela internet.

– Sei que há situações em que a polícia permite que um membro da família veja partes do arquivo de um caso, sob supervisão, na delegacia... Nunca soube de arquivos sendo... o quê? Emprestados? – perguntou Kate, erguendo uma sobrancelha para Bill.

– Sim. Posso ficar com eles por três meses – respondeu Bill.

– Em caráter oficial?

Ele foi até a escrivaninha e pegou uma folha de papel, que entregou para a detetive. Tristan se aproximou e viu que era uma carta oficial do superintendente Allen Cowen, da polícia de Devon e Cornualha. A carta agradecia a Bill por ter escrito a ele e por suas doações ao Golden Lantern, um fundo benevolente da polícia. Também dizia que, considerando o apoio que Bill tinha dado às famílias de policiais mortos, eles concederiam acesso aos arquivos do antigo caso de Joanna Duncan para a condução de investigações civis.

– O caso está inativo agora. Essa carta confirma que temos autorização da polícia para acessar os arquivos – disse Bill.

Tristan foi até a pilha e contou vinte caixas.

– Vocês chegaram a dar uma olhada nos documentos? – perguntou ele.

– Sim – respondeu Bill.

— A polícia pegou o *laptop* e os arquivos do trabalho de Joanna? — quis saber Kate.

— Não. Acreditamos que Jo levava o computador e os cadernos com ela quando desapareceu — respondeu Bev. — Nunca foram encontrados.

— A polícia levou alguns documentos de trabalho que estavam na mesa de Jo. Estão nos arquivos do caso, mas são anotações vagas sobre matérias em que ela estava trabalhando — completou Bill.

Outro longo silêncio se instaurou. O escritório era quente e abafado, e um cheiro de decomposição exalava da cabeça do cervo, o que deixou Tristan enjoado.

— Tentei olhar tudo. Pensei que poderia ajudar a conseguir algumas respostas, mas tem tanta coisa aí — disse Bev. — São só perguntas e mais perguntas, e nenhuma resposta... Uma prova de que a polícia realmente não faz a mínima ideia do que aconteceu. Preciso beber alguma coisa... Desculpem — ela acrescentou, apontando para o bar em forma de globo à direita da mesa. Ao abri-lo, revelou uma seleção de garrafas. Bev serviu-se de uma dose generosa de uísque em um copo lapidado, deu um gole e limpou a boca com as mãos trêmulas.

— Vocês querem beber alguma coisa? — ofereceu Bill, acompanhando Bev e servindo um copo de uísque para si mesmo para tentar aliviar a tensão. Após uma breve pausa, Tristan disse não. O copo de cristal lapidado era tão grande que Bev tinha que segurá-lo com as duas mãos.

— Escutem, não sou boa em negociar e fazer joguinhos — disse ela. — Preciso saber se vocês vão aceitar o caso e me ajudar a descobrir o que aconteceu com Jo. Tem muita coisa nesses arquivos: depoimentos de testemunhas, uma linha do tempo que a polícia montou sobre as horas antes do desaparecimento dela...

Bev puxou a cadeira atrás da escrivaninha e se afundou nela. Parecia exausta. Tristan olhou para Kate. Para ele, o caso já estava aceito desde o momento em que Kate ligou para ele no banco. A detetive confirmou.

— Certo, estamos dentro — disse Kate. — Tenho contatos na polícia e na perícia, e ter os arquivos do caso aqui vai nos dar uma vantagem imensa.

— Ah, estou tão feliz! — exclamou Bev. — Obrigada. — Tristan conseguia ver que as emoções dela pela perda da filha estavam à flor da pele.

— Vamos começar com seis meses – disse Bill. – Depois revemos em que ponto vocês estão. Ele estendeu a mão primeiro para Kate, depois para Tristan, e os dois a apertaram. Bev se levantou e deu um abraço nos detetives. Tristan pôde sentir o cheiro de bebida velha no hálito dela.

— Obrigada, muito obrigada – disse Bev.

— Vamos fazer todo o possível para encontrar Jo – disse Kate.

Bev agradeceu com a cabeça e desatou a chorar, aproximando-se de Bill, que passou os braços ao redor dela de forma protetora.

— Podemos levar os arquivos conosco? – perguntou Tristan.

— Vou dar uma mãozinha para vocês colocarem as caixas no carro – disse Bill.

— Não suporto ter isso em casa. Me dá arrepios – disse Bev. – Por favor, levem tudo.

CAPÍTULO 5

Na manhã seguinte, Kate e Tristan começaram a analisar os arquivos do caso de Joanna Duncan. Também planejavam escanear todos os documentos. Levaria tempo, mas seria útil para os dois ter acesso eletrônico aos arquivos, e Kate pensou que valia a pena fazer um *backup*. Eles tinham permissão para usar os arquivos, mas a burocracia policial podia ser volúvel. Da mesma forma que a polícia tinha concedido o acesso, poderia retirá-lo a qualquer momento.

Quando abriram a primeira caixa, Tristan encontrou uma fita cassete dentro do arquivo que continha o depoimento oficial do marido de Joanna, Fred Duncan.

– Está com a data de 12 de setembro de 2002 – disse ele, lendo o rótulo escrito à mão na lateral da caixinha da fita. – Cinco dias depois do desaparecimento de Joanna.

– Os outros depoimentos do começo da investigação também têm fitas cassete? – perguntou Kate. Tristan passou os dedos pelos demais arquivos da primeira caixa.

– Parecem ser os depoimentos transcritos da família, dos amigos e dos colegas de trabalho de Joanna, mas nenhuma fita – respondeu ele.

– Então, no começo da investigação, eles levaram apenas o marido de Joanna para interrogatório. Os familiares mais próximos costumam ser os primeiros suspeitos.

– Quanto tempo dura uma fita cassete? Nunca tinha visto uma, na verdade – disse Tristan, virando a caixinha nas mãos.

– Que inferno. Você faz eu me sentir velha – disse Kate, com um sorriso. Ela pegou a fita e a examinou. – Esta tem trinta minutos de cada lado, e diz que é um de um, então não foi um interrogatório longo.

Kate se levantou e foi até o armário de arquivos, no qual havia um toca-fitas antigo herdado de Myra. Ela tirou a fita da caixa e a colocou na máquina. Depois abriu o gravador de áudio no celular, ligou o toca-fitas e colocou o telefone ao lado dele.

Ouviu-se duas vozes na fita: a do detetive inspetor-chefe Featherstone, mais grave, e a de Fred Duncan, com um forte sotaque da Cornualha.

– Você disse que passou a tarde toda pintando a casa no dia 7 de setembro, a casa que dividia com Joanna na vila de Upton Pyne. Seu vizinho Arthur Malone nos disse que uma jovem entrou na casa pouco depois das 14 horas, mas ele não a viu sair – disse o detetive Featherstone. – Quem era ela?

– Uma vizinha, Famke – respondeu Fred.

– *Famke*... Parece ser estrangeiro. Qual é o sobrenome dela?

– Van Noort... – Houve um breve vaivém no diálogo enquanto Fred soletrava para o detetive inspetor-chefe. – É um nome holandês. Ela é *au pair* de uma família vizinha.

– As pessoas da sua região têm *au pairs*? – perguntou Featherstone, sarcástico.

– Sim, são os Paulson. O Dr. Trevor Paulson é médico. Não sei o nome da esposa dele. Os dois moram na casa grande no fim da vila. Famke cuida dos filhos deles – disse Fred.

– Pode soletrar o nome?

– Os nomes dos filhos?

– Não, o do médico – disse Featherstone, irritado. Houve outro vai e vem na conversa.

– Por que essa *au pair* visitou você? – perguntou Featherstone. Houve uma longa pausa.

– Por que você acha? – disse Fred.

– Preciso que você diga, por causa da gravação.

Fred soltou um longo suspiro.

– Para transar – disse ele. – Ela foi para transar. Ficou umas duas horas, depois saiu pelo jardim dos fundos.

– Tem uma trilha nos fundos do seu jardim?

– Sim. Foi por lá que ela saiu.

– Famke pode confirmar isso?

– Sim. Mas, por favor, não seja duro com ela. Ela é muito jovem... Quer dizer, não tão jovem assim – ele acrescentou.

– Como você a conheceu? – perguntou o inspetor-chefe.

– Um dia, no mercado da esquina... eu a peguei me olhando – respondeu Fred. – Estou desempregado desde que nos mudamos para a vila. Tenho me sentido um lixo.

– Por que se sente assim em relação a si mesmo?

– Eu e Jo acabamos de financiar uma casa, mas não tenho como contribuir.

– Então Joanna ganha um bom salário no *West Country News* de Exeter?

– Sim.

– Isso deve ter causado alguma tensão – disse Featherstone. Havia um tom provocador em sua voz.

– O que você acha? – Fred retrucou.

– Isso dá motivo para você. Sua esposa morre, você recebe o seguro de vida e quita o financiamento.

– Vocês sabem se ela está morta? Encontraram o corpo dela? – perguntou Fred, a voz embargando.

Houve um silêncio de quase um minuto. Kate verificou o toca-fitas para ver se a fita tinha parado.

– Quantas vezes você encontrou Famke para transar? – perguntou o inspetor-chefe.

– Três ou quatro vezes nos últimos dois meses. Não é crime ter um caso.

– Claro que não, sr. Duncan. Mas Joanna sabe que você está recebendo a *au pair* do bairro na cama dela enquanto ela está fora, trabalhando duro para pagar o financiamento?

Outra longa pausa.

– Não – respondeu Fred, em voz baixa. – Mas tudo isso foi uma idiotice. Eu fui um idiota. Só quero que ela volte bem para casa. Vou contar tudo se ela voltar.

– Você consegue pensar em alguém que gostaria de fazer mal a ela? – perguntou Featherstone.

– Não.

– Ela não poderia ter um caso também? Você pulou a cerca.

– O quê? Não, não. Ela é obcecada pelo trabalho. Passa o tempo todo comigo, com a mãe ou no jornal. Uma vez ela contou de uma mulher do trabalho que teve um caso com um colega e de como todos passaram a falar dela em termos depreciativos.

– Quem é essa?

– Rita Hocking, outra jornalista do *West Country News*.

– Sua esposa pode ter fugido.

– Como vou responder a isso? Nem é uma pergunta. Vocês é que são os policiais. Deviam saber a verdade... Jo não fugiria do nada. Ela nunca deixaria a mãe. Elas são próximas. Próximas demais, até.

Houve outro longo silêncio, e então o inspetor-chefe começou a repassar o depoimento oficial de Fred. Kate parou a fita e o gravador do celular.

– Por que Bev não nos contou sobre o caso de Fred?

– Vai ver ela tem essa ideia de que eles eram felizes juntos – disse Tristan. – Ela não mencionou que Fred foi interrogado. E a polícia considerou que ele tinha motivo.

– O vizinho e Famke deram um álibi para ele. Está registrado aí?

Tristan folheou os arquivos e encontrou um pedaço de papel.

– Sim, ela deu um depoimento escrito para a polícia... Famke chegou à casa de Fred pouco depois das 14 horas e saiu pouco depois das 16 horas – disse ele, passando os olhos no depoimento assinado. – Depois saiu pelos fundos, seguindo a trilha que passa atrás da fileira de casas.

– Upton Pyne é muito longe de Exeter? – perguntou Kate.

– Não muito, uns 6 quilômetros – respondeu Tristan, folheando os outros arquivos da caixa.

– Fred tinha um álibi até as 16 horas no dia em que Joanna desapareceu, mas Bev disse que a filha só saiu do trabalho às 17h30...

– O vizinho, Arthur Malone, deu um depoimento à polícia dizendo que viu Fred várias vezes no sábado, dia 7 de setembro, e que o carro de Fred só saiu de casa no fim do dia, por volta das 19h30...

– Que é justamente quando Fred se preocupou porque Joanna não tinha voltado do trabalho e dirigiu até o apartamento de Bev, em Exeter – disse Kate.

Tristan estava olhando outro arquivo e assobiou. Ele ergueu uma folha com quatro imagens de uma câmera de segurança.

– O que é isso? – perguntou Kate.

– A polícia pegou o depoimento de Noah Huntley, o parlamentar sobre quem Joanna fez o dossiê – respondeu ele. – Essas imagens mostram os dois se encontrando em um posto de gasolina.

Kate pegou a folha da mão de Tristan.

– Olhe a data registrada pela câmera: 23 de agosto de 2002... – disse ela.

– Duas semanas antes de Joanna desaparecer.

– E as imagens são do posto da Texaco, em Upton Pyne. Por que Joanna encontraria Noah Huntley duas semanas antes de desaparecer, e tão perto de casa?

– Huntley disse em seu depoimento que Joanna pediu para se encontrar com ele porque tinha se candidatado a uma vaga no jornal *Daily Mail*, e ele era membro da diretoria da empresa. Ela queria garantir que não houvesse ressentimentos entre os dois – disse Tristan. – Ele também tinha um álibi para quando Joanna desapareceu. Estava em sua casa, na França.

Tristan passou o depoimento de Noah Huntley para Kate.

– Precisamos conversar com Fred para saber o lado dele da história. Bev não mencionou nada disso. O que me faz questionar o que mais ela não nos contou.

CAPÍTULO 6

Fred Duncan concordou em falar com Kate e Tristan na tarde da segunda-feira seguinte. Ele ainda morava na casa que dividia com Joanna em Upton Pyne, uma vila a vinte minutos de Ashdean, nos arredores de Exeter.

A casa ficava em uma alameda estreita de chalés e construções recuadas da rua, rodeadas por muros altos de tijolos vermelhos e cercas cheias de flores. A casa de Fred parecia muito diferente do local acabado e sujo que eles tinham visto nas fotos do arquivo do caso. O telhado de colmo e as janelas pareciam novos, e a alvenaria tinha sido jateada, o que limpou as manchas dos anos de fumaça e revelou a cor vermelha-escura original dos tijolos. Havia um grande quintal na frente, cercado por um muro alto de tijolos com o topo curvo. Uma árvore gigante dominava o gramado, seus galhos desnudos enormes se estendendo sobre o jardim de modo a criar uma cobertura. O sol da primavera era quente, mas, na sombra projetada pelos galhos, o ar se tornava fresco.

Kate tocou a campainha, que ecoou nas profundezas da casa. Pouco depois, Fred abriu a porta. Nas fotos do caso, ele aparecia magro e esguio, usava bonés de beisebol e roupas casuais e tinha uma barba escura por fazer permanente. O homem na frente deles parecia mais forte e saudável, com um leve bronzeado. Estava descalço e com a barba feita, e seu cabelo ralo estava aparado rente à cabeça. Para Kate, ele parecia um guru *new age*. Usava uma calça larga de linho branco e uma camisa folgada, também de linho, aberta no pescoço, exibindo um peito peludo com uma corrente de rosário e uma pequena cruz prateada.

– Olá, sejam bem-vindos – disse ele, com um sorriso largo. – Por favor, tirem os sapatos. Querem sandálias? – acrescentou, apontando para uma caixa de madeira ao lado da porta, cheia de sandálias idênticas de pele de carneiro. Kate e Tristan tiraram os sapatos, mas recusaram as sandálias. – O aquecimento do piso está ligado no máximo, então vocês ficarão confortáveis de meias. – Ele os guiou pela cozinha. – Minha esposa, Tameka, não quis ficar. Ela levou nossa filhinha, Anika, para a cidade.

Na parede acima da mesa da cozinha havia uma colagem de fotos de casamento, com um grande retrato em grupo no topo. Tinha sido uma cerimônia indiana tradicional, e parecia ter cem ou mais convidados. Fred e seus pais idosos, muito pálidos, se destacavam entre a família e os amigos indianos de Tameka. Havia duas fotos do casal nas cores fortes do vestido indiano tradicional da noiva. Tameka era mais alta do que Fred e dona de uma beleza impressionante.

– Quando vocês se casaram? – perguntou Kate.

– Acabamos de comemorar nosso terceiro aniversário de casamento – respondeu Fred, seguindo o olhar de Kate e Tristan para as fotos. – Tameka tem uma família grande, muitos dos parentes vieram de Mumbai. Gostariam de um café? Só tenho leite de soja – ele acrescentou. – Somos veganos.

– Aceito um café preto – disse Tristan.

– Eu também – completou Kate.

– Sentem-se – ofereceu ele, apontando para uma mesa de madeira comprida, com um banco de cada lado, junto a uma janela com vista para o pátio.

Kate e Tristan se sentaram no banco de frente para a janela. O jardim dos fundos era grande e pontilhado por bétulas prateadas, que ainda estavam pequenas. Uma trilha levemente ondulada de cascalho branco levava a uma estrutura de madeira imensa, com paredes de vidro, no fundo do jardim. O interior estava vazio e o chão, coberto de tapetinhos verde-escuros.

– Aquele é o estúdio de ioga de Tameka – disse Fred. Kate notou o portão no muro nos fundos do jardim. Tristan também o notou. Ele olhou de esguelha para ela e ergueu a sobrancelha. Era o portão que Famke usava quando ela e Fred estavam tendo um caso.

Fred veio até a mesa com três xícaras fumegantes de expresso em uma bandeja pequena.

– Minha esposa é professora de *Ashtanga Yoga* e dá aulas em casa.

– Você está trabalhando agora? – perguntou Kate, pegando duas xícaras da bandeja e entregando uma para Tristan. – Os arquivos do caso dizem que você estava desempregado quando Joanna desapareceu.

– Sim, estou trabalhando agora – respondeu ele, em tom de sarcasmo. – Sou *web designer*. Eu e Tameka conseguimos trabalhar em casa e dividir as responsabilidades em relação a Anika. – Ele tirou um pacote de biscoitos do bolso da calça e o abriu com os dentes, virando-o sobre o tampo da mesa. Os biscoitos escaparam. – Caramba, não pensei nisso direito, não é? – disse ele, e então voltou à cozinha e começou a vasculhar os armários até encontrar um prato. Kate teve a impressão de que Fred não estava habituado a preparar comida nem a lidar com a cozinha em geral. Ele voltou com um prato e virou os biscoitos em cima. Depois se atrapalhou mais um pouco enquanto limpava as migalhas e conferia se havia ficado alguma sujeira. Kate imaginou que Tameka fosse muito rígida.

– Certo – disse ele, sentando-se na frente dos detetives. – Sobre Joanna...

– Bev nos disse que entrou em contato com você – informou Kate.

– Pois é, ela me mandou uma mensagem. Acham que vão encontrá-la?

– Espero que sim – disse Kate. – Você apoia a decisão de Bev de contratar uma detetive particular?

Fred esfregou os olhos.

– Não sou contra. Passei pelo meu luto por Joanna e acho que tenho sorte por ter conseguido seguir em frente. Eu tinha que seguir em frente, pela minha sanidade. Acho que Bev ainda está presa naquela noite em que Joanna desapareceu. Só de falar nisso de novo me dá calafrios. Veja minhas mãos, estou tremendo... – Ele estendeu as mãos. Tinha dedos finos e compridos, mas as pontas eram ligeiramente inchadas.

– É difícil continuar morando aqui, na mesma casa que você dividia com Joanna? – perguntou Tristan.

– Voltei há apenas três anos. Um ano depois que Joanna desapareceu, aluguei a casa e fui para um apartamento em Exeter.

– Por que a alugou? – perguntou Kate.

– Tive que fazer isso. Eu não conseguia bancar o financiamento sozinho. Quando uma pessoa desaparece, não existe uma lei que diga o que acontece com os bens dela. Tínhamos um financiamento juntos, mas eu não podia mudar isso sem a assinatura de Joanna. Foi só oito anos depois que nós, quer dizer, *eu* fui à justiça para que ela pudesse ser considerada morta *in absentia*. Morte presumida.

O rosto dele pareceu atormentado pela lembrança.

– Por que disse *nós* e depois corrigiu para *eu*? – perguntou Kate.

– Bev foi contra no início. Ela me acusou de desistir de Joanna, mas, no fim, acabou aceitando. Conseguimos tirar o atestado de óbito e fazer um funeral. Nosso casamento foi anulado. Comprei a parte que Joanna tinha investido nesta casa e dei o dinheiro para Bev.

– O que Bill achou?

– Bill costuma achar o que Bev acha. Ele é devotado a ela... Os dois cuidam um do outro. Bev passou por maus bocados quando estava com o pai de Joanna, que era violento e controlador. Bill é oposto disso: calmo, confiável. Mas, depois do pai de Joanna, Bev jurou que nunca mais se casaria nem abriria mão de sua independência por homem nenhum. Pensei que eles estariam casados a esta altura, depois de tantos anos. Imagino que morar juntos seja um passo na direção certa... Bill é uma boa pessoa. Ele me ajudou financeiramente depois que Joanna desapareceu, e, quando finalmente determinaram que ela estava morta, ele comprou um lote no cemitério ao lado do túmulo da mãe de Bev e pagou uma lápide bonita... – Fred perdeu a voz. – Enterramos uma mecha do cabelo de Joanna.

Kate pensou na conversa com Bev e Bill, em como Bev falara de Joanna como se ela ainda pudesse estar viva. Ela não havia mencionado nada disso. Fred deu um gole no café e continuou:

– Conheci Tameka seis meses depois que Joanna foi considerada morta. Fiz o pedido de casamento seis meses depois disso, e então ela engravidou. Queríamos morar em um lugar agradável, e esta é uma boa região agora, com uma boa escola. Reformamos a casa toda. Pisos e teto novos. Acrescentamos esta cozinha e mais dois quartos no andar de cima, com uma suíte. Mandamos fazer o paisagismo do jardim... Está irreconhecível em relação a antes. E, por mais estranho que pareça, a reforma também ajudou com os vizinhos – disse ele.

– Ajudou em que sentido? – perguntou Kate.

Fred ergueu uma sobrancelha.

– Como vocês devem saber, a polícia me interrogou, mas não passou disso. Meu álibi veio de Famke, uma vizinha com quem eu estava tendo um caso, então muitos dos vizinhos ainda achavam que eu tinha matado Joanna. Durante a reforma, a casa toda foi destruída. Pisos retirados, paredes reduzidas a tijolos. Escavamos o jardim para instalar uma nova bomba de calor geotérmica, e a vila agora está ligada à rede de esgoto, então tiramos a antiga fossa séptica... E aí, quando viram o tanque sendo guinchado para fora do jardim, alguém ligou para a polícia. Não sei quem foi. A polícia apareceu e pediu para olhar dentro do tanque antes que fosse levado embora. Já tinham olhado três vezes ao longo dos anos. Foi bom me livrar daquilo e recomeçar. Acho que os boatos de que matei Joanna e a escondi embaixo das tábuas do assoalho ou a enterrei no jardim foram finalmente deixados para trás.

– Você ainda mantém contato com Famke? – perguntou Tristan.

Fred franziu a testa.

– É claro que não.

– Sabe onde ela está?

– A última notícia que tive, anos atrás, foi que ela voltou para a Holanda – respondeu Fred.

– O que Bev disse sobre seu caso com ela?

– O que vocês acham? Ela ficou furiosa comigo por muito tempo, mas fizemos as pazes... – Houve uma longa pausa. – Trocamos até cartões de Natal.

– Meu banco também me manda cartão de Natal todo ano – disse Kate.

– Certo, não somos mais próximos – disse Fred. – Mas era de se esperar. Joanna era a cola que nos mantinha unidos.

Ele deu um gole no café.

– No dia em que Joanna desapareceu, você passou o dia todo aqui. Seu vizinho o viu jardinando e nos intervalos em que estava... – Kate hesitou. – Aqui na casa, com Famke?

– Sim.

– Você só saiu de casa pouco antes das 20 horas?

– Sim. Quando Joanna não voltou do trabalho, tentei ligar para o celular dela, mas estava desligado. Telefonei para Bev por volta das 19 horas, mas ela não sabia onde a filha estava. Bev ligou para uma amiga de Joanna, Marnie; ela também não sabia. Joanna não tinha muitos amigos e não socializava com o pessoal do trabalho. Ela planejava vir direto para casa, então ficamos preocupados... Nosso primeiro pensamento foi que ela tivesse sofrido um acidente de carro. Bev ligou para a polícia, mas eles não ajudaram muito, apenas falaram para ligar de novo depois de 24 horas. Bev perguntou se eu poderia buscá-la, então fui de carro até seu apartamento. Ela queria dar uma olhada nos dois hospitais da região, mas fomos primeiro ao estacionamento Deansgate.

– Por quê? – perguntou Kate.

– Era lá que Joanna estacionava. Estava prestes a ser demolido, e pouca gente frequentava o lugar porque atraía muitas pessoas suspeitas, usuários de drogas. Tínhamos falado para ela estacionar perto do mercado a granel, mesmo sendo mais caro e longe da redação, mas ela era teimosa e se recusou a deixar o Deansgate. Quando chegamos ao estacionamento, subi os andares para dar uma olhada e encontrei o carro de Joanna. O celular dela estava desligado e jogado embaixo do veículo. Foi então que as coisas ficaram muito sombrias, e a polícia abriu um caso de pessoa desaparecida.

– Joanna tinha muitos inimigos? – perguntou Kate.

– Não. Ela não tinha muitos amigos e era bem reservada, mas não tinha ninguém que ela odiasse e que a odiasse de volta – respondeu Fred.

– Seis meses antes de desaparecer, Joanna tinha escrito um dossiê sobre um parlamentar local, Noah Huntley. O artigo investigativo que ela publicou provocou uma eleição suplementar, e ele perdeu o cargo – disse Kate.

Fred sorriu.

– Isso me deixou orgulhoso. É sempre bom ver um conservador levar uma boa surra, mas saber que Joanna pegou aquele filho da mãe e o fez pagar... Foi nesse ponto que ela deveria ter dado o salto para trabalhar em um dos jornais nacionais.

– Por que ela não fez isso? – perguntou Tristan.

Fred fez uma pausa e esfregou o rosto. Recostou-se na cadeira, depois se endireitou.

– É um pouco pesado repassar isso de novo. Foi por minha causa – disse ele, e então baixou os olhos e mordeu o lábio. Kate olhou de soslaio para Tristan. Por um momento, pensou que Fred começaria a chorar. Ele soltou um suspiro profundo. – Eu não estava em um bom momento. Estava desempregado e me sentindo perdido. Joanna queria se mudar para Londres, alugar esta casa e tentar uma vaga em um grande jornal. Estava interessada em um dos jornais nacionais. Eu me recusei, disse que não queria ir, e me arrependo disso profundamente. Se tivéssemos ido, é provável que ela ainda estivesse viva.

Kate tirou uma pasta da bolsa.

– Perguntamos se Joanna tinha inimigos. Será que Noah Huntley poderia ser classificado como inimigo? O artigo de Joanna acabou com a carreira dele na política – disse a detetive.

– Isso aconteceu meses antes de ela desaparecer – disse Fred.

– Conseguimos acesso aos arquivos originais do caso. Você sabia que Noah Huntley foi interrogado voluntariamente pela polícia quando Joanna desapareceu? – perguntou Kate.

– Não, não sabia. Quando o prenderam? – perguntou ele. Sua surpresa com a informação pareceu genuína.

– Não o prenderam. Ele não era um suspeito. E falaram com ele nove meses depois que Joanna desapareceu, em 14 de junho de 2003 – disse Kate. – A polícia pediu para interrogá-lo depois que algumas imagens de câmeras de segurança mostraram Huntley se encontrando com Joanna duas semanas antes do desaparecimento.

Fred se recostou, surpreso.

– Ela realmente falou em escrever uma segunda matéria sobre Noah Huntley, mas nunca mencionou que tinha se encontrado com ele.

– Que tipo de segunda matéria? – perguntou Kate.

– Quando estava investigando as licitações, ela ouviu boatos de que ele se encontrava com homens à noite, que os buscava de carro.

– Por que ela não escreveu sobre isso no artigo original?

– Não havia evidências suficientes. O editor não queria que ela se distraísse da história de fraude.

– Joanna falava de trabalho com você? – perguntou Tristan.

– Só depois que as coisas aconteciam, mas, se uma matéria em que estava trabalhando envolvia questões delicadas, ela não comentava... Espera, de onde surgiram essas imagens dos dois se encontrando?

– Tem um posto de gasolina da Texaco perto daqui, na estrada principal para Exeter – respondeu Kate. – Foi assaltado por um homem armado com uma espingarda nove meses depois do desaparecimento de Joanna. A polícia solicitou as fitas da câmera de segurança e, por algum motivo, uma fita de uma noite nove meses antes estava entre elas. O policial que estava catalogando reconheceu o número da placa de Joanna. Ele trabalhava no caso e acabou decorando. Então viu que o vídeo era de um pouco depois das 20 horas do dia 23 de agosto de 2002.

– Não faz sentido – disse Fred. – Depois que a matéria foi publicada, Joanna costumava brincar que devia ser a última pessoa que Noah Huntley gostaria de ver pela frente, que dirá conversar.

– Nós olhamos o mapa. Esse posto fica na estrada principal para Exeter, a A377. Era esse o caminho que Joanna pegava saindo de Upton Pyne para trabalhar?

– Sim.

Kate abriu a pasta e tirou quatro imagens das câmeras de segurança, colocando-as sobre a mesa. Na primeira, o carro de Joanna, um Ford Sierra azul, estava estacionado em uma das vagas reservadas a motoristas na lateral do posto de gasolina. Estava de frente para a câmera, e dava para ver claramente Joanna através do para-brisa, sozinha. A segunda foto mostrava Noah Huntley, um homem alto, de cabelos escuros e entradas pronunciadas, entrando pelo lado do passageiro. A terceira exibia os dois concentrados em uma conversa. E a quarta mostrava Huntley saindo do carro de Joanna. A conversa durou quinze minutos. Fred encarou as imagens, ainda sem palavras.

– O que Noah Huntley disse à polícia sobre esse encontro? – perguntou ele.

– Disse que era membro da diretoria do *Daily Mail* e que atuava como colunista às vezes. Joanna estava sendo requisitada para participar da equipe do *Mail* e quis se encontrar com Huntley para garantir que ele não impediria a contratação – disse Kate.

Fred sacudiu a cabeça.

– Mentira. Ela nunca rastejaria para alguém como ele.

– Olhamos todos os arquivos do caso, e a polícia confirmou a informação: Joanna tinha se candidatado para uma vaga no *Daily Mail*. Houve uma confusão sobre o motivo pelo qual o posto de gasolina manteve a fita daquela noite. Normalmente, as imagens ficam registradas apenas por um mês, depois eles as apagam e reutilizam as fitas – disse Kate. – Alegaram ter sido um erro; as fitas estavam fora de ordem. Depois que a versão de Huntley se confirmou, a polícia não foi mais atrás dele. Você consegue pensar em um motivo para Joanna ter se encontrado com ele?

– Não sei – respondeu Fred. – Achei que conhecesse Joanna, mas, quanto mais o tempo passa, mais penso que não a conhecia nem um pouco.

CAPÍTULO 7

– É aquele o posto de gasolina – disse Tristan, apontando para uma placa da Texaco à frente. Depois da conversa com Fred, Kate quis pegar o caminho que Joanna fazia para trabalhar em Exeter. A entrada para a rodovia ficava a pouco mais de 1 quilômetro de Upton Pyne na direção da via secundária, e o posto ficava menos de 1 quilômetro além, seguindo pela via expressa. Kate diminuiu a velocidade enquanto passavam em frente. Era um lugar ermo, cercado por árvores e descampados. Uma mulher estava abastecendo seu carro sob o toldo gigantesco.

– Não estou convencida de que Joanna encontrou Noah Huntley aqui para conversar sobre conflitos de interesses em um eventual trabalho – disse Kate. – Ela já tinha celular, e supomos que Noah Huntley também tivesse. Por que se encontrar pessoalmente, fora do horário comercial, para algo assim?

O posto estava diminuindo no espelho retrovisor, e a estrada serpenteou pelo caminho remoto e montanhoso.

– E é provável que ele tenha vindo de longe para se encontrar com ela – disse Tristan. – Huntley voltou para Londres quando perdeu o cargo no Parlamento.

Os dois ficaram em silêncio. Kate estava refletindo sobre o caso, imaginando Joanna dirigindo para trabalhar na manhã de 7 de setembro. Seria apenas um dia como qualquer outro?

Cinco minutos depois, eles saíram da via expressa e entraram no centro de Exeter. Quando viraram na estreita rua principal, Kate diminuiu a velocidade para passar por um ônibus, diante do qual uma fila de trabalhadores com ar infeliz esperava para embarcar. Alguns entregadores passavam de bicicleta, em alta velocidade, em meio ao trânsito. Kate parou em um sinal vermelho.

— Certo, a redação do *West Country News* ficava ali — disse Tristan, apontando para um prédio de cinco andares à esquerda, agora uma loja de departamento John Lewis.

— Quando Joanna saiu do trabalho, por volta das 17h30, esta rua ainda estava bem movimentada. Era sábado, fim de tarde. As lojas estavam fechando, mas os bares e *pubs* começavam a encher — disse Kate, observando o movimento diante das lojas e dos quatro *pubs* que se estendiam pela rua principal. O semáforo ficou verde, e ela avançou, passando entre dois ônibus. Kate olhou para a direita e para a esquerda. Havia algumas ruas laterais. Eram tranquilas em comparação à rua principal, e algumas tinham zonas de carga e descarga para as lojas.

— Provavelmente havia muitas pessoas na rua, mas ninguém viu o que aconteceu com ela — disse Tristan, seguindo o olhar de Kate.

Ela acelerou e parou em outro semáforo. À direita havia um grande prédio em cuja fachada estava escrito "Apartamentos Anchor House", com uma fonte curva.

— Era ali que ficava o velho estacionamento Deansgate — disse Kate, a vista deles bloqueada por uma multidão de gente andando na rua. — Céus, é praticamente do lado da redação do jornal.

Tristan tirou a pasta da bolsa de Kate e pegou uma foto do arquivo. Fora tirada de uma câmera de segurança um pouco abaixo do cruzamento onde estavam agora. Era a última foto de Joanna de que se tinha notícia. Ela usava um casaco preto comprido e um par de botas de caubói de couro preto. Seu cabelo loiro e ondulado, na altura do ombro, estava partido ao meio. A calçada estava vazia, exceto por um casal um pouco atrás dela, de costas para a câmera, encolhido embaixo de um único guarda-chuva.

— Ela parecia estressada — disse Tristan, erguendo a foto. A testa de Joanna estava franzida, e as duas mãos seguravam a alça da bolsa pendurada no ombro. Parecia profundamente concentrada.

— Ela teria atravessado bem aqui — disse Kate, mantendo o olhar na pista enquanto os últimos pedestres passavam. — Como era o estacionamento? Havia uma entrada para pedestres aqui na rua?

— Sim. A entrada para carros ficava no meio, um pouco mais à frente — respondeu Tristan, apontando para o que agora era o centro do prédio. — E à direita havia uma portinha estreita para pedestres.

O semáforo ficou verde, e Kate passou pelo prédio Anchor. Tristan continuou:

– O estacionamento era um nojo, todo de concreto, e estava sempre úmido. Eu ficava com medo quando minha mãe estacionava lá. Tinha gente drogada na escadaria, e era medonho se você tivesse que voltar para o carro depois do anoitecer. Não havia janelas, só buracos espaçados nas laterais do concreto. Tinha seis andares, e ao longo dos anos muita gente pulou e cometeu suicídio aqui na rua. Quando demoliram, a maioria das pessoas já havia passado a usar o estacionamento da NCP, do outro lado da via de mão única. Vamos passar lá logo mais. Também usavam o do shopping Guildhall, do outro lado da rua.

– Se Joanna chegou a atravessar a rua lá atrás, como mostra aquela foto, faz sentido que ela tenha sido pega ou atacada dentro do estacionamento. O trânsito é tão intenso na rua principal que poderia ter abafado todos os sons de gritos – disse Kate, voltando a olhar a imagem da câmera de segurança no colo de Tristan. Dava calafrios pensar que Joanna poderia estar a poucos minutos de seu fim naquela foto.

Eles chegaram ao ponto mais alto da rua principal, onde havia um pequeno parque. A catedral parecia se erguer do chão conforme a via de mão única se curvava à direita para a Market Street, passando pelo estacionamento NCP e pelo mercado a granel.

– Parece um lugar tão arriscado para fazê-la desaparecer – disse Kate. – Joanna morava em Upton Pyne, que é tão pequena e no meio do nada. Ela tinha que dirigir por toda a área rural para chegar ao trabalho. Se eu quisesse sumir com alguém, não faria isso no meio de Exeter, com suas ruas movimentadas e calçadas cheias de pedestres. Eu a pegaria na área rural. Forçaria o carro dela a sair da estrada. Mal passamos por outros carros quando viemos de Upton Pyne para cá, e aquela estrada devia ser ainda mais tranquila em 2002.

– Não tinha nenhuma câmera de segurança voltada para a rampa de saída ou entrada do estacionamento, tinha? – perguntou Tristan.

– Não, apenas a câmera que capturou a última imagem de Joanna. Fica perto do mercado a granel, na esquina.

– Há muitas ruas laterais em que dá para virar antes de chegar ao mercado.

Eles estavam agora saindo do centro da cidade e voltando na direção de Ashdean. Havia muita papelada nos arquivos do caso, e

Kate queria dar mais uma olhada em tudo. Levaria um tempo para absorver todos os detalhes.

– Quero localizar os colegas de Joanna no *West Country News* – disse Kate. – E o editor dela. Acho que o detetive inspetor-chefe Featherstone não insistiu o suficiente com ele para saber o que Joanna estava investigando quando desapareceu. Pelo que ouvi dos interrogatórios, eles nunca voltaram a falar com o editor de novo... Como ele se chamava mesmo?

– Ashley Harris – respondeu Tristan.

– Certo. Também precisamos falar com a amiga de Jo, Marnie. E com Famke, que pode nos dar uma ideia de como estava o casamento de Fred e Joanna. O álibi de Fred é um tanto emaranhado.

Tristan olhou para Kate.

– Você acha mesmo que Fred pode ser o culpado?

– Nesye estágio, quero manter a mente aberta. – Ela apontou para a foto, ainda no colo de Tristan. – Os arquivos do caso dizem que Joanna saiu do trabalho às 17h30. O horário nessa imagem é 17h41. E se Fred tiver vindo buscá-la no carro dele? Ela entraria de boa vontade... Ele conseguiria derrubar o telefone dela sem que ela notasse... Certo, essa parte ainda é incerta. Mas, se ela tivesse entrado em um carro com ele de livre e espontânea vontade, haveria 10 quilômetros de uma zona rural deserta onde ele poderia ter jogado o corpo dela antes de voltar para casa. Não é uma viagem longa de Upton Pyne até Exeter.

– O vizinho disse que o carro de Fred só saiu depois das 19h30 naquela noite, quando ele foi procurar Joanna – disse Tristan.

– Merda. Sim, é verdade. Vamos comer alguma coisa e voltar para os arquivos do caso.

CAPÍTULO 8

Tristan chegou em casa às 19 horas. Tinha trabalhado a tarde toda com Kate, montando uma linha do tempo do último dia de Joanna. Eles não haviam encontrado as informações de contato de Famke, mas conseguiram rastrear o médico para quem ela havia trabalhado como *au pair*. Ele tinha um consultório em Surrey agora, e os detetives lhe mandaram um *e-mail*.

O apartamento de Tristan ficava no térreo do calçadão da orla de Ashdean. Ele adorava a localização, amava poder atravessar a rua e caminhar na praia, mas ainda estava tentando se acostumar a dividir sua casa.

Glenn já estava na cozinha, preparando um salteado em uma frigideira. Era um rapaz alto e musculoso que lembrava o personagem de quadrinhos Desperate Dan, com suas sobrancelhas grossas e peludas e uma barba por fazer permanente. Sua expressão parecia ameaçadora, mas ele abriu um sorriso ao ver Tristan e, de repente, transformou-se em um grande urso de pelúcia

– Tudo certo, amigo? Estou quase terminando aqui – disse Glenn.
– O que vamos comer? – perguntou Tristan. O cheiro de especiarias e carne lhe deu água na boca.
– É Delia Smith.
– Você fez um bom picadinho dela?
– Não, é a receita dela de barriga de porco com verduras salteadas – respondeu Glenn, sem entender a piada. – Acho que dá para dois.
– Não precisa, obrigado. Vou encontrar um amigo para beber.

Glenn tinha se mudado para a casa fazia um mês, mas trabalhava em turnos como carcereiro. Como Tristan também alternava entre seus dois empregos na agência e na universidade, os dois não tiveram tempo de se conhecer melhor.

Tristan foi tomar banho e, quando voltou à cozinha, cerca de dez minutos depois, a pia estava vazia, a lava-louças ligada e as bancadas limpas. Tristan nunca tinha visto alguém comer tão rápido. Glenn praticamente engolia tudo de uma vez.

Depois de confirmar que estava com o celular e a carteira, Tristan gritou "tchau" na direção da escada, mas não ouviu resposta.

Ashdean era uma cidade universitária, e, embora estivesse na época das provas de fim de ano, a orla estava cheia de gente. Ainda demoraria umas duas horas para escurecer, mas já havia um grupo de alunos na praia preparando uma fogueira com galhos.

Havia bares e *pubs* ao longo da orla, em meio às casas, além de alguns hotéis que ainda conservavam a aura de pensão dos anos 1950. Tristan morava no alto da orla, perto do prédio da universidade, onde o calçadão se curvava abruptamente para longe da praia, voltando em seguida para se tornar a rua principal. Ele caminhou na direção oposta, descendo para o fim do calçadão, passando por alguns *pubs* onde grupos de pessoas jantavam em mesas na calçada.

O Boar's Head ficava no finzinho da rua, com vista para a colina íngreme que subia na direção das falésias. Era um *pub* pequeno com uma plataforma elevada perto da cabine de DJ, onde o DJ Pete estava tocando o *cover* em espanhol de "The Tide is High", gravado por Atomic Kitten. Ainda estava cedo quando Tristan entrou, e havia um misto de rapazes e moças, velhos e jovens, diante do balcão.

Ele viu seu amigo, Ade, jogando em uma máquina caça-níqueis antiga com temática do filme *Quem quer ser um milionário?*. Era um homem grande, na casa dos 50 anos, e usava calças largas, uma camiseta branca e um colete laranja. Seu cabelo preto e comprido, na altura dos ombros, estava penteado a ponto de brilhar, e sua barba era farta e escura.

– Ah! Oi, Miss Marple – disse Ade, tirando os olhos da máquina e dando um abraço no amigo. "Miss Marple" era o apelido que tinha dado a Tristan quando soube que ele trabalhava como detetive particular. – Há dias que não vejo você. Andou ocupado em Saint Mary Mead?

– Acabamos de começar a trabalhar em um caso de pessoa desaparecida. Muito complexo. O que está bebendo? – perguntou Tristan.

– Álcool, Miss Marple! – respondeu Ade, erguendo o copo vazio. – Pegue uma *lager* para mim.

Tristan pediu duas cervejas, uma Guinness para ele e uma *lager* para Ade, e os dois se sentaram em uma mesa na lateral do bar. Tinham uma amizade tranquila: Ade bebia quase toda noite no Boar's Head, e eles nunca combinavam de se ver, mas tinha se tornado algo regular se encontrarem para tomar umas durante a semana.

Ade fora policial durante 25 anos, até que uma crise durante o trabalho revelou um diagnóstico de transtorno de estresse pós-traumático. Ele se aposentou cedo, aos 50 anos, e estava tentando escrever um romance de ficção científica. Foi Ade quem acolheu Tristan depois que o amigo se assumiu *gay*, quase três anos antes.

— Você chegou a trabalhar no caso de Joanna Duncan? – perguntou Tristan.

Ade deu um longo gole na cerveja.

— Não. Quem era ela?

Tristan sabia que era improvável que o amigo tivesse trabalhado no caso.

— Uma jornalista do *West Country News*. Despareceu em setembro de 2002.

— Ah, sim, eu me lembro. Estava trabalhando no departamento de narcóticos de Devon e Cornualha na época. Pode parecer estranho, mas juro que essa região é um antro de escândalo e sexo como qualquer outra do país.

— Queria saber se você já ouviu algum boato sobre um cara chamado Noah Huntley. Era um parlamentar local. Foi eleito em 1992, depois perdeu o cargo em um escândalo de suborno...

Ade ergueu uma sobrancelha e deu mais um gole em sua *lager*.

— Sei que ele é "bem-casado" há vinte anos, mas prefere passar as noites com rapazes bonitos. Por quê? Ele deu o número para você, Miss Marple?

— Não, nada disso.

Tristan explicou que Joanna Duncan vinha investigando se Noah Huntley contratava garotos de programa, mas que essa parte da história não tinha sido publicada.

— Eu o flagrei com um cara uma vez, anos atrás – disse Ade. – Era agosto de 1997, algumas semanas antes da morte da princesa Diana. Era uma noite quente, e estávamos fazendo uma grande ronda em dois conjuntos habitacionais e em áreas residenciais mais chiques de Exeter, até que passamos em um *pub gay* nos arredores da cidade, o Peppermintz. Era um lugar um pouco tosco. Na verdade, era aonde eu gostava de ir. Um ex-namorado meu fazia *shows* lá. Ele era um imitador de Lorna Luft...

– Quem é Lorna Luft? – perguntou Tristan, arrependendo-se imediatamente da pergunta.

– Ai, meu Deus... E você se diz *gay*? Ou diz que é *queer*?

– Não digo que sou *queer*.

– Por que os jovens estão usando *queer* agora? *Queer* era como me xingavam durante minha juventude. É como os valentões e homofóbicos me chamavam enquanto me batiam.

– Bem, algumas pessoas usam essa palavra para se descrever.

– E tudo certo, bom para elas. Só não *me* chamem de *queer*. Quero ser chamado de *gay* e tenho o direito de pedir isso.

Tristan podia ver que Ade estava ficando agitado.

– Certo, mas você estava falando sobre Noah Huntley.

– Não, eu estava falando que Lorna Luft é filha de Judy Garland. *Por favor*, diga que você sabe quem é Judy Garland.

– Eu sei, claro.

– Não sei *por que* ele escolhia imitar Lorna Luft. Eu falava para ele: "Tenha um pouco de ambição. Seja Liza". Tive uma discussão parecida com outra bicha no último Halloween, por se vestir como Tamar Braxton.

– *Enfim* – disse Tristan, impaciente. – Você viu Noah Huntley nessa balada *gay*, Peppermintz, em agosto de 1997? – perguntou, trazendo Ade de volta ao assunto.

– Não, ele não estava na balada. Eu era um guarda de ronda, e nossa rota passava pela balada até um matagal perto do túnel da rodovia. Naquela noite, tinha um carro chique estacionado no meio-fio em uma área completamente isolada, com trechos de vegetação na estrada e apenas alguns faróis piscando. Tinham informado a gente que outra equipe estaria fazendo a vigilância naquela noite, algo a respeito de uma gangue de traficantes da região. Pensei, a princípio, que o carro poderia ser deles. Era uma BMW. Então ficamos afastados, e a policial que estava no turno comigo, esqueci o nome dela, informou o número da placa para a central, que disse que o carro estava registrado no nome de Noah Huntley. Então fomos dar uma olhada e encontramos nosso parlamentar conservador no banco de trás com George, o *barman* do Peppermintz.

– Fazendo sexo?

Ade revirou os olhos.

– Sim, Tristan. Fazendo sexo. Ou era isso ou era uma manobra de Heimlich especialmente entusiasmada.

Tristan riu.

– O que você fez depois disso?

– Bati na janela, e então recuamos e esperamos eles ficarem apresentáveis. Depois de alguns minutos, Noah abriu a porta. George não ajudou muito ao dizer "ei, Ade" enquanto ainda afivelava o cinto. Falei para eles circularem e tomarem cuidado, e os lembrei que o que estavam fazendo era uma violação à ordem pública.

– Por que não os prendeu?

– O Partido Trabalhista tinha acabado de ganhar a eleição, e toda a questão de como a polícia lidava com os direitos de homossexuais tinha mudado radicalmente. Eles estavam em um lugar deserto e solitário à noite. Noah também parecia abalado e pediu mil desculpas. Se tivesse sido um babaca ou tentado usar sua posição como parlamentar, nós o teríamos fichado e levado à delegacia.

– Você ainda mantém contato com esse George? – perguntou Tristan.

– *Nunca* mantive contato com ele. Eu o via por aí, mas ele sumiu alguns anos depois – disse Ade.

– Como assim, *sumiu*? – perguntou Tristan.

– Desapareceu sem deixar vestígios.

– A polícia foi envolvida?

– Ah, não. Não foi nada nesse sentido. Algumas pessoas acham que ele conheceu um cara com dinheiro e fugiu para não pagar as contas. George estava com o aluguel atrasado. Outro boato é que ele fazia alguns bicos por fora, sabe, uma mamada aqui, outra ali, mas ele não recebeu nenhum dinheiro de Noah Huntley. Pelo menos foi o que ele disse.

– Você se lembra do sobrenome de George?

Ade deu um gole na cerveja e pensou por um momento.

– Não, ele era apenas George. Era espanhol e estava morando aqui fazia alguns anos, mas não me lembro do sobrenome dele. Talvez eu tenha uma foto dele em algum lugar, em uma festa chique. Era antes das redes sociais, e nem sei se ele tinha celular. George recebia em dinheiro vivo no bar, e conheço vários rapazes como ele que fugiram para não pagar o aluguel.

– Você se lembra quando ele desapareceu?

– Nossa... Sei que foi um tempo depois da virada do milênio, porque ele estava em todas as festas. Talvez um ou dois anos depois, no verão de 2002.

– Sabe se Noah Huntley chegou a ser preso ou fichado na polícia? – perguntou Tristan. Ade girou o resto da cerveja no copo e bebeu de uma vez.

– Não até 1997, quando o pegamos. Eu verifiquei na ocasião para ver se ele tinha sido pego caçando antes. Você acha que ele teve alguma coisa a ver com o desaparecimento de Joanna Dobson?

– Joanna Duncan – corrigiu Tristan.

– Acha que foi ele?

– Não sei. Será que ela sabia que ele estava no armário? Ou sabia que ele contratava garotos de programa? – perguntou Tristan.

Ade fez que não.

– Quando Joanna Duncan desapareceu, ser *gay* no governo não era mais motivo para perder o cargo, e Noah Huntley tinha abandonado a política. Ele devia estar ganhando três vezes mais como consultor, viajando pelo mundo e escolhendo seus *barmen* espanhóis. Noah não tinha que temer ser tirado do armário, nem precisava levar a esposa, os dois filhos e o labrador para posar como a família feliz no quintal de casa.

– Sim, tem razão – disse Tristan. – Faria mais sentido se ele tivesse sumido com ela para enterrar a matéria.

– E se essa *não* for a verdadeira matéria? – questionou Ade.

CAPÍTULO 9

Depois que Tristan saiu, Kate estava trancando o escritório quando se lembrou que receberia uma entrega de roupas de cama limpas da lavanderia na manhã seguinte, e os arquivos do caso estavam por toda parte.

– Inferno – disse ela. Estava ansiosa para se sentar com uma xícara de chá e uma torrada com ovo. Ela tirou a chave do bolso e destrancou a porta.

Não levou muito tempo para empurrar as caixas para um lado. Chegaria um carregamento de três meses de roupas de cama para os oito *trailers*, então ela arrastou as caixas na direção da parede direita, empilhando-as de três em três. Estava ansiosa para ver Jake durante as férias da faculdade, dali a duas semanas. Ele ia passar o verão todo em casa e ajudar a gerenciar o *camping*, então poderia cuidar de coisas como roupas de cama.

A última caixa que Kate mudou de lugar tinha sido de Joanna e continha seus papéis e diários de trabalho. A caixa, comprada em uma loja de materiais de escritório, era feita de papelão azul brilhante e tinha pequenos suportes de aço em cada extremidade para impedi-la de rasgar. Quando Kate a abriu, a luz forte e fluorescente da sala refletiu sobre a superfície da tampa, e ela notou que havia marcas de algo escrito à mão.

Kate examinou mais de perto, virando a tampa sob a luz, e viu que havia três linhas escritas. A superfície tinha sido usada como apoio para escrever em uma folha de papel. Ela virou a tampa e notou que estava um pouco surrada e riscada, mas não tinha mais nada escrito. Na frente da caixa tinha uma pequena etiqueta, encaixada em uma estrutura de metal, na qual estava anotado "Notas 6/2001 – 6/2002" em tinta azul desbotada.

Kate levou a tampa até o armário de arquivos, onde havia uma lâmpada forte ao lado da janela comprida. Ela a ligou e, enquanto inclinava a superfície de papelão de um lado a outro sob a luz ofuscante, conseguiu distinguir algumas letras, mas nada que fosse possível decifrar. Então se lembrou que tinha comprado um iPhone fazia pouco tempo, e Jake havia mostrado como a câmera era boa em realçar a luz nas fotos. Ela colocou a tampa em cima da mesa e fotografou a parte interna.

Quando ampliou a imagem no celular, não fez muita diferença. Ela então pegou o MacBook e transferiu a foto, depois abriu um aplicativo de edição de imagem e começou a mexer em todas as configurações, ajustando o contraste, aumentando a definição e reduzindo o ruído. Ela não sabia ao certo o que essas duas últimas configurações significavam, mas, enquanto movia os controles de um lado ao outro, o sombreamento e o realce da foto se alteraram, e a escrita ficou nítida.

– Caramba – disse ela, sentindo um calafrio de entusiasmo.

Buscar às 10h ou mais tarde? Confirmar
David Lamb
Gabe Kemp
Encontrar na caminhonete 07980746029

Kate salvou e imprimiu a imagem, depois pesquisou os dois nomes no Google. Havia dezenas de resultados para ambos nas redes sociais e no LinkedIn. Passava das 19h30, e ela tentou o número de telefone, que era um celular britânico, mas estava fora de operação.

Kate hesitou, mas em seguida ligou para Bev. Quando ela atendeu, sua voz parecia mole pelo efeito do álcool. Kate sabia que estava sendo impaciente e que deveria ter esperado até a manhã seguinte para ligar.

– Ah, oi, Kate. Está tudo bem? – perguntou Bev. Pela voz, ela parecia estar em um cômodo pequeno e ecoante.

– Desculpe por incomodar você em casa – disse Kate. – Só quero perguntar sobre dois nomes que apareceram… David Lamb e Gabe Kemp. Soam familiares?

Houve uma pausa, e Kate ouviu o barulho de água corrente. Ela se perguntou se teria ligado justamente quando Bev estava no banheiro. Pelo barulho, imaginou um lavabo apertado no térreo, mas a casa deles em Salcombe era palaciana, toda de mármore e com o pé-direito alto.

– Não, meu bem, desculpe. Não me lembro se Jo tinha amigos ou colegas com esses nomes…

– Não é isso. Os nomes estão escritos do lado de dentro da caixa azul de evidências que você nos deu. Era a caixa dos papéis de trabalho de Joanna. Parece a mesma letra da etiqueta colada na frente.

– Certo – disse Bev, ainda parecendo um pouco confusa.

– Imagino que Jo tenha usado a tampa como apoio para escrever... Embora a caixa provavelmente tenha ficado com a polícia por alguns anos. Se eu te mandar uma foto da anotação, você pode confirmar se é a letra de Joanna?

– Sim, claro.

Kate tirou o celular da orelha para enviar a imagem. Segundos depois, ouviu a notificação do outro lado da linha.

– Espere um pouco, meu bem... – Houve um ruído baixinho de movimento, depois um barulho mais alto quando Bev derrubou o celular. Então, um pouco depois, ela voltou à linha. – Sim, é a letra de Jo... – disse ela, a voz vacilando. – É uma pista?

– Talvez seja.

– Você acha que esses caras podem ter alguma coisa a ver com o desaparecimento dela?

– Não sei. Acabei de descobrir... – Kate perdeu a voz, tentando encontrar algo que pudesse dizer para consolar Bev. – Isso vai levar tempo, mas juro que estamos trabalhando muito no caso todos os dias.

Argh. Isso soou tão corporativo, pensou Kate.

Bev suspirou.

– Acabei de discutir com Bill. Ele bateu a porta, pegou o carro e saiu. Queria ir atrás dele, mas já tomei uma garrafa quase toda de Jacob's Creek...

– Ah, sinto muito – disse Kate.

– Pois é. Temos esses altos e baixos. É o estresse. Nunca moramos juntos antes, depois de todos esses anos... Pode me avisar assim que descobrir algo sobre esses nomes?

– Sim – disse Kate.

– Certo. Eu te mandei o primeiro pagamento. Fiz on-line.

– Obrigada.

– Vou ficar em casa hoje... – Ela deu um risinho amargurado. – Quer saber a verdade? Eu fico em casa toda noite. Dane-se, vou abrir outra garrafa e assistir à televisão. Não tem cortina nenhuma aqui. Sei que eu não deveria reclamar, mas sinto falta de cortinas. Tenho esse monte de janelas imensas com vista para o mar. Sei que estamos em um lugar alto, mas não consigo me livrar da ideia de que tem alguém me olhando.

— Você acha que tem alguém do lado de fora?

— Não, claro que não. Todas as outras casas são distantes, e se algum pescador quiser espionar com um binóculo, não vai ver nada além de mim grudada na frente da televisão assistindo a *Coronation Street*... É o que gosto de fazer. Também gosto de fechar as cortinas. De ter uma sala aconchegante... Bill vai voltar quando tiver se acalmado. O que você comeu no seu chá da tarde?

— Nada, ainda. Acho que vou comer uma torrada com ovo.

— Que gostoso, com um pouquinho de molho pardo então... Certo, não quero prender você. Pode me ligar quando quiser. Boa noite, meu bem.

— Boa noite.

Quando Kate desligou, pensou em como Bev parecia solitária, e as palavras dela ficaram ecoando em sua cabeça.

Garrafa de vinho, garrafa de vinho, outra garrafa de vinho, o som da rolha saindo de uma boa garrafa de vinho. Vinho tinto, saboroso e encorpado, aquele som delicioso quando as primeiras gotas saem da garrafa.

Myra tinha sido a madrinha de Kate no Alcoólicos Anônimos, e, depois que ela morreu, Kate não tentou encontrar outra, mas continuou indo às reuniões.

Kate expulsou a imagem de uma grande taça de vinho tinto de seus pensamentos, sentou-se na frente do computador e começou a vasculhar os resultados do Google para David Lamb e Gabe Kemp.

CAPÍTULO 10

O Brewer's Arms era um pequeno bar *gay* situado próximo a um trecho do canal em Torquay, cerca de 30 quilômetros abaixo da costa de Ashdean. Em outros tempos, tinha sido uma cervejaria, e a entrada ficava sob uma longa fileira de arcos de tijolo. Naquela tardezinha tranquila de segunda-feira, o sol estava começando a se pôr na margem do canal, refletindo o laranja sobre a água parada.

Hayden Oakley se aproximou da entrada e sorriu para o segurança na porta. O segurança, um homem corpulento com um nariz de boxeador, retribuiu o sorriso e deu um passo para o lado para deixá-lo entrar.

No interior à meia-luz, Hayden sentiu o calor e a música palpitando em sua pele e o cheiro de dezenas de loções pós-barba disputando no ar com um odor químico doce. Era um verdadeiro mercado de carnes. Sentado no balcão estava um grupo de homens mais velhos, com baldes de gelo de champanhe. Observavam com uma atenção intensa, como pescadores à espera de uma fisgada na ponta do anzol, um grupo de rapazes atraentes que dançava em uma pequena pista iluminada pelos feixes de luz de um globo espelhado.

Todas as cabeças se voltaram para Hayden. Ele era alto e magro, com um corpo de atleta e o rosto liso e jovem. Imaginou que os homens mais velhos no balcão não tinham lá muita grana, mas a ideia de uma noite com um rapaz de 20 anos com uma cintura fina valia por uma boa calça jeans e desembolsar alguns drinques.

Havia um cara que Hayden tinha esperança de encontrar no balcão, e ele sorriu ao vê-lo sentado na ponta. O nome dele era Tom. Estava usando calça jeans, uma camiseta justa e um boné de beisebol sobre o cabelo escuro e farto, na altura dos ombros. Não era o cara mais bonito, mas tinha um ar de hétero ligeiramente rústico e, o mais importante, tinha dinheiro. Ele era o único com uma garrafa de champanhe decente em seu balde de gelo. Tinham se conhecido na semana anterior. Tom tinha comprado uma garrafa de champanhe *vintage*, eles conversaram e flertaram por algumas horas, e Hayden dera a entender que queria mais. Esse era o segredo, pensava Hayden: se fazer de difícil. Tom trabalhava com finanças, administração ou algo assim. O que quer que fosse, dava muito dinheiro.

— Ei, gato — disse Tom quando Hayden se aproximou. Era tímido e falava baixo. — Está com sede? — Ele ergueu uma taça extra de champanhe.

— Sempre — respondeu Hayden. Ele se aproximou para beijá-lo, e Tom o puxou para perto, apertando sua cintura. Hayden colocou a mão na cintura de Tom, que era larga e robusta, e desceu até sua bunda firme. Havia um quadrado grosso no bolso de trás da calça jeans. Dinheiro. Na última vez em que eles se encontraram, Tom havia tirado um maço de notas de 50 libras do bolso para pagar pelas bebidas dos dois e parecia ter trazido ainda mais desta vez.

Hayden recuou e sorriu para ele. Os olhos castanhos de Tom tinham um brilho malicioso sob as luzes multicoloridas da pista de dança. Uma música lenta começou a tocar, e alguns dos jovens que estavam dançando saíram da pista e começaram a cercar o balcão. Três deles já estavam bebendo na conta dos caras mais velhos. Eles conversaram, flertaram e tiveram suas taças enchidas.

— Sua semana foi boa? — Tom perguntou.

— Sim, comprei essa calça jeans — respondeu Hayden, erguendo a camiseta justa para revelar o tanquinho e a parte superior da Levi's nova. Os olhos de Tom se iluminaram.

— Legal — disse ele, inclinando a taça de champanhe para trás e virando o conteúdo.

Isso vai ser tão fácil, pensou Hayden.

Um rapaz com uma cara de rato e o cabelo tingido em uma cor escura demais para seu tom de pele veio dançando até eles. Seu nome era Carl. Os olhos dele brilharam ao verem a garrafa de Moët.

— Estão a fim de um terceiro? — gritou ele, com a naturalidade de quem pede uma porção de fritas. Suas pupilas estavam dilatadas como dois enormes poços de tinta, e ele tinha uma ferida de herpes no lábio inferior.

Hayden fez que não.

– Poxa – disse Carl, aproximando-se. – Champanhe me deixa bem safadinho.

Hayden virou-se para ele, ficando de costas para Tom, e cochichou:
– Porra, sai de perto dele, Carl. Ou vou falar para o segurança que você é um garoto de programa assediando os clientes.
– Tudo bem, eu só estava brincando! – respondeu Carl, os olhos arregalados de susto. Ele levou a mão ao bolso e tirou o celular, depois cambaleou um pouco e se afastou na direção de um dos homens mais velhos. Hayden ficara sabendo que Carl havia sido despejado da quitinete e precisava encontrar uma cama para passar a noite.
– O que você falou para ele? – perguntou Tom.
– Disse para ele relaxar. Ele voltou a beber de novo. Quer se sentar comigo? – perguntou Hayden, apontando para um longo banco de couro que cercava a lateral da parede.
– Claro – respondeu Tom, sorrindo.

Eles conversaram por mais meia hora e beberam meia garrafa de champanhe. Hayden foi o que mais falou, contando para Tom da menina maluca com quem dividia o apartamento, Amy, que recentemente havia tingido o cabelo de ruivo, com hena de uma loja *new age* em Torquay, e depois ido nadar no centro de lazer, sujando toda a piscina com tinta vermelha.
– Foi como uma cena de *Tubarão* – concluiu Hayden. Tom riu, servindo o resto da garrafa nas taças. – Pode me dar licença por um momento? – Hayden acrescentou, levantando-se para ir ao banheiro.

O banheiro masculino do Brewer's Arms era sempre um choque para os sentidos. Enquanto o bar era quente e à meia-luz, os banheiros eram fortemente iluminados e muito frios. Hayden piscou sob a luz enquanto fazia xixi no mictório. As cabines estavam vazias. Quando acabou, lavou as mãos e examinou seu reflexo no espelho. Mesmo sob a forte luz fluorescente, estava um gato. Ele respirou fundo e secou as mãos em uma toalha de papel. Depois levou a mão ao bolso de trás e tirou um saquinho plástico contendo um pó finamente triturado de quatro comprimidos de Rohypnol.

A porta se abriu, e Carl entrou, tropeçando nos próprios pés. Hayden rapidamente guardou o saquinho no bolso. No bar, Carl tinha aparentado estar mal, mas a luz do banheiro o deixava definitivamente cadavérico. Ele foi ao mictório, abriu o zíper e começou a fazer xixi, cambaleando. Hayden notou que a calça e os tênis dele estavam imundos.

— Sei o que você está aprontando — disse Carl, tremendo e fechando o zíper.

— E o que é? — perguntou Hayden.

— Você vai colocar alguma coisa na bebida daquele cara e roubá-lo — respondeu Carl, com a voz enrolada, arrumando o cabelo espetado na frente do espelho.

Hayden manteve o rosto neutro.

— Você precisa dar uma controlada na metanfetamina, Carl — disse ele.

Carl ergueu as sobrancelhas.

— Preciso? Eu estava conversando com um homem no Feather's outra noite, que me falou de um cara loiro e alto que ele levou para casa. Um cara do Norte, com olhos azuis e uma pica que mais parecia uma barra de ferro... Quando acordou na manhã seguinte, todo o dinheiro e os cartões de crédito dele tinham sumido. Ele acha que alguém batizou a bebida dele. Já mijei do seu lado vezes suficientes para saber que é você.

Hayden hesitou, depois pegou Carl pela garganta e o empurrou contra a parede ladrilhada.

— Se eu ouvir você falando de mim, vou te matar. Não estou brincando. — Ele pressionou o polegar no pomo de adão de Carl. — Vou cortar você em pedacinhos. Quebrar seu crânio. Acontece o tempo todo com boyzinhos de programa malandros que nem você.

Os olhos dilatados de Carl estavam arregalados, e ele começou a engasgar. Hayden o segurou por mais alguns segundos, depois soltou abruptamente. Carl tossiu e escorregou pela parede, caindo em uma poça de água suja no chão de ladrilhos. Hayden passou por cima dele e saiu do banheiro.

Tom ergueu os olhos e sorriu quando o rapaz voltou ao bar.

— Posso pegar mais uma garrafa pra gente? — perguntou. Hayden notou um anel dourado grosso no dedo dele.

— Por que você não me leva para a sua casa? — sugeriu Hayden. Ele subiu a mão pela coxa de Tom, que abriu um sorriso acanhado.

— Está bem. Estacionei meu carro perto do canal.

Estava escuro do lado de fora quando eles saíram do bar. Os olhos de Hayden se arregalaram ao ver a Land Rover cara de Tom esperando nas sombras do estacionamento, perto da água. Os faróis brilharam convidativamente quando Tom destravou o carro.

– Que lindo – disse Hayden, acariciando o couro marrom do banco enquanto entrava.

– Obrigado. É novo.

– Tem cheiro de novo. Adoro cheiro de couro. Adoro couro, ponto.

– Que bom. Tenho mais couro em casa. Coloque o cinto – disse Tom, sorrindo enquanto ligava o motor. Eles subiram o morro para a rua principal.

– E onde você mora?

– Quay Apartments, do outro lado da cidade.

Hayden sorriu. Havia tirado a sorte grande. Só milionários moravam no Quay Apartaments.

– Quer beber alguma coisa? – perguntou Tom.

– Na sua casa?

– Não. Agora – respondeu ele, apontando com a cabeça para um quadrado de couro entre os bancos. – Abra.

Hayden abriu a tampa e, acoplado ali dentro, havia um pequeno frigobar com minigarrafas de Moët e Coca-Cola.

– Você tem um bar dentro do carro... Que safadinho – disse ele.

– Não gosto que meus amigos passem sede.

Pela primeira vez, Hayden sentiu uma pontada de culpa. Tom parecia um cara legal. Ele afastou o pensamento e pegou uma garrafinha de Moët. O papel-alumínio tinha sido removido, e ele arrancou a gaiola de metal da rolha, que saiu com um pequeno estalo.

– Tem canudinhos no fundo do frigobar – acrescentou Tom. Eles chegaram a um cruzamento que levava à via expressa vazia.

Hayden pegou um dos canudos de papel e o colocou na garrafa. Tom se aproximou, mantendo um olho na estrada.

– Dá um golinho aqui – pediu ele. Hayden estendeu a garrafa e o observou colocar os lábios no canudo e engolir. – Delícia.

Hayden deu um gole do canudinho. O líquido era frio e tinha uma acidez deliciosa. A pontada de culpa voltou. E se Tom pudesse ser uma boa pessoa em sua vida? Um namorado que o amasse e cuidasse dele? Durante os cinco minutos seguintes, os dois conversaram e riram. O outro único veículo pelo qual passaram foi uma pequena van branca, que seguia devagar pela faixa mais lenta.

Hayden terminou a garrafa rápido e, enquanto a colocava no porta-copo, uma onda de letargia o invadiu, e ele começou a se sentir zonzo. As luzes da cidade no horizonte se alongaram e brilharam quando ele moveu a cabeça. Sua língua parecia pastosa dentro da boca.

— Está gostando do champanhe? Quer outro? — perguntou Tom, olhando para ele. Um alarme soava no fundo da cabeça de Hayden, mas tudo parecia distante. Ele se ajeitou no banco, e suas pernas estavam pesadas.

— Foi champanhe que eu bebi? — perguntou ele, com a voz enrolada. Quando baixou a cabeça, um fio de baba estava escorrendo de seu lábio inferior.

— Champanhe com um toque a mais — respondeu Tom, com uma gargalhada. Hayden colocou novamente a cabeça no encosto do banco, mas sentia como se seu crânio fosse derreter no couro macio. Ele afastou a cabeça. As luzes lá fora agora traçavam linhas em sua visão. — Você sabia, Hayden, que dá para passar uma seringa através da rolha de uma garrafa? — Tom parecia diferente. No bar, ele lembrava um grande ursinho de pelúcia tímido, mas agora seus olhos castanhos estavam duros e com um brilho voraz. — A rolha é bem macia, mas você tem que fazer força contra a pressão do dióxido de carbono dentro da garrafa ao enfiar a agulha. Dá para sentir o gás tentando forçar o êmbolo da seringa para voltar... Depois, a rolha volta a se vedar sozinha; é uma verdadeira maravilha. — Ele riu. O som ecoou dentro do carro. *Não havia iluminação urbana*, pensou Hayden. Por que eles estavam na via expressa? Tinham saído da cidade, mas Tom havia dito que morava na cidade.

A cabeça de Hayden estava muito pesada agora para se sustentar. Ele escorregou para o lado, sentiu a bochecha encostar na janela fria e teve aquela sensação de estar derretendo de novo, como se fosse atravessar o vidro. Tom estendeu o braço e bagunçou um pouco o cabelo de Hayden. Em seguida, segurou uma mecha com força e puxou para endireitá-lo, empurrando a cabeça dele no encosto do banco.

— Sente-se direito.

Tom olhou pelo espelho retrovisor, deu seta e pegou uma saída da via expressa. A placa era um monte de letras turvas. Quando saíram da pista fortemente iluminada, a estrada de terra pareceu engolir o carro na escuridão, e Hayden viu os contornos de campos e árvores iluminados pelos feixes dos faróis. Ouvia uma voz distante, no fundo de sua cabeça, gritando *Abra a porta, saia do carro!* Mas ele não conseguia se mover.

O carro saiu da estrada de terra e parou no acostamento. Tom desligou os faróis, mergulhando-os na escuridão. Havia apenas uma luz fraca no horizonte da via expressa. Ele desafivelou o cinto de segurança, tirou um par de luvas de látex do bolso e as vestiu. Depois se debruçou sobre Hayden, revirando os bolsos da calça dele e tirando seu celular. O descanso de tela se ativou, iluminando o interior do carro. Tom colocou o telefone sobre a tampa de couro do frigobar. Ele achou a pequena carteira de plástico em que Hayden guardava o cartão do banco e uma nota de 10 libras, depois encontrou o saquinho plástico com o pó branco.

Hayden abriu a boca para explicar, mas sua língua parecia grossa demais, e apenas um gemido saiu.

– Seu sacaninha. Os boatos que eu tinha ouvido eram verdade – disse Tom, erguendo o saco de pó. O descanso de tela se apagou. Hayden ouviu um som crepitante e seus olhos se ajustaram à luz fraca da via expressa. Tom abriu o lacre do saquinho e, apertando as bochechas do rapaz para abrir sua boca, virou o conteúdo sobre a língua dele. Hayden sentiu o gosto amargo quando Tom fechou sua boca.

– Engula – disse Tom. – Engula! – Hayden sentiu a mão de Tom em sua garganta, apertando e engoliu involuntariamente, crispando-se pelo gosto amargo.

Tom se debruçou sobre os controles do lado do motorista e Hayden sentiu seu banco começar a inclinar-se para trás. A visão do horizonte cintilante desapareceu e ele percebeu que estava deitado. Houve um zumbido quando Tom usou os controles para reclinar a poltrona do motorista. Ele passou para o banco de trás, bem atrás de Hayden, e colocou as mãos sob o corpo inerte do rapaz, puxando-o para o fundo do carro. O banco traseiro parecia enorme, e então Hayden entendeu o porquê: Tom havia reclinado as poltronas para poder empurrá-lo para o porta-malas.

Hayden foi virado de lado, sentindo a pressão dos punhos de Tom enquanto seus braços eram atados nas costas com fita adesiva. O mesmo foi feito com seus tornozelos, amarrados por baixo da calça jeans. A fita era fria contra a pele de Hayden.

Tom rolou o rapaz de costas, e ele sentiu dor ao se deitar sobre os punhos amarrados. Houve um barulho farfalhante, e Tom apareceu em cima dele sob a luz fraca, erguendo algo longo e curvo. Hayden pensou, assustado, que era um *sex toy*, mas então viu que se tratava de um tubo de plástico com uma ponta arredondada. Era uma cânula orofaríngea, uma espécie de tubo usado por paramédicos para manter as vias aéreas de um paciente livres.

– Não quero que você morra engasgado – disse Tom, empurrando o tubo entre os lábios de Hayden. Ele sentiu ânsia de vômito quando o objeto comprido desceu por sua língua, pousando no fundo da garganta. A parte do tubo que saía de sua boca parecia uma chupeta. Um quadrado de fita adesiva foi pressionado sobre sua boca, e ele sentiu uma violenta onda de tontura quando Tom o empurrou mais fundo no porta-malas. Então, tudo ficou escuro quando ele foi coberto com um lençol.

***

Tom ignorou os gemidos abafados de Hayden enquanto engatinhava de volta ao banco do motorista. Ele endireitou todas as poltronas do carro. O banco traseiro estava vazio agora. Tinha conseguido empurrar Hayden para o porta-malas sem sair do carro e na escuridão absoluta.

Ele mexeu rapidamente no celular de Hayden, desligando-o, removendo o *chip* e quebrando-o no meio. Depois colocou o celular, o *chip* e a carteira em um saco plástico transparente e o vedou.

Tom tirou a camiseta branca que estava usando e vestiu uma camisa azul-escura, deixando a gola aberta. Tirou o boné de beisebol, puxou seis grampos do cabelo e, com cuidado, tirou a peruca escura que eles estavam segurando. Depois levou a mão à boca e desencaixou a parte superior da prótese dentária, que era maior e mais branca do que seus dentes de verdade, e a colocou em um saco. Por fim, pegou um pequeno suporte de lentes de contato no porta-luvas e, com cuidado, tirou as lentes castanhas e as colocou na solução. Precisou de apenas algumas mudanças sutis para alterar completamente sua aparência. Tom não era seu nome verdadeiro, e esse era seu disfarce favorito, com o cabelo comprido e o boné de beisebol. Estava triste por ter que aposentá-lo. Dava a ele um ar típico de cidadão norte-americano, como um lenhador bonito. Ele voltou a ligar os faróis, então saiu do acostamento e dirigiu pela área rural ao longo das estradas secundárias, desaparecendo na escuridão.

CAPÍTULO 11

Kate encarou as duas fotos na tela de seu computador. Gabe Kemp e David Lamb eram rapazes bonitos – ou tinham sido.

Havia uma quantidade surpreendente de homens chamados Gabe Kemp na internet, dezenas de perfis no Facebook, e ainda mais perfis de David Lamb. Kate tinha começado a fazer uma lista quando se deu conta de que sua primeira busca deveria ser na Unidade de Pessoas Desaparecidas do Reino Unido. Quando era policial, a primeira coisa que conferia eram as fichas criminais, depois as pessoas desaparecidas. Ela não tinha mais acesso às primeiras, mas a Unidade de Pessoas Desaparecidas do Reino Unido era um site público e gratuito no qual podia-se encontrar os detalhes de qualquer pessoa que tivesse sido dada como desaparecida no Reino Unido. Kate sabia apenas seus nomes e que eram homens, mas achou no mesmo instante um perfil de pessoa desaparecida para David Lamb e outro para Gabe Kemp.

A foto usada para David era uma 3x4 de uma cabine de fotos instantâneas. Ele tinha o cabelo castanho curto e espetado, olhos castanhos, a pele parda e um olhar confiante e mal-humorado. Usava uma camiseta branca de gola V e uma corrente de ouro no pescoço. Tinha sido dado como desaparecido em junho de 1999 em Exeter, mas o endereço estava listado como "sem residência fixa". A data de nascimento era 14 de junho de 1980.

– Apenas 19 anos – disse Kate, olhando para a foto de David. Havia duas fotos no perfil, e ela clicou para avançar para a segunda. Pareciam ter sido tiradas na mesma cabine fotográfica, na mesma época. Na segunda, David estava sorrindo. Tinha dentes bonitos e covinhas, e estava olhando para o lado. Kate se perguntou se havia um amigo do outro lado da cortina da cabine, fazendo-o rir.

Gabe Kemp tinha sido dado como desaparecido em Plymouth, a 69 quilômetros de Exeter, em abril de 2002. Também estava listado como "sem residência fixa". Assim como David, tinha o cabelo escuro e mais de 1,80 m de altura. Havia uma foto de Gabe sentado em um lance de escadas, fumando um cigarro. Parecia ter sido recortada de uma foto maior – um lado tinha a borda quadrada, mas o lado oposto fazia uma curva que rodeava a cabeça e o ombro do rapaz. Ele tinha uma beleza forte, com traços marcantes e a cabeça raspada. Estava indicado que os olhos dele eram castanhos, mas a foto devia ter sido tirada à noite, porque o *flash* os havia deixado vermelhos.

Kate salvou as duas imagens e voltou ao Google, colocando os detalhes dos dois rapazes. Não havia perfis de redes sociais para nenhum dos dois, nem artigos sobre seu desaparecimento.

Ela se recostou e esfregou os olhos, sentindo-se cansada e faminta. Seu impulso de beber ardia no fundo da garganta. Era como um velho amigo, o desejo de álcool. Kate ergueu os olhos para o calendário e contou os dias. Sua última reunião do AA fora há uma semana. Ela olhou o relógio, eram 20h45. Se saísse agora, conseguiria chegar à reunião das 21 horas em Ashdean.

Kate pegou a bolsa e as chaves do carro, vestiu a blusa de lã grossa e saiu do escritório.

***

Era pouco mais de 22 horas quando Tristan e Ade deixaram o Boar's Head. Tinham pedido comida, e o papo sobre Noah Huntley e George ficara para trás, mas Tristan continuou remoendo o assunto depois que os dois se separaram na margem da orla, enquanto voltava para casa.

Ainda havia uma luz fraca do crepúsculo no horizonte, e os bares e as baladas agora estavam cheios de estudantes fazendo fila do lado de fora. Tristan deu de cara com Kate na frente do seu apartamento.

– Oi! – disse ele, surpreso em vê-la.

– Boa noite – respondeu ela, sorrindo. – A única vaga para estacionar que encontrei foi na frente do seu apartamento. Eu estava em uma reunião.

Tristan não achou necessário comentar. Kate frequentar reuniões era algo natural a essa altura.

– Estava pensando em ligar para você. Acabei de ter uma conversa muito interessante com meu amigo Ade sobre Noah Huntley – disse ele.

– Sério? Também tenho novidades – disse Kate. Ela olhou para o outro lado da rua. Havia um *trailer* de hambúrguer estacionado no calçadão para atrair os estudantes famintos depois que os *pubs* fechavam. O cheiro fez seu estômago roncar. – Ainda não jantei. Quer um hambúrguer?

Tristan já tinha comido, mas o cheiro de carne grelhada lhe deu água na boca. Ele sorriu e fez que sim. Os dois entraram na pequena fila do *trailer*, pediram x-búrgueres e desceram para a praia.

O ar estava parado, e a maré agora já havia baixado. Um grupo de estudantes acendera uma fogueira perto do mar, e alguns rapazes de *dreads* estavam jogando troncos na chama brilhante. Faíscas subiam no ar, vozes gritavam e riam. Eles encontraram um canto tranquilo e se sentaram na areia seca. Kate deu uma mordida no hambúrguer fumegante e imenso.

– Meu Deus, está uma delícia – disse ela, acrescentando de boca cheia: – O pão de gergelim é o toque do *chef*.

Tristan deu uma grande mordida e concordou com a cabeça. A carne suculenta e macia e o queijo derreteram em sua boca. Ele comeu rápido, terminando quando Kate ainda estava no meio do hambúrguer. Ele então contou o que havia descoberto sobre Noah Huntley.

– E quem é esse amigo, Ade? – ela perguntou, terminando o lanche.

– Ele era policial, agora está aposentado. Reforma antecipada. Acho que ele tem uns 50 anos.

– Há quanto tempo você o conhece? – Havia algo no tom de Kate que dava a entender que ela estava sondando discretamente se Tristan e Ade tinham um lance.

– Ah, não é nada nesse sentido – disse ele. – Eu o conheci no Boar's Head, durante um bingo *gay*.

Kate sorriu.

– Parece muito mais divertido do que um bingo hétero. Não que eu jogue bingo.

– Ade vive ganhando... É uma dessas pessoas que conhecem todo mundo. Ele me contou que Noah Huntley era bem conhecido na cena *gay* por dormir com outros caras escondido da esposa, e isso combina com o que Joanna descobriu quando estava escrevendo a matéria sobre ele. Aquele lance com George, o *barman*, pode ou não ser alguma coisa. Ade acha que é mais provável que George tenha fugido para não pagar o aluguel.

– Ele sabe o sobrenome de George? – perguntou Kate.

– Não, mas disse que vai perguntar por aí.

Kate contou a Tristan como descobriu os nomes David Lamb e Gabe Kemp na tampa da caixa. Ela mostrou as fotos para ele no celular.

– E Bev tem certeza de que a letra na caixa é de Joanna? – perguntou Tristan.

– Ela parecia um pouco bêbada quando liguei, mas confirmou que a letra no rótulo da caixa era de Joanna. E a letra é a mesma...

– Acha que David Lamb e Gabe Kemp estavam falando com Joanna sobre Noah Huntley?

– David Lamb foi dado como desaparecido em junho de 1999; Gabe Kemp, em abril de 2002. Joanna só publicou o dossiê sobre Noah Huntley em março de 2002, mas poderia estar trabalhando nisso há mais tempo – disse Kate.

O celular de Tristan apitou no bolso.

– É uma mensagem de Ade – ele disse, clicando para ler.

MUITO BOM TE VER, COMO SEMPRE, MISS MARPLE.
ESPERO QUE TENHA CHEGADO BEM EM ST. MARY MEAD.
ACABEI DE FALAR COM MEU AMIGO NEIL. ELE TEM UMA FOTO DO HALLOWEEN DE 1996.
AQUI ESTÃO GEORGE "TOMASSINI", VESTIDO COMO FREDDIE MERCURY, E NEIL, COMO O SUPEREGO DELE, A MONSTRA MÁ DO CABARÉ.

Tristan mostrou para Kate. Ade tinha tirado uma foto da foto impressa, que mostrava os dois atrás do balcão de um *pub*. George era alto e magro, e vestia um *smoking* azul com lapelas pretas e uma gravata-borboleta preta. Tinha um bigode tosco desenhado no rosto, e seu cabelo castanho comprido estava preso em um rabo de cavalo. Atrás dele havia uma grande *drag queen* vestindo um cafetã azul coberto de cristais cintilantes, com o cabelo preto penteado para trás e o rosto fortemente maquiado.

Kate riu.

— Ah, Freddie Mercury e *Monstra Má do Cabaré*...

— Não entendi – disse Tristan.

— Freddie Mercury fez o dueto "Barcelona" com a cantora de ópera Montserrat Caballé. Ela não era muito diferente dessa... *drag queen* do Neil. Espera, me deixe pesquisar o sobrenome de George.

Kate devolveu o celular de Tristan e pegou o dela. Digitou "George Tomassini" na base de dados de pessoas desaparecidas do Reino Unido, mas não apareceu nenhum resultado. Kate suspirou.

— Teria sido fácil demais.

A luz havia sumido do horizonte, e os estudantes estavam empilhando mais troncos na fogueira ardente. Houve um grito agitado quando uma onda grande alcançou a fogueira, apagando as chamas com um chiado alto.

— Isso fede, água do mar fervendo – disse Tristan. Ele conferiu o celular. Eram quase 23 horas.

— Vamos voltar amanhã? Estou ficando com frio e preciso dormir um pouco – disse Kate. – Bom trabalho, Tris.

— Obrigado, mas acho que foi você quem fez o verdadeiro achado com aqueles nomes na caixa.

— Veremos – disse Kate, cautelosa. Eles se levantaram da areia e começaram a voltar ao calçadão. A rua agora estava movimentada e barulhenta, com estudantes transitando entre os bares. – Mas me diga: Saint Mary Mead? – ela perguntou quando chegaram ao carro.

— É a vila onde Miss Marple mora – explicou Tristan, tentando não demonstrar seu embaraço.

— Ah, claro. Vai trabalhar amanhã?

— Sim, infelizmente – ele respondeu, com o coração apertado. – Posso passar na sua casa depois do trabalho.

— Sim, nos encontramos depois – disse Kate, entrando no carro.

Tristan olhou na direção do prédio da universidade, que ficava na ponta oposta da orla, como um castelo medieval. Queria não ter que ir para o trabalho no *campus*, que o afastava da agência de detetives, especialmente depois de um dia emocionante de descobertas pequenas, mas significativas.

CAPÍTULO 12

Enquanto voltava para casa, Kate se perdeu em pensamentos sobre os rapazes desaparecidos. Os últimos quilômetros da viagem foram sob a escuridão absoluta em uma estrada cercada por campos vazios. Um conjunto de nuvens se formara acima do mar, bloqueando a luz da lua.

Kate se lembrou de seus primeiros dias na Polícia Metropolitana de Londres, quando a chefe de uma instituição de pessoas desaparecidas ministrou uma palestra. Ela disse que, no Reino Unido, uma pessoa é dada como desaparecida a cada noventa segundos, totalizando aproximadamente 350 mil pessoas por ano. 98% delas eram encontradas em poucos dias, mas ainda restavam em torno 7 mil pessoas por ano. A palestra tinha sido em 1994, 21 anos antes... O cérebro cansado de Kate fez o cálculo: 147.168 pessoas.

Joanna tinha se interessado em David Lamb e Gabe Kemp, mas por quê? Por que tinha anotado seus nomes? E por que havia acabado fazendo companhia aos milhares de outros na lista de pessoas desaparecidas?

Quando se aproximou do *camping*, as outras casas ao longo do topo da falésia estavam escuras. Três delas eram casas de veraneio, e duas estavam à venda. No passado, qualquer que fosse a época do ano, a casa de Myra sempre tinha uma luz convidativa brilhando atrás das cortinas, e Kate sentia falta disso. Havia luzes no *camping*, mas os hóspedes só começariam a chegar na semana seguinte, então Kate não havia programado para que elas se acendessem.

Depois de passar pelas janelas do escritório e da loja, ela entrou na garagem atrás da casa. Desligou o motor e os faróis, mergulhando na escuridão. Foi só quando saiu do carro e se aproximou da porta dos fundos que a luz de segurança se acendeu.

Estava prestes a colocar a chave na fechadura quando ouviu um farfalhar vindo de trás da casa, na beira da falésia. Som de passos no pequeno terraço coberto de areia. Ela apertou a chave nos dedos e paralisou. Só queria entrar em sua casa quentinha, acender as luzes e trancar as portas. A luz de segurança se apagou, e o som de alguém pisando na areia voltou, mais alto, chegando mais perto.

Kate já tinha sido atacada em casa duas vezes: na primeira, por Peter Conway, e na segunda, quinze anos depois, por um perseguidor. Havia sofrido com ataques de pânico e transtorno de estresse pós-traumático ao longo dos anos, e, naquele momento, ouvindo o som de um intruso, sentiu o coração bater mais forte. Ela voltou para o carro, seus movimentos ativando a luz de segurança novamente. Então entrou e travou as portas.

Um vulto alto passou pela abertura da garagem e apareceu na janela do veículo.

— Mãe! Sou eu, mãe! — disse uma voz, e ela levou um instante para reconhecer o rosto do outro lado do vidro. Era Jake. Kate sentiu o alívio preencher seu corpo e abriu a porta do carro.

— Você quase me matou de susto! — disse ela, ainda sentindo o coração bater forte no peito. Jake tinha 19 anos e media mais de 1,80 m agora. Seu cabelo estava abaixo dos ombros, e ele havia deixado a barba crescer. Usava uma calça jeans e uma jaqueta de lã quente e carregava uma mochila de trilha imensa. Kate e Jake tinham a mesma peculiaridade genética chamada heterocromia setorial, que dava a um de seus olhos azuis uma mancha laranja ao redor da pupila. — Me dê apenas um minuto. — Ela respirou fundo e devagar, repetindo o processo enquanto Jake observava sem saber o que fazer. Ele agachou ao lado dela e pegou sua mão.

— Desculpa, mãe. Queria fazer uma surpresa.

— Você fez — ela sorriu, concentrando-se em sua respiração para afastar o pânico. Ele a ajudou a sair do carro e os dois se dirigiram à porta da frente. A respiração de Kate se estabilizou, e Jake usou a chave da mãe para destrancar a porta, acendendo a luz do corredor em seguida.

— Quer um chá?

— Seria ótimo — respondeu Kate, aliviada por ter conseguido controlar o choque e evitar um ataque de pânico completo. — Você cresceu tanto desde a Páscoa! E a barba ficou bem em você!

Ele a abraçou.

– Acabei de falar com a vovó por FaceTime. Ela disse que me faz parecer um *hippie*... Perguntei para ela onde você guarda a chave reserva, e ela disse para tentar embaixo de algum vaso.

Kate foi até o alarme de segurança na parede e digitou o código.

– Em que planeta sua avó vive, achando que deixo uma chave reserva embaixo de um vaso?

Jake olhou para o alarme parecendo culpado.

– Desculpa. Vou ligar na próxima vez – disse ele. Em seguida, tirou a mochila imensa e a apoiou no aquecedor.

– Que bom ver você – disse Kate, dando outro abraço nele. Então recuou. – Pensei que ficaria mais duas semanas na universidade.

– Quatro dos meus amigos conseguiram trabalhos temporários como vendedores, e a empresa perguntou se eles poderiam começar amanhã. Marie e Verity também foram contratadas pela Apple Store de Londres e estão fazendo o treinamento. Não queria ficar lá sozinho.

Os dois tiraram os sapatos e atravessaram a sala. Originalmente, Kate fora alocada naquela casa por causa de seu trabalho como professora na Universidade de Ashdean, mas, com suas economias e a herança de Myra, conseguiu comprá-la da universidade. Os móveis da sala eram cafonas, deixados pelo locatário anterior, e havia um piano antigo encostado em uma parede. A parte favorita de Kate era a fileira de janelas com vista para o mar do alto da falésia. A cozinha era um pouco mais moderna do que o resto da casa, com uma ilha grande no centro, bancadas de madeira clara e armários pintados de branco.

Kate e Jake foram à cozinha, e ela se sentou em uma das banquetas de frente para a janela enquanto ele enchia a chaleira.

– Você ainda está indo às reuniões do AA regularmente? – perguntou ele.

– Sim. Acabei de voltar de uma.

– Tão tarde?

– Encontrei Tristan depois... – respondeu ela, e então resumiu o caso novo para o filho. Jake ouviu enquanto preparava chá e torradas.

– Encontrou outro padrinho? – ele perguntou.

– Acabei de contar do meu primeiro caso de verdade com a agência, e essa é a primeira coisa que você me pergunta! – disse Kate.

– Estou feliz quanto à agência, só queria saber se você encontrou outro padrinho depois de Myra.

— Não. Nem todo mundo tem um padrinho — respondeu ela, ouvindo o tom defensivo na própria voz. Jake não falou nada, apenas mordeu sua torrada, mastigou e engoliu.

— Só estou perguntando porque te amo — disse ele, por fim. Então se levantou e colocou o prato e a caneca na lava-louças. — Estou exausto. Vou para a cama. Amo você.

Ele deu um beijo no topo da cabeça dela e saiu da cozinha.

Kate estava sóbria fazia treze anos, mas tinha perdido a confiança das pessoas muito antes disso. Era difícil ignorar a culpa e a sensação de que os outros duvidavam dela, principalmente em relação a Jake. A maneira como ele havia beijado sua cabeça fez parecer que seus papéis estavam trocados: ele era o adulto responsável, e ela estaria sempre tentando reconquistar a confiança do filho. Isso a deixava ainda mais determinada a continuar sóbria.

CAPÍTULO 13

Foi uma longa viagem de volta com Hayden no porta-malas do carro. Tom pegou as estradas secundárias, evitando as câmeras de trânsito da via expressa. Precisava fazer xixi desde que tinham saído do bar, e, no meio do caminho para casa, não conseguiu mais segurar. Ele parou no primeiro acostamento para se aliviar. A escuridão era absoluta entre as árvores, que rangiam e balançavam sob a brisa leve.

Tom se sentia enojado pelo que tinha feito. Sempre havia um ponto em que ele conseguiria parar, mas já o ultrapassara agora. Anos antes, houve momentos em que ele pisou no freio. Em que parou e deixou que eles fossem embora, sem noção de nada. Mas Hayden não seria libertado no meio do mato. Tom teria que seguir com isso até o final. Esse pensamento sempre lhe causava um calafrio de euforia.

Ele fechou o zíper e foi até o porta-malas. Quando abriu a porta e tirou o lençol de cima de Hayden, o rapaz estava deitado completamente imóvel, amarrado, seu peito subindo e descendo. Era um bom sinal. Ele ainda estava vivo. Tom levou o dedo ao pescoço de Hayden e traçou onde conseguia sentir o pulso do rapaz. Manteve o dedo ali, sentindo aquela contração curta e urgente, como um reloginho. Era a contagem regressiva dos batimentos cardíacos antes da morte.

Era hora de trocar as placas do carro. Tom virou Hayden de lado e abriu o compartimento do estepe. Havia uma série de placas diferentes e uma chave de fenda. Ele escolheu uma, fechou o bagageiro e a trocou, trabalhando rápido com uma série de movimentos treinados. Quando abriu o porta-malas outra vez, virou Hayden de lado novamente. A calça do rapaz subiu alguns centímetros na perna esquerda, exibindo o músculo saliente da panturrilha. Ele era atlético e estava usando meias de futebol com listras verdes e brancas.

Tom estendeu a mão e acariciou os pelos finos da panturrilha de Hayden. Com toda a calma, pegou dois ou três pelos entre o indicador e o polegar e puxou. O rapaz soltou um gemido, abafado pela fita adesiva. Tom puxou de novo e viu os músculos do rosto de Hayden se contraírem.

O som de um carro se aproximando despertou Tom de sua brincadeira. Rapidamente, ele cobriu Hayden com o lençol, fechou o porta-malas e deu a volta até o lado do motorista. Ele entrou exatamente quando um carro apareceu atrás dele na estrada, iluminando tudo com os faróis.

Era tarde quando entraram na garagem de casa. Hayden estava inconsciente quando Tom o tirou do porta-malas e o carregou escada acima até o quarto, colocando-o na cama com delicadeza. Ele cortou a fita dos punhos e tornozelos do rapaz e os massageou, ajudando a circulação a voltar.

Após deitar Hayden de costas, com os braços ao lado do corpo, Tom acendeu velas. O quarto parecia pulsar e brilhar sob a luz suave e generosa. Só então ele se sentiu confortável para tirar as roupas, ficando totalmente nu. À espera na mesa de cabeceira estava uma tesoura sem ponta, do tipo usado para cortar as roupas de pacientes no departamento de acidentes e emergências de um hospital.

Tom agiu com cuidado, desamarrando os cadarços de Hayden e tirando cada um de seus tênis. Puxou a ponta das meias esportivas compridas e esticou o material como se fosse um chiclete antes de tirá-las pelos pés de Hayden. Ele as deixou no chão, ao pé da cama. Passou a unha pela sola limpa e macia de cada pé descalço, e Hayden gemeu baixinho. Tom começou a trabalhar, cortando lentamente a calça jeans e a camiseta do rapaz. Foi cuidadoso com a tesoura quando cortou a cueca branca de ambos os lados. Em seguida, recuou e admirou o corpo nu de Hayden, virando-o de frente e depois de costas de novo. O corpo dele estava naquele estágio ao mesmo tempo firme e suculento dos 20 e poucos anos.

Devagar, ele subiu em cima de Hayden, seus corpos nus se tocando. Sua pele mais velha, macia e enrugada se moldava ao redor dos músculos esculpidos do jovem. Ficou deitado ali por um momento, diminuindo o ritmo de sua respiração até começarem a respirar em uníssono e ele sentir a batida suave do coração de Hayden em seu peito.

— Está acordado? — Tom sussurrou, a boca próxima da orelha direita de Hayden. O rapaz gemeu e suas pálpebras tremularam. Tom se sentou e tirou a fita adesiva da boca de Hayden, depois removeu a cânula orofaríngea. O jovem engoliu em seco, crispando-se.

Tom deu um tapa forte na cara dele e recuou, gostando da adrenalina de machucar aquele atleta alto e musculoso. Deu outro tapa, com mais força. Hayden abriu os olhos.

– Onde estou? – ele perguntou com a voz rouca, tentando focar.

– Pode ser o céu ou o inferno. Depende se está ou não disposto a me fazer feliz.

CAPÍTULO 14

Kate acordou cedo na manhã seguinte para um mergulho e depois tomou café com Jake. Nenhum dos dois mencionou o que havia acontecido na noite anterior, e o rapaz estava entusiasmado para começar a limpar a loja e separar os equipamentos de mergulho e surfe para alugar.

A entrega da roupa de cama chegou às 10 horas da manhã. Depois de ajudar a empilhar tudo no escritório, Jake desceu para trabalhar na loja e Kate dedicou sua atenção a Joanna Duncan.

No dia anterior, a detetive havia mandado um *e-mail* para o Dr. Trevor Paulson a respeito de Famke van Noort, que trabalhara para ele e a esposa como *au pair*. Em sua caixa de entrada, ela encontrou uma resposta curta e direta ao ponto: o Dr. Paulson tinha perdido contato com Famke depois que a jovem voltou à Holanda, em 2004. Ele incluiu o último endereço conhecido de Famke em Utrecht e disse que estava aposentado agora, mas que tinha dito tudo o que sabia à polícia, o que não era muito, e pediu que, por favor, não o contatassem mais.

Kate pesquisou "Famke van Noort, Utrecht" no Google. Apareceram resultados para um Frank van Noort e uma Annemieke van Noort no LinkedIn. Annemieke também tinha um perfil no Facebook, mas era trancado. Havia apenas uma Famke van Noort no Facebook, mas, sob um olhar mais atento, ela estava listada como Famke van Noort van den Boogaard, o que significava que "Van Noort" era seu sobrenome de casada. E essa Famke tinha 22 anos, portanto devia ter entre 9 e 10 anos quando Joanna desapareceu.

Kate pesquisou pelo Google Holanda e encontrou muitas Famke no LinkedIn, mas nenhuma tinha a idade certa. Quando começou a pesquisar o endereço em Utrecht, Tristan ligou.

– Como estão as coisas? – ele perguntou.

Ela contou do *e-mail* do Dr. Paulson e de sua pesquisa.

— Estou ficando vesga de tanto olhar sobrenomes com "Van": "Van Spaendonck", "Van Duinen", "Van den Berg"... Tem até uma "Famke van Damme", assim como o Jean-Claude.

— Ah, o bom e velho Jean-Claude van Damme. Lembro de assistir a *Soldado universal* quando tinha 13 anos e pensar que eu talvez fosse *gay*. Sabia que "van" em holandês significa "do" ou "da"?

— Não — respondeu Kate, com um olho nos resultados da pesquisa pelo endereço de Utretch.

— O nome do ator James van der Beek significa "James do riacho", o que é uma coincidência estranha, porque ele era o Dawson de *Dawson's Creek*, que significa "riacho de Dawnson"...

— Não consigo encontrar nada sobre Famke. Tudo que tenho é o *e-mail* de uma empresa de contabilidade cujo escritório fica no prédio em que ela morava — disse Kate, pegando a caneta e anotando.

— Escute, liguei para dizer que não vou conseguir ir até aí depois do trabalho — disse Tristan. — Dois zeladores estão doentes e tenho que ajudar a mudar as cadeiras e carteiras de lugar para as provas amanhã. — Kate conseguia ouvir a decepção na voz dele.

— Que saco. — Ela clicou em outro *link* e começou a ler. — Sabia que o primeiro holandês a circum-navegar o mundo foi Olivier van Noort, que também era de Utrecht?

— O que isso tem a ver com Famke?

— "Van Noort" pode ser um nome relacionado a Utrecht.

— E Utrecht pode estar cheia de Van Noorts — disse Tristan.

— Esse é o problema de pesquisar na internet. Tem informações demais e quase tudo é bobagem. Precisamos muito encontrá-la, porque ela é o álibi de Fred no dia em que Joanna desapareceu.

— Se ela tiver mentido na época, acha que contaria a verdade para nós?

— Não sei. Só quero conversar com ela. Muitas vezes, são os pequenos detalhes, os pedacinhos de informações que as pessoas não acham relevantes ou importantes que levam a algo maior — disse Kate.

— Certo, boa sorte. Desculpe de novo por não poder ajudar — disse Tristan.

— Boa sorte com a preparação para a prova. Até amanhã.

Após desligar o celular, Kate escreveu um breve *e-mail* para a empresa de contabilidade que ficava no último endereço conhecido de Famke. Ela sabia que era um tiro no escuro, mas se apresentou e explicou por que queria contatar Famke. Kate também tinha pegado o *e-mail* de Marnie, a velha amiga de escola de Joanna, e escreveu perguntando se elas poderiam se encontrar.

Depois do almoço, a detetive começou a investigar David Lamb e Gabe Kemp e, por algumas horas, sentiu que estava entrando no mesmo buraco sem fundo. Foi então que encontrou algo nas profundezas da vigésima página de resultados para "David Lamb". Era uma campanha de arrecadação de fundos criada no site JustGiving em 2006. Uma mulher de Exeter havia aberto a campanha para juntar dinheiro para um pequeno jardim comunitário na cidade, que se chamaria Jardim de Memórias Park Streets. Foi uma das doações que chamou a atenção de Kate.

Shelley Morden doou 25 libras em memória de seu querido amigo David Lamb. Desaparecido, mas não esquecido.

A campanha pretendia arrecadar 2.750 libras, mas não havia atingido sua meta por 900 libras. Kate jogou "Shelley Morden, Park Street" no Google.

– Certo, isso é melhor – ela murmurou ao ver o primeiro resultado, que mostrava um registro eleitoral. Shelley Morden morava na Park Street, 11, em Exeter, com um tal de Kevin James Morden, provavelmente seu marido. Kate se recostou na cadeira, os olhos ardendo de tanto encarar o computador. Havia uma velha lista telefônica que tinha sido de Myra em uma das prateleiras do escritório. Ela a pegou e soprou a poeira. – Vamos tentar à moda antiga...

Fazia anos que Kate não usava uma lista telefônica. Folheou as páginas até a letra "M", e havia um Kevin James Morden listado no endereço. Ela discou o número.

Após essa revelação, Kate ficou desapontada ao ser atendida por uma secretária eletrônica genérica. Deixou uma mensagem explicando quem era e dizendo que queria descobrir o que havia acontecido com David Lamb. Depois foi até a pequena cozinha nos fundos do escritório e preparou uma xícara de café. Estava prestes a sair para tomar um ar quando seu celular tocou.

Ao atender, Kate conseguiu ouvir crianças gritando no fundo.

– Alô, aqui é Shelley Morden – disse uma mulher com uma voz atormentada. – Desculpe por ter perdido sua ligação.

– Obrigada por retornar – disse Kate.

– Eu conhecia David. Fui eu quem prestei queixa do desaparecimento dele, mas ninguém parecia interessado... Estou livre amanhã às 14 horas se quiser conversar. Posso te contar tudo sobre ele.

CAPÍTULO 15

As mãos de Hayden estavam algemadas na cabeceira de madeira e seus tornozelos, amarrados com uma corda fina nos pés da cama. Seu corpo estava rígido e se debatia de um lado para o outro, tentando resistir.

Tom estava ajoelhado em cima dele. Suas mãos envolviam com firmeza a garganta do rapaz, apertando e pressionando.

— Isso, isso. Resista — Tom sussurrou, aproximando-se da orelha de Hayden. — Você não consegue, não é? Porque eu estou no comando. Eu sou o valentão, e eu vou vencer. — Ele apertou com mais força, pressionando os polegares no pomo de adão do jovem. *Esse era o ponto mágico para pressionar se você quisesse manter os olhos abertos*, pensou Tom, e ele precisava que os olhos de Hayden ficassem abertos. Estava vindo. Aquele momento intenso logo antes da morte, quando a luz se apaga dos olhos da pessoa.

Tom gostava de estrangular suas vítimas enquanto as estuprava. Nas primeiras vezes, foi de brincadeira, apenas para causar medo e privar o corpo de oxigênio. Mas, depois, passou a apertar com mais força, levando-as ao limite da consciência antes de revivê-las.

A noite tinha passado rápido demais, e o sol havia nascido sem que ele notasse. Só percebeu quando a luz atravessou uma fresta da cortina e um feixe iluminou o rosto de Hayden, inchado e machucado. O branco dos olhos dele estava riscado por veias estouradas.

Tom estava tremendo de exaustão, o suor pingando de seu queixo, escorrendo por suas costas. O corpo de Hayden começava a tremer em sintonia. Tom inclinou-se para a frente, empurrando com todo o seu peso. A cama rangeu, e ele segurou e apertou, sentindo a dor da exaustão nos dedos e punhos.

O momento estava próximo.

Os olhos de Hayden estavam arregalados, inchados e vermelhos. Suas pupilas, dilatadas. Ele soltou um gemido estridente, um som passivo que contrastava com o medo e a violência. Tom chegou mais perto. Seus rostos estavam próximos, e a ponta de seu nariz tocou o de Hayden. A luz do sol parecia dançar em seus olhos, refletindo uma explosão final de resistência, de força vital, e então veio a constatação de que a morte estava ali. Toda a tensão e a resistência desapareceram do corpo de Hayden. A luz se apagou e a escuridão caiu sobre seus olhos. A luz do sol brilhou neles pela última vez, refletindo o vazio.

A casa estava em silêncio desde que eles haviam chegado. Tom não colocara música nem ligara a televisão, mas, ao se apoiar no quadril e observar o corpo morto, o silêncio tornou-se denso, como se tivesse enchido o quarto de repente.

Tom flexionou os dedos para liberar a tensão das articulações. Estava sem fôlego, mas o ar fedia a morte, e, quando tomou fôlego para encher os pulmões, sentiu seu estômago se revirar e teve que correr até o banheiro para vomitar.

Ele tremia incontrolavelmente quando se ajoelhou no piso frio diante do vaso. Sempre entrava em choque depois que a escuridão caía nos olhos deles. O medo, a euforia e a liberação da tensão o faziam passar mal. Ficou agachado por alguns minutos, vomitando e tossindo, e, quando sentiu que seu estômago estava vazio, foi até a pia e jogou água no rosto. Evitando o espelho, Tom voltou ao quarto.

Hayden estava inerte. A cor havia se esvaído de sua pele leitosa e macia, agora amarelada, e seus músculos pareciam desinflados. Tom foi até a janela e a abriu. Tinha que deixar o espírito de Hayden se libertar dos confins do quarto.

Tom parou diante da janela por alguns minutos, olhando a luz forte do sol, sentindo a brisa fresca em seu corpo nu.

Ele voltou ao banheiro, colocou o tampão na banheira e ligou as torneiras, ajustando a temperatura da água até ficar muito quente. O vapor subiu, formando uma névoa no ar e começando a condensar nos ladrilhos brancos. Uma memória veio à sua mente, ainda fresca e dolorosa depois de tanto tempo.

***

Ele tem 13 anos e está na escola, pelado na fila dos chuveiros do vestiário com os outros meninos depois de uma partida de futebol. Há um clima de triunfo e camaradagem entre os vencedores, mas ele está no time perdedor. Mantivera-se à margem do campo durante o jogo, desviando da bola, torcendo para que seu time vencesse. Era mais fácil estar no time vencedor. No time vencedor, ele conseguia ser invisível, mas hoje ele está no perdedor, e seus companheiros de equipe precisam de alguém para culpar.

Os gritos de comemoração ecoam pelos ladrilhos encardidos do banheiro, e ele consegue sentir a raiva crescendo nos companheiros de equipe atrás dele. Os perdedores precisam culpar o maior perdedor de todos.

Tom está tremendo entre os corpos nus. Entre o cheiro de chulé e suor, de pele e lama. Ele deseja que o sr. Pike, o professor de educação física, ligue logo a água para que possa tomar banho às pressas e se enrolar em uma toalha. Ele tenta proteger a nudez com os braços. Seu corpo subdesenvolvido parece vulnerável perto dos meninos atléticos que são quase homens...

Em meio a tudo isso, ele sente um desejo vergonhoso por esses corpos tonificados. Ele se odeia por desejá-los tanto quanto os teme. Ele quer que o piso ladrilhado frio se abra e o engula.

O sr. Pike aparece na ponta do longo corredor, do outro lado dos chuveiros, e gira um registro enorme na parede. Há um chiado e respingos. Um momento depois, a água escorre e o vapor sobe.

– Vamos, tomem banho! Entrem! – o sr. Pike grita. O vapor corta o ar frio. Tom está atrás de Edwin Johnson, capitão do time perdedor. Ele tem costas largas e musculosas e nádegas firmes. Os risos se tornam mais altos através do vapor. Tom sente uma cotovelada por trás, ouve um murmúrio, uma risada estridente e zombeteira, e uma mão fria no centro de suas costas o empurra para a frente. Seu corpo inadequado encosta nas nádegas firmes e carnudas de Edwin, pele com pele... e ele salta para trás. Edwin se vira com o rosto vermelho de raiva.

– Que merda você está fazendo? – ele pergunta.

Tom estremece e sente um frio percorrer seus nervos e tendões. Ele está enjoado. É medo.

– Desculpa – ele responde, dando mais um passo para trás, mas há mais risadas e uma mão aperta suas costas outra vez, empurrando com mais força. Tom tropeça e tromba cara a cara com Edwin. Os dois pelados.

— Sai de cima de cima, seu viadinho de bosta! — grita Edwin. Ele está furioso, mas Tom consegue ver que em seus olhos também há medo.

— Ele está a fim de você, Ed... — diz uma voz.

— Você não deveria deixar ele te tocar assim — diz outra.

— É, as pessoas vão imaginar coisas sobre vocês dois!

O vapor os envolve agora. O punho de Edwin surge do nada e acerta o queixo de Tom. Sua cabeça voa para trás e bate na parede ladrilhada. A dor é intensa. Ele escorrega pela parede e cai no chão de concreto, seu cóccix fazendo um baque dolorido. Há uma linha fina de sangue escorrendo pelos ladrilhos.

Tom ergue os olhos. O rosto de Edwin é um misto de ódio e terror. Ele tenta se levantar, mas tudo dói. Seu corpo está dormente.

— Levanta, bichinha de merda! — alguém grita. Levantar-se seria a coisa certa a fazer. Seria a coisa máscula a fazer. Restauraria a ordem. Tom sabe que, se deitar no chão, os deixará mais furiosos.

Hormônios em polvorosa. À procura de briga. Ele escuta a voz do pai naquele momento, antes do próximo ataque: "O que quer que aconteça em uma briga, você precisa se manter de pé, mesmo que estiverem enchendo você de porrada. Nunca deixe que o joguem no chão, senão você já era".

A força brutal de um soco acerta sua cabeça no concreto e estilhaça seus dentes da frente. Um pé o chuta no estômago. Edwin se agacha e pega seus tornozelos, arrastando-o nu pelo chão de concreto. Água quente, punhos e pés o atingem.

Ele se lembra do papel do sr. Pike em tudo isso. De entrever o rosto vermelho do professor na outra ponta do corredor. De seu olhar desvairado de euforia com o que estava acontecendo. Ele não faz nada, apenas observa enquanto o vapor sobe e os meninos partem para cima de Tom, chutando, socando, pisando.

***

Tom não sabia por quanto tempo havia apagado. Quando abriu os olhos, estava no cubículo do chuveiro ao lado da banheira lavando-se e esfregando a pele. Ele passou os dedos sobre o lado esquerdo da caixa torácica, onde havia uma longa e grossa cicatriz. Todos os hematomas e ossos quebrados tinham cicatrizado, mas naquele ponto de sua caixa torácica onde Edwin havia pisado, fazendo os ossos se estilhaçarem e romperem a pele, sempre haveria uma cicatriz.

Tom se secou e saiu do chuveiro. Do armário da pia, tirou um conjunto de macacão de proteção, meias brancas compridas, luvas de látex, um frasco de sabonete bactericida e uma escova de esfregar com um longo cabo de madeira. Ele os empilhou na cadeira ao lado da banheira e vestiu primeiro as meias, depois o macacão, puxando o gorro por sobre a cabeça e ajustando a máscara para que apenas seus olhos aparecessem. Em seguida, colocou as luvas de látex.

A banheira grande estava dois terços cheia agora. Tom sentiu-se grato pelo vapor no espelho. Ele ainda não conseguia se olhar. De volta ao quarto, desamarrou as pernas de Hayden e soltou as algemas em seus punhos. Ele o pegou no colo e o carregou até a banheira, colocando-o na água com delicadeza.

Havia uma muda de roupas novas à espera de Hayden depois do banho. Quando a polícia o encontrasse – algum dia, se é que o encontrariam –, seria impossível coletar amostras de DNA que os levassem ao culpado.

Tom planejava esconder o corpo muito bem.

CAPÍTULO 16

Kate e Tristan chegaram à casa de Shelley Morden às 14 horas do dia seguinte. O número 11 da Park Street era uma casa geminada com fachada de chapisco em uma colina com vista para Exeter. A rua era pacata, e a trilha na frente do portão, coberta com desenhos a giz e amarelinhas.

A porta foi aberta por uma mulher baixinha e rechonchuda na faixa dos 35 anos, com o cabelo loiro na altura dos ombros, olhos castanhos suaves e óculos grandes de aro vermelho. Sua expressão era franca e sorridente, e, quando os convidou para entrar, havia um sotaque de Birmingham em sua voz. A televisão atrás dela exibia um programa infantil com uma canção sobre contar até dez. Kate notou que Shelley tinha uma tatuagem de um símbolo chinês no punho e anéis de prata nas mãos, dois deles cravejados com grandes pedras de cor âmbar.

— Estava prestes a colocar a chaleira no fogo. Querem uma xícara? — ela ofereceu.

— Obrigada — disse Kate.

— Adoraria — respondeu Tristan.

Havia um aparador grande e antigo no corredor, sob um espelho manchado. As prateleiras estavam cheias de livros velhos, que serviam de apoio para uma fileira de bonecas Barbie. Estavam todas em estágios variados de nudez e com o cabelo completamente emaranhado, além de uma com a cabeça raspada.

— Esses são Megan e Anwar — disse Shelley ao chegarem à sala, cujo chão estava cheio de brinquedos. Um menino e uma menina, que deviam ter entre 7 e 8 anos, estavam assistindo ao canal infantil CBeebies na televisão. Eles ergueram os olhos desconfiados para a detetive.

— Oi — cumprimentou Kate. Gostava de crianças, mas nunca sabia como falar com elas; sempre sentia que estava sendo formal e distante.

— Seus brinquedos estão gostando de assistir à televisão? — perguntou Tristan, apontando para uma estação de bombeiros de Lego em cujo telhado havia uma mistura de bonequinhos da marca, bonecas Barbie e bichos de pelúcia, todos voltados para a tela. Anwar abriu um sorriso acanhado e fez que sim.

– Depois que esse programa terminar, vamos brincar de chá – disse Megan, pegando uma chaleira.

– Com bolo! – acrescentou Anwar, sorrindo. Eles se voltaram para Shelley.

– Sim, acabei de colocar o bolo no forno. Vai estar pronto daqui a pouquinho – disse ela. – Vocês podem ficar quietinhos assistindo à televisão enquanto conversamos na cozinha? – Os meninos fizeram que sim, e Shelley guiou Tristan e Kate pelo corredor na direção da cozinha. – Ofereço um lar temporário para eles – ela acrescentou. – Quando conversamos ontem, eu estava no meio de um dia caótico de brincadeiras. Muito divertido, mas é um trabalho árduo.

A cozinha era igualmente bagunçada e aconchegante, com uma mesa comprida de madeira e um fogão azul brilhante, de onde vinha um cheiro de bolo que deixou Kate com água na boca. Havia potes de tempero ao longo do batente da janela, que dava para um jardim com um balanço e um trepa-trepa.

– Sentem-se, por favor. – Kate e Tristan puxaram cadeiras na ponta da mesa. – Há muito tempo não escuto perguntarem sobre David Lamb. Aparentemente poucas pessoas se incomodaram com o desaparecimento dele – disse Shelley, começando a fazer o chá.

– Como você o conheceu? – perguntou Kate.

– Crescemos juntos em Wolverhampton. Éramos vizinhos na Kelsall Road, uma região conhecida por ser barra-pesada. Morávamos em uma das poucas casas geminadas que não foram demolidas durante os despejos de áreas pobres dos anos 1960, com dois cômodos no térreo e mais dois no andar de cima. Nossos sótãos eram interligados. Alguns vizinhos colocavam divisórias no sótão, mas entre o meu e o de David não tinha. Eu subia lá e nos encontrávamos à noite. Nada de safadeza, claro. Ele era *gay*. E um ótimo amigo…

– Como vocês vieram parar em Exeter? – perguntou Tristan. Shelley hesitou. Kate conseguia ver que era difícil para ela falar sobre esse assunto.

– Fugimos juntos. Nenhum de nós veio de famílias amorosas, para dizer o mínimo… Juntamos o pouco dinheiro que tínhamos. Eu tinha economizado de aniversários e do meu trabalho como entregadora de jornal. Foi a melhor coisa que fiz, provavelmente salvou minha vida, e eu não teria conseguido fazer isso sem David.

– Quantos anos você tinha quando fugiu? – perguntou Kate.

– Nós dois tínhamos 16 anos. Íamos para Londres, e então vimos o anúncio de uma espécie de comunidade *hippie* em Exeter no verso da revista *Time Out*.

– Em que ano foi isso?

– Em 1996.

– O que o anúncio dizia? – perguntou Tristan.

– Era uma chamada para jovens liberais entre 18 e 25 anos fazerem parte de uma comunidade de trabalho – Shelley riu. – Falava nesses termos mesmo: *liberais*. Éramos muito jovens e pensamos que tinha algo a ver com política. A comunidade ficava na Walpole Street, em Londres. Quando chegamos e batemos na porta, descobrimos que eram praticamente só homens *gays*. Não havia mulheres. Eu sabia fazer pão, o que aparentemente me tornava útil, pois a mulher que cozinhava tinha acabado de ir para a Índia.

– Alguém questionou a idade de vocês? – perguntou Kate.

– Não. Mentimos que tínhamos 18, mas ninguém pareceu se importar. Curti por um tempo e tivemos muitas experiências diferentes quando chegamos. Eu era a única menina, e David era carne nova. Ele era muito bonito... Não aconteceu nada de ruim. Os homens não eram predadores, mas David arrasava corações. Arranjei um trabalho pouco depois de chegarmos e saí da casa depois de um ano, quando conheci Kev, meu marido...

Shelley apontou para um mural na parede ao lado da geladeira, com fotos dela e de um homem ruivo atarracado ao longo dos anos.

– Ele morreu sete anos atrás. Câncer.

– Meus pêsames – disse Kate. Caiu um silêncio quando Shelley foi até o fogão e abriu o forno, dando uma olhada no bolo, que estava ficando dourado. Em seguida, ela serviu uma caneca de chá para cada um, colocando-as sobre a mesa comprida.

– Quem contratou vocês para procurarem por David? – Shelley perguntou, sentando-se diante deles. Era a primeira vez que ela parecia menos aberta e mais cautelosa.

– O nome de David surgiu em meio à investigação de outra pessoa desaparecida – disse Kate. – Uma jornalista chamada Joanna Duncan. Ela desapareceu em setembro de 2002.

Shelley se recostou na cadeira e franziu a testa; eles perceberam que ela estava pensando, como se o nome lhe fosse familiar.

– A jornalista do *West Country News* – disse Shelley.

– Sim. Ela desapareceu em um sábado, dia 7 de setembro de 2002 – confirmou Kate.

– Que estranho... Por que essa jornalista está envolvida no desaparecimento de David?

– Ela não está envolvida – respondeu Kate. – Achamos que Joanna poderia estar investigando o desaparecimento de David e de outro rapaz, Gabe Kemp. Esse nome significa algo para você?

– Não, nunca ouvi falar – disse Shelley. Ela franziu a testa de novo, levantou-se e foi até a janela, olhando para o jardim. Tinha começado a chover, e, no silêncio das reflexões dela, eles conseguiam ouvir as gotinhas batendo no vidro. Tristan fez menção de dizer algo, mas Kate abanou a cabeça. Era melhor deixar que ela falasse em seu próprio tempo. Shelley voltou à mesa e se sentou. – Certo, isso é estranho. Em 2002, eu e Kev viajamos para Seychelles. Sempre íamos depois de julho para evitar as férias escolares. Quando voltamos, na segunda semana de setembro, tinha uma mensagem de Joanna Duncan do *West Country News* na nossa secretária eletrônica.

Kate e Tristan se entreolharam.

– Desculpe perguntar, mas tem certeza de que era Joanna Duncan? – Kate quis saber.

– Absoluta.

– Por que ela deixou uma mensagem?

– Foi há muito tempo. Ela disse que era jornalista e queria conversar comigo informalmente. Pediu desculpas por não poder ser mais específica, mas disse que, se eu ligasse para ela, poderia me explicar. Ela deixou um número de telefone – respondeu Shelley.

– Como você se lembra disso depois de tanto tempo? – perguntou Tristan.

– A mensagem tinha sido enviada mais ou menos uma semana antes de voltarmos de viagem, e, àquela altura, estava em toda a mídia que uma jornalista chamada Joanna Duncan havia desaparecido.

Liguei para o número e deixei recado com uma pessoa do jornal, mas nunca me retornaram.

– Você se lembra com quem conversou? – perguntou Kate.

– Não.

– Você falou com a polícia?

– Não. Eu não sabia por que ela havia me ligado. Pensei, na época, que tinha a ver com o edifício comercial Marco Polo House. Ele foi comprado por alguns executivos da região, que tentaram acobertar o fato de que havia uma quantidade perigosa de amianto nas paredes. Começaram a reformá-lo, e o prédio ficava ao lado de uma das maiores escolas da região. Eu estava envolvida na campanha para que o removessem, e tínhamos conseguido muitas assinaturas. Escrevemos para muitos jornais e para o programa de jornalismo investigativo *Watchdog*, da BBC. Imaginei que fosse por isso que ela tivesse ligado. Ela estava escrevendo uma matéria sobre David?

– Não temos certeza – respondeu Kate. – Encontrei o nome de David escrito por Joanna em meio aos arquivos do caso dela, e só encontrei você pela doação feita em nome de David para o financiamento coletivo do jardim.

Shelley deu um gole no chá.

– Vocês têm uma foto de Gabe Kemp, caso eu o reconheça?

Tristan pegou o celular e abriu a foto do site de pessoas desaparecidas do Reino Unido. Shelley olhou por um momento, depois suspirou e abanou a cabeça.

– Não, desculpa. Nunca o conheci.

– Podemos mostrar outra foto para você? – perguntou Tristan. Ele navegou mais um pouco e encontrou uma foto de George Tomassini. – Ele está fantasiado nessa aqui. O cara à esquerda, vestido como Freddie Mercury.

– Eu me lembro da Monstra Má do Cabaré – ela respondeu, sorrindo.

– Sério?

– Sim, ela rodava os *pubs* de Exeter. Mas não reconheço o cara que está com ela.

– Tem certeza? – perguntou Kate, desejando ter uma foto de George sem fantasia.

Shelley olhou de novo e fez que não com a cabeça.

– Achamos que George Tomassini desapareceu em meados de 2002. Não temos uma data concreta, mas ele não foi oficialmente dado como desaparecido, ao contrário de David e Gabe – disse Kate. – O que aconteceu depois que você comunicou o desaparecimento de David à polícia, em junho de 1999?

– Nada – respondeu Shelley. – Acho que a polícia não levou a sério. Fui atrás algumas vezes, mas nunca me retornaram.

– Ele ainda está na base de dados de pessoas desaparecidas do Reino Unido – disse Kate.

– Eu sei. Dei para eles uma cópia das fotos de passaporte de David. Não que ele tivesse tirado um passaporte... Fazia um tempo que ele estava abalado antes de desaparecer. Imagino que vocês saibam que ele foi preso por homicídio culposo.

– Não, não sabíamos – disse Kate, trocando um olhar com Tristan.

– David estava muito viciado em drogas e se colocando em situações perigosas. Era muito inebriante para ele de repente ser adorado por esses caras mais velhos da cena *gay*. Alguns compravam presentes para ele, e ele se jogava de cabeça em relacionamentos, se mudava para a casa dos caras, mas então dava tudo errado e ele batia na minha porta ou voltava à comunidade. Tinha um cara mais velho chamado Sidney Newett.

– Mais velho quanto? – perguntou Kate.

– Devia ter uns 50 e poucos anos. David foi para a casa dele certa noite, e os dois estavam curtindo. A esposa de Sidney Newett estava viajando com a organização comunitária Women's Institute. David encontrou Sidney morto no jardim dos fundos na manhã seguinte, entrou em pânico e fugiu, mas deixou a carteira para trás, e um vizinho o viu. A polícia acabou retirando as acusações quando descobriram que Sidney morreu de ataque cardíaco, mas toda essa situação fez a depressão de David se agravar. Sempre havia festas na comunidade, então não era o melhor lugar para ele estar.

– Você mantém contato com alguém da comunidade? – perguntou Kate.

– Caramba, essa é uma boa pergunta. Foi dezoito anos atrás. Muitos dos meninos tinham apelidos: Elsie, Vera, Liza... – Shelley riu baixinho. – Eram um belo grupo, muito diferente dos homens que eu conheci na infância. Meu pai e meu tio gostavam muito de me *tocar*, por assim dizer. Era bom estar em um ambiente onde ninguém se interessava por mim nesse sentido. A comunidade era organizada por um cara mais velho, Max Jesper... Quer dizer, digo mais velho, mas ele devia ter uns 30 anos quando tínhamos 16. Ele estava lá havia mais tempo e era quem dirigia as coisas. Era uma casa georgiana antiga que tinha passado anos vazia. Ele a ocupou no começo dos anos 1980.

– Vocês tinham que pagar alguma coisa para ficar lá? – perguntou Tristan.

– Havia uma vaquinha, um grande pote em que todos tinham que contribuir. Se você estivesse trabalhando, tinha que colocar metade do que ganhava. Se não, Max encorajava você a se inscrever no Jobcentre, e você tinha que contribuir com metade do que ganhasse. Ninguém nunca tinha muito dinheiro. E, claro, os caras tinham que passar uma noite com Max para conseguir o quarto.

– Que sacana – disse Tristan.

– Ah, ele era. Por sorte, tudo o que precisei fazer foi assar pão para ele algumas vezes por semana, e era eu quem mais ganhava e contribuía na casa. Max não era um cara feio, mas costumava convidar os amigos quando um rapaz novo queria entrar...

Shelley viu quando Kate e Tristan se entreolharam outra vez.

– Eu sei, parece horrível, e era mesmo, mas muitos jovens vinham de lugares bem piores. E, para mim, havia muita liberdade.

– O que aconteceu com a comunidade? – perguntou Tristan.

– Max entrou na justiça para conseguir usucapião sobre o imóvel e venceu. Ele se tornou o proprietário legal daquela casona antiga. Saiu no jornal da cidade.

– Você se lembra de quando foi isso? – perguntou Kate.

– Acho que quatro ou cinco anos atrás. A casa fica do outro lado de Exeter, perto do novo parque industrial que estão construindo.

– Quando você soube que David tinha desaparecido? – perguntou Tristan.

– Nosso aniversário era no mesmo dia, 14 de junho. Eu estava morando com Kev e demos uma festa. Tinha convidado David, mas ele não apareceu. Não fiquei muito preocupada. Ele vivia indo de um lugar a outro, mas, quando fiquei mais de uma semana sem receber notícias, comecei a me preocupar. Fui ver o cara com quem David estava morando, Pierre, e ele disse que os dois tinham se separado dez dias antes e que David havia saído de casa. Então comecei a procurar pelos *pubs* da região e fui à comunidade, mas ninguém sabia aonde ele tinha ido.

— Fazia quanto tempo que ele estava morando com Pierre?

— Não me lembro exatamente. Algumas semanas, talvez.

— Você tem o contato de Pierre?

— Não. Ele morreu dois anos depois, de overdose — respondeu Shelley.

— David chegou a dizer se estava envolvido com alguém famoso, talvez algum político?

Shelley pensou a respeito.

— Não. Ele era bem linguarudo, teria se orgulhado disso.

— Pode nos dar os nomes dos *pubs gays* aonde David costumava ir?

— Sim, mas não sei quais ainda estarão abertos.

Shelley pegou uma folha de papel e pensou um pouco antes de começar a escrever. Houve um longo silêncio. Kate e Tristan se entreolharam; não tinham mais perguntas.

— Certo, consegui lembrar desses quatro. Os dois primeiros tenho certeza de que escrevi certo porque íamos muito lá. Os outros dois, nem tanto.

— Muito obrigada — disse Kate. — Você ajudou muito.

Shelley os levou até a porta. Eles passaram novamente pelas crianças, que ergueram os olhos e sorriram ao dizer tchau.

— Guardei a mensagem de Joanna Duncan em minha secretária eletrônica por algumas semanas depois que ela desapareceu — Shelley disse antes de eles irem embora. — No fim, precisei deletar. Não gostava de ficar ouvindo e me perguntando o que aconteceu com ela. Me dá calafrios pensar que vocês apareceram à minha porta tantos anos depois mencionando Joanna Duncan e David na mesma conversa.

CAPÍTULO 17

Tinha parado de chover quando Kate e Tristan saíram da casa de Shelley, e o sol estava brilhando. Eles correram até o carro e entraram.

– O *pub* Spread-Eagle está fechado. Acho que o The Brewer também – disse Tristan, olhando para a lista que Shelley tinha feito.

– Estou mais interessada nessa comunidade na Walpole Street, caso Max Jesper ainda esteja morando lá – disse Kate.

Levou meia hora para atravessarem a cidade. Walpole Street ficava à margem do rio, e Kate se lembrava da rua por ser parte de uma região degradada. Tinha acompanhado Myra até lá uma vez em que ela levou seu velho carro para um conserto, e lembrava-se de uma série de prédios fechados ao lado da antiga oficina mecânica. A memória veio à tona, triste e doce. Myra tinha aversão a descartar qualquer coisa, a menos que estivesse quebrado de vez; só se livrou do velho Morris Marina quando o motor se despedaçou. Na ocasião da lembrança de Kate, o carro tinha sobrevivido até o conserto seguinte.

Kate ficou surpresa ao ver que a oficina mecânica agora era uma barbearia moderna, com um estúdio de tatuagem, e que toda a região à margem do rio tinha passado por uma transformação. Havia uma fileira de lojinhas de bairro, um lindo jardim público, uma Starbucks e um velho cinema independente que ela se lembrava de estar fechado da última vez.

A fileira de lojas se curvava abruptamente para a direita e entrava na Walpole Street, que era mais residencial e cheia de casas geminadas. No fim da rua havia um casarão de quatro andares, pintado de branco e com um telhado novo de ardósia azul. As lindas janelas guilhotina brilhavam, e acima da porta havia uma placa com o número 11 e os dizeres JESPER'S – DESDE 2009 em letras prateadas. As cinco estrelas na placa indicavam que era um hotel.

Havia um elegante terraço externo na calçada, e todas as mesas estavam ocupadas. Aquecedores de ambiente de vidro translúcido esquentavam os clientes sob o bruxulear de chamas altas. Tristan encontrou uma vaga mais adiante na rua e parou o carro.

– Como um posseiro acaba tendo um hotel cinco estrelas em seu nome? – perguntou o detetive. Kate tirou o celular do bolso e pesquisou "Hotel Jesper's comunidade" no Google. – Lá vamos nós, quinto resultado: "Posseiro de Exeter ganha direito a propriedade nobre" – disse ela, erguendo o celular para mostrar o artigo. – "Um posseiro local se tornou o proprietário legal de um casarão do século XVIII na Walpole Street, em Exeter, onde morava havia doze anos. Max Jesper, de 45 anos, recebeu os títulos de propriedade do casarão, avaliado em mais de 1 milhão de libras, depois que uma construtora ameaçou despejá-lo. Jesper entrou com uma ação bem-sucedida de usucapião, segundo uma porta-voz do Registro de Imóveis. A propriedade antes era administrada como um pensionato. O proprietário morreu em 1974, e seu descendente, que morava na Austrália, herdou o imóvel, que ficou abandonado. Em 2009, o casarão foi vendido para uma construtora, que tentou despejar Jesper. Ele conseguiu provar que era o único ocupante da propriedade nos últimos doze anos e entrou com uma ação embasada de usucapião."

Tristan se aproximou para olhar a foto de Jesper no artigo.

– Esse cara parece um *hippie* de verdade – disse ele.

A foto mostrava Max Jesper na frente da casa em um dia cinza e nublado. Ele estava fazendo joinha com as duas mãos, uma das quais segurava um cigarro aceso. Tinha a aparência desgrenhada, o cabelo preto espetado e usava um jeans rasgado. A casa na foto não se parecia em nada com sua esplendorosa versão atual. Estava em ruínas, com janelas quebradas, grandes buracos no reboco e uma pequena árvore crescendo através de uma fenda no teto.

– Quer entrar e tomar um café? – perguntou Kate. – Estou intrigada para ver se Max Jesper está lá e como ele é.

Tristan concordou. Enquanto saíam do carro, um raio iluminou o céu, agora escuro, e começou a chover. A chuva logo se tornou torrencial, e Kate e Tristan foram correndo até o hotel. Kate colocou a gola da jaqueta sobre a cabeça, mas ficou instantaneamente encharcada.

Os clientes, que estavam jantando alegremente no terraço, agora corriam para a entrada com sacolas e casacos. Alguns carregavam seus pratos e copos, e um grupo de seis jovens e belos garçons ajudava a levar todos para dentro.

A entrada principal dava para uma pequena recepção com uma escadaria. Acima do balcão, uma claraboia de vitral projetava uma luz colorida sobre o carpete azul-claro. Tristan parou por um momento, encharcado e em choque pelo aguaceiro súbito. Ele sacudiu a cabeça e secou o rosto com a manga do casaco. Kate encontrou um lencinho na bolsa e secou o rosto. Ela observou algumas mulheres com maquiagem carregada atravessarem a recepção às pressas na direção dos banheiros para ajeitar o visual e sentiu-se grata por seu estilo fácil de manter.

Uma segunda porta levava a um restaurante maior e um bar. A multidão que havia entrado correndo mal enchia um quarto das mesas. Kate e Tristan passaram por um longo balcão de vidro, atrás do qual havia fileiras e mais fileiras de garrafas iluminadas por diferentes cores. Parecia ter todo tipo possível de bebida alcoólica, incluindo champanhes e vinhos envelhecidos. Kate se sentiu sobrecarregada por um momento, mas se obrigou a ir em frente. Ela seguiu Tristan até um salão com uma lareira de pedra, onde uma fileira de janelas de vidro dava para um jardim murado e, depois dele, o rio. Os dois se sentaram em poltronas confortáveis próximas da lareira.

Um garçom de cabelos escuros se aproximou. Ele tinha uma beleza ardente e parecia ter saído de uma propaganda de perfume.

– Caramba, está caindo o mundo lá fora – disse ele, com um sotaque de East End e uma voz delicada que não combinava com sua aparência. – O que vão querer, meus amores?

– Dois *cappuccinos*, obrigada – respondeu Kate.

– Já trago – ele sorriu, parando para olhar Tristan de cima a baixo antes de voltar ao bar.

– Que lugar chique – comentou Tristan, observando ao redor. – Nunca tinha vindo a um hotel cinco estrelas.

– Ashdean tem algum hotel cinco estrelas? – perguntou Kate, olhando para o bar luxuoso e tentando entender o lugar.

– Não. O único hotel quatro estrelas, Brannigan, perdeu uma estrela no ano passado, quando encontraram ratos na churrasqueira... Como funciona a usucapião?

– Se um posseiro conseguir entrar em um imóvel vazio de forma não violenta e habitá-lo ininterruptamente, sem contestação jurídica, por doze anos, pode pedir o direito de posse da propriedade – explicou Kate.

– Então, ao se tornar o proprietário legal deste lugar, Max Jesper pôde usá-lo como garantia para pedir um empréstimo?

– Sim, mas transformar uma propriedade abandonada nisto exigiria um investimento imenso – disse Kate, erguendo os olhos para as sancas no teto. – E ele fez isso tão rápido, em dois anos...

Tristan se levantou e foi olhar as várias fotografias expostas na parede ao lado do balcão. Kate o seguiu. Eram fotos de famosos que tinham visitado o restaurante, desde celebridades dos esportes até participantes de *reality shows*, além de alguns políticos.

– Quem imaginaria que tantos famosos vêm a Exeter? – disse Tristan. Max Jesper estava em todas as fotos. Ainda era possível reconhecê-lo, embora agora ele estivesse bem-arrumado, com uma cabeleira farta tingida de castanho, a pele bronzeada e vestindo ternos de alfaiataria. Parecia estar na casa dos 50 anos e tinha uma energia de *rock star*.

– Max também mudou muito – disse Kate.

– Colocou até implantes dentários – observou Tristan. – Ele não tinha esses dentes branquinhos na outra foto.

O garçom se aproximou, trazendo os cafés em uma bandeja prateada. Kate e Tristan voltaram para onde estavam sentados.

– O homem nas fotos com as celebridades é o proprietário? – perguntou Kate, apontando para a parede.

– Sim, aquele é Maximillian Jesper – respondeu o garçom, fazendo uma reverência enquanto pegava os *cappuccinos* na bandeja. A espuma dos cafés subia alguns centímetros além da borda da xícara. – Joanne Collins esteve aqui semana passada.

– Você quer dizer *Joan* Collins? – perguntou Kate.

– Sim, ela mesma. Muito simpática. Mas todos os famosos aceitam com o maior prazer tirar uma foto quando se hospedam aqui ou vêm para algum evento.

– Que tipo de eventos acontecem aqui?

– Todo tipo: casamentos, festas, conferências...

– Você conheceu muitas celebridades?

– Muitas. Trabalho aqui faz três anos, enquanto termino os estudos – ele respondeu, colocando os *cappuccinos* na mesa. A espuma estava entornando agora.

– O dono está aqui? Gostaria de falar com ele – disse Kate.

– Algum problema? O espumador da cafeteira nova é um pouco imprevisível.

Kate sorriu.

– Não. Estou tentando encontrar uma pessoa que ele talvez conheça.

– Posso conferir, mas ele tem muitas reuniões hoje – respondeu o garçom. – Como se chama a pessoa?

– Seria ótimo se conseguíssemos falar com ele – disse Kate, sem querer dar a Jesper a desculpa de dizer que não conhecia David Lamb antes de encontrá-los. O garçom pareceu nervoso.

– Certo, vou perguntar – disse ele, saindo em direção aos fundos do bar. Kate e Tristan se levantaram e voltaram para a parede de fotos.

No cantinho, perto de um interruptor, havia dois porta-retratos maiores. Um continha uma foto de toda a equipe uniformizada de pé diante do balcão, com Max entre eles. A segunda tinha sido tirada na frente do casarão. Havia uma multidão ao redor de Max, que estava cortando uma fita vermelha diante da entrada principal. O prefeito, com seu colar de ouro cerimonial, estava sorrindo ao lado de Max. Kate olhou mais de perto, reconhecendo alguém na multidão: um homem à direita da imagem, com um sorriso largo, o rosto um pouco vermelho, provavelmente de bebida.

– Esse é Noah Huntley – disse Kate. Ela pegou o celular e fotografou o retrato da inauguração e o de Max com os garçons.

– O que Noah Huntley está fazendo aí? Se o hotel abriu em 2009, ele já tinha sido expulso do Parlamento havia sete anos – disse Tristan.

Nesse momento, eles ouviram alguém limpando a garganta. Os dois se sobressaltaram e viraram-se para olhar. Max Jesper estava atrás deles, acompanhado do jovem garçom. Era mais alto do que parecia pelas fotos e estava usando uma calça jeans preta apertada, uma camisa branca aberta no pescoço e tênis de cores fortes. Havia um celular e um par de óculos pendurados em seu pescoço.

– Oi – ele cumprimentou com a voz grave e refinada, com um fundo rouco de cigarro. – O Bishop aqui disse que vocês estavam me procurando – ele sorriu, exibindo um conjunto brilhante de facetas. Nem disfarçou enquanto os avaliava de cima a baixo, como se escaneasse um código de barras. – Quem são vocês?

– Meu nome é Kate Marshall, e esse é Tristan Harper. Somos detetives particulares.

– Ah, é? – exclamou ele. Seus olhos azuis tinham um brilho frio. Ele ergueu as sobrancelhas com curiosidade.

– Estamos tentando localizar um jovem chamado David Lamb. Ele morou aqui entre 1996 até cerca de junho de 1999, quando ainda era uma comunidade.

Tristan já havia aberto a foto de David no celular e a mostrou. Max colocou os óculos, pegando o aparelho e encarando a tela.

– Caramba, faz alguns anos. Um rapaz bonito, mas não me é familiar.

– Uma amiga de David, Shelley Morden, também morou aqui, entre 1996 e 1997. Eles eram de Wolverhampton – disse Kate.

– Shelley disse que fazia pão – acrescentou Tristan.

– Agora vocês estão voltando ainda mais no passado. Muita gente fazia pão aqui, meu querido. Éramos muito pobres! – disse Max. – E muita gente entrava e saía deste lugar naqueles tempos. Era muito diferente, como vocês podem imaginar, e eu era de fumar uma maconhazinha na época, então boa parte desses anos é um borrão para mim – ele acrescentou, devolvendo o celular com um sorriso.

– A polícia chegou a falar com você sobre uma pessoa desaparecida?

– Não – respondeu Max. Ainda estava sorrindo, mas sua voz era fria. – Em todos esses anos, a polícia nunca sentiu necessidade de aparecer à minha porta. Todos obedecíamos à lei. Ainda obedecemos, não é, Bishop?

– Sim – respondeu Bishop, papagueando o chefe.

– A não ser pela maconhazinha? – perguntou Kate.

Max fechou a cara. Sua língua revirou dentro da boca. Um silêncio constrangedor caiu sobre eles.

– O que aconteceu com esse rapaz, David Lamb? – ele perguntou.

– Ele desapareceu em junho de 1999 – disse Kate.

– E você disse que ele morava aqui?

– Não, ele tinha saído algumas semanas antes – disse Kate, frustrada por ele parecer não estar prestando atenção.

– Ah, então faz sentido. Se fosse um residente, eu teria ficado sabendo. Quando as pessoas estavam embaixo do meu teto, eu conseguia cuidar delas.

– Você conhece alguém que pode nos ajudar? Mantém contato com algum residente daquele período?

Max tirou os óculos.

– Não, *querida*. Quando vim para o lado escuro da força e descobri as alegrias do capitalismo, todos os meus amigos socialistas e amantes da liberdade evaporaram. Só pedi usucapião a princípio porque poderia fazer um seguro para este lugar e consertar as coisas.

– Como você encontrou? – perguntou Tristan.

– Como encontrei o *quê*? Seja específico – disse Max.

A maneira como olhava para Tristan, pensou Kate, *era um estranho misto de desejo e ódio.*

– Como encontrou esta casa?

– No fim dos anos 1970, eu estava em situação de rua e este lugar estava abandonado. Dava para entrar pelo pátio dos fundos – disse ele, apontando com os óculos. – Vim com outras pessoas que se abrigavam aqui, mas fui o único esperto o bastante para me registrar como responsável pelo pagamento das contas. Também coloquei portas novas e tornei o lugar mais seguro.

– O imóvel tinha sido um pensionato antes? – perguntou Kate.

– Sim, muito datado. Alguns quartos ainda tinham comadres embaixo da cama, juntando poeira. Eu podia até ser um sem-teto, mas jamais cagaria em um penico.

Bishop riu um pouco alto demais.

– Não foi tão engraçado assim – disse Max. – Vá limpar algumas mesas. – O garçom corou e se dirigiu ao balcão. Max voltou-se para os detetives. – Sinto muito por esse rapaz, David, ter desaparecido, mas eram outros tempos. Centenas de jovens passavam pela comunidade.

– Shelley disse que praticamente só rapazes moravam na comunidade – disse Kate.

– Bom, claro. Você parece ter idade suficiente para se lembrar dos velhos tempos – disse ele, enfático. – Não tinha essas merdas de arco-íris estampando até copos de café. Aqui era um refúgio para muita gente, incluindo jovens *gays* que tinham sido expulsos de casa...

Enfim, tenho trabalho a fazer. Vocês têm um cartão, caso eu me lembre de alguma coisa?

Kate lhe deu um de seus cartões de visita.

– Agência de Detetives Kate Marshall – disse Max, olhando o papel. – E você, não tem um cartão? – Ele ergueu os olhos para Tristan.

– Sim – respondeu o detetive, entregando um de seus cartões.

– Vou dar um toque em você se me lembrar de algo, Tristan. Agora, me deem licença.

Max sorriu e os cumprimentou com a cabeça antes que pudessem perguntar mais alguma coisa. Ele dava arrepios em Kate, com seu olhar frio e sua indiferença.

CAPÍTULO 18

Ainda estava chovendo quando Kate e Tristan saíram do Hotel Jesper's. Eles correram e entraram no carro. Tristan tinha pagado o café e pegado o recibo, que entregou para Kate. Ela notou algo escrito no verso.

– O garçom deixou o número dele, com uma carinha feliz – disse ela, erguendo o papel.

– Ah – disse Tristan. – Eu não pedi.

– Duvido que ele tenha anotado para mim.

– Ele pontua o "i" de Bishop com uma bolinha – notou Tristan, erguendo uma sobrancelha.

– Trabalhei com um analista de caligrafia uma vez. Pode significar que a pessoa tem características infantis e brincalhonas – disse Kate.

– Não faz o meu tipo.

Kate se perguntou por um momento qual era o tipo de Tristan, já que nunca o ouvira mencionar um namorado.

– Poderia ser interessante para o caso se você tomasse um café com esse garçom. Ele disse que trabalha no Jesper's faz três anos. Você se sentiria à vontade em fazer isso? – ela perguntou.

– Ok, eu iria só pelo café.

Kate olhou para o recibo de novo.

– É isso que a carinha feliz diz? Quer sair para tomar um café?

– Imagino que sim. O que você pensaria se um garçom escrevesse isso no seu recibo?

Kate riu da ingenuidade de Tristan.

– Eu pensaria que ele confundiu meu pedido. Já passei da idade em que garçons deixam o número de telefone para mim – respondeu ela. – Se você se sentisse à vontade para entrar em contato com ele e tomar um café, isso poderia nos dar mais informações.

Kate assumiu o volante, ligou o motor e deu partida no carro. Eles passaram pelas lojas chiques, pelo cinema e chegaram ao fim da rua, de onde seguiram em direção ao parque industrial. Tristan pegou o celular e enviou uma mensagem curta para Bishop.

— O que você achou de Max Jesper? — ele perguntou, guardando o celular de volta no bolso.

— Achei uma pessoa fria e sacana, e nem era em mim que ele estava interessado.

— Acho que ele estava mentindo. Ele conhecia David Lamb — disse Tristan. — Shelley disse que poucas mulheres moravam na comunidade, então, mesmo se David não tivesse se destacado por si só, o fato de ele ter chegado com Shelley e ser amigo dela significaria alguma coisa. E ela disse que foi à comunidade quando David desapareceu. Não confio nessa história de "maconhazinha". Max parece muito atento e observador, como um corvo curioso e alerta.

— Também me incomoda como Max passou de albergueiro em situação de rua a proprietário de um hotel-butique lucrativo.

— E se ele teve sorte? — perguntou Tristan. Kate sorriu. Ele definitivamente via o mundo de uma perspectiva mais otimista.

— Sorte é se tornar dono de um imóvel dilapidado por usucapião. Mas foi necessário um grande investimento para transformar aquele casarão em hotel. Veja as pessoas que estavam na inauguração. O prefeito, aquela gente toda do Rotary Club e até Noah Huntley, que, é claro, pode ter comparecido apenas como empresário local.

— Mas isso também nos traz de volta a Joanna e à ligação dela com Noah — disse Tristan. — Sei que nenhum de nós falou disso ainda, mas Joanna devia estar investigando o desaparecimento de David e Gabe.

— Ok, mas há chances de que Joanna tenha, *sim*, ligado para Shelley para falar sobre aquela história de remoção de amianto na rua, o que significaria que ela não estava entrando em contato para falar sobre David Lamb. Mas teria sido uma grande coincidência se Joanna estivesse, por acaso, procurando por David Lamb e, por acaso, entrasse em contato com a melhor amiga dele, Shelley, para uma matéria não relacionada.

— E se a matéria estiver relacionada? Devíamos dar uma olhada nessa história de amianto — disse Tristan.

Kate concordou com a cabeça, mas sentiu um aperto no coração com a possibilidade de ampliar ainda mais a investigação. Isso lhe deu uma ideia.

– Shelley disse que David foi questionado pela polícia sobre a morte daquele homem mais velho...

– Sidney Newett.

– David foi liberado e teve essas acusações retiradas, mas e se ele tiver uma ficha criminal? E se Gabe Kemp e George Tomassini também estiverem fichados?

– Se for o caso, podemos descobrir mais sobre eles, como seus endereços e outras informações pessoais – disse Tristan.

– Vou ligar para Alan Hexham e ver se ele consegue encontrar alguma coisa – disse Kate. Tinha conhecido Alan Hexham, o patologista forense regional, na Universidade de Ashdean. Alan foi um palestrante convidado no curso de criminologia de Kate e ofereceu casos fechados para os alunos trabalharem. Ele sabia sobre o passado dela na polícia e, quando a agência de detetives foi aberta, se ofereceu para ajudar no que fosse possível.

– E Noah Huntley? Talvez valha a pena fazer uma análise detalhada das relações comerciais dele – disse Tristan. – Talvez valha conversar com ele.

– Você acha que ele aceitaria conversar conosco? – perguntou Kate.

– Quem sabe ele aceite conversar comigo? Posso ser o tipo dele.

– Eu me sinto mal em cafetinar você – disse Kate. – Queria encontrar uma forma de convencê-lo a falar conosco. Podemos dar a entender que estamos nos concentrando em Joanna e, então, surpreendê-lo com perguntas sobre David Lamb, George Tomassini e a antiga comunidade de Max.

O celular de Tristan apitou.

– Por falar em me prostituir... É Bishop – disse ele, olhando a tela. – Ele quer me encontrar para um café amanhã à tarde na Starbucks de Exeter.

– Eu disse *cafetinar*, não *prostituir*.

– Tem alguma diferença?

– Por que você não sugere o café Stage Door atrás do mercado a granel? – disse Kate. – Será mais fácil ter uma conversa tranquila lá.

Tristan concordou e começou a digitar a resposta. O carro parou em um semáforo. Kate puxou o freio de mão e olhou seu celular. Tinha se esquecido de tirá-lo do modo silencioso.

– Parece que nós dois estamos populares – ela disse enquanto lia uma mensagem. – A velha amiga de escola de Joanna, Marnie, acabou de me responder. Quer me encontrar amanhã à tarde. – O farol abriu e Kate colocou o celular no painel, seguindo a fila de carros em direção à via expressa.

– Que bom – disse Tristan. – Podemos nos separar e matar dois coelhos com uma cajadada só. Onde vocês vão se encontrar?

– Ela sugeriu o próprio apartamento no conjunto habitacional Moor Side, em Exeter. Amanhã é o dia em que seu ex-marido estará com as crianças.

– Bev não morava no conjunto habitacional Moor Side?

– Sim. Foi onde ela criou Joanna. As duas eram vizinhas. Pode ser interessante dar uma olhada no lugar.

– Tenha cuidado, o Moor Side é bem perigoso. Quer que eu vá com você?

– Não, vá encontrar Bishop. Ele pode nos dar mais informações sobre Jesper. Vou até Marnie depois do almoço. O dia ainda estará claro.

– Mesmo assim, eu levaria um bom *spray* de pimenta – aconselhou Tristan.

Kate suspirou, acometida por uma melancolia repentina enquanto a chuva voltava a cair e a via expressa se reduzia a um borrão cinza. Lembrou-se dos velhos tempos na Polícia Metropolitana de Londres, quando fazia a ronda nas habitações sociais de South London e ficava cara a cara com a violência e o desespero.

Pensar em Joanna Duncan a deixou triste. Se Jo estivesse viva agora, poderia ser a poderosa editora-executiva de um jornal de Londres, feliz e realizada.

Joanna quase conseguiu escapar de sua origem. Quase.

CAPÍTULO 19

Foi uma longa espera até o anoitecer. O sol só se pôs depois das 21 horas. Toda a raiva que Tom sentia de Hayden havia passado, porque Hayden não era mais *nada*. Era apenas carne em putrefação para ser jogada fora.

Sob o manto da escuridão, ele colocou o corpo no carro e dirigiu rumo a Dartmoor. Tinha chovido intermitentemente a tarde toda, mas assim que ele saiu da via expressa o céu trovejante despejou uma tempestade. Água tamborilou no para-brisa, raios brilharam, e ele sentiu a Land Rover tremer enquanto era atingida pelo vento.

Era tarde agora, e as estradas rurais estavam silenciosas. Tom havia passado por alguns chalés distantes, atrás de árvores e cercas-vivas, com janelas iluminadas, e então ficou quase 2 quilômetros sem ver casa nenhuma. A chuva estava tão pesada que os limpadores de para-brisa não davam conta da água, e ele quase não viu o portão através do vidro inundado.

Tom parou o carro, desligou os faróis e imediatamente se sentiu mais seguro ao ser tragado pela escuridão. A tempestade o atingiu em cheio quando correu para abrir o portão, de cabeça baixa, grato pela jaqueta grossa impermeável e pelas botas pesadas que estava usando. As árvores rangiam e lamentavam sob o vento, formando sombras escuras logo acima de sua cabeça. Quando ergueu os olhos, um raio iluminou o horizonte, e ele viu a fileira de carvalhos que cercava a estrada se dobrando fortemente sob o vento. Ele correu para o carro e atravessou o portão, fechando-o em seguida.

O portão levava a um terreno pantanoso que fazia sucesso entre caminhantes. Em um dia claro, era possível enxergar quilômetros de um caminho pontilhado por árvores cujos galhos se assomavam e se estendiam sobre o pântano. Uma estrada romana antiga seguia reta bem no centro. Suas pedras originais tinham sido cobertas por musgo e grama fazia muito tempo, mas a estrada foi construída para durar e, com a presença regular dos caminhantes, a grama, desgastada em alguns trechos, revelava lajotas brilhantes de granito branco.

Tom havia explorado o local antes e planejado usar a estrada romana para adentrar o terreno sem medo de que o carro atolasse na terra macia ou afundasse no pântano lamacento.

Ele colocou o carro em marcha lenta e começou a atravessar a grama na direção do começo da estrada. Raios bifurcavam o céu negro. Estrondos fortes e longos de trovões completavam a sinfonia da tempestade, e a chuva surrava incansavelmente o teto do carro com um barulho grave. Normalmente, Tom se sentia seguro no terreno pantanoso, mas, com a tempestade furiosa ao seu redor, sentiu-se assustado pela primeira vez.

Enquanto passava sob a copa de uma árvore grande, os galhos se curvaram e balançaram, como se tentassem encostar nele. O carro parou de chacoalhar e balançar, e ele sentiu a grama dar lugar a algo mais liso e firme sobre a estrada romana.

Houve um rangido de algo se rachando mais à frente e um raio iluminou um carpino enorme, que devia ter várias centenas de anos. Seu tronco tinha mais de 3 metros de largura, e sua copa vasta de galhos se estendia sobre a estrada. A árvore gigante pareceu se curvar e se erguer, e então tombou na direção do carro. Tom pisou no freio e passou a marcha a ré. Tinha acabado de recuar quando a árvore caiu na estrada com um estrondo, abrindo um círculo largo de terra atrás de si.

Tom sentiu o impacto e o tronco bloqueou sua visão pelo para-brisa. Ele ficou sentado por um momento, tremendo, e então abriu a porta do carro. Conseguia sentir o cheiro de terra fresca se misturando à chuva. O tronco caído era como uma parede alta, bloqueando seu caminho. A árvore devia ter uns 50 metros de altura. Ela jazia sobre a estrada e parecia se estender pelas sombras através do terreno pantanoso. Sua base colossal de raízes devia ter a altura de uma casa de três andares.

Tom encontrou o celular em um dos bolsos da jaqueta e, usando a luz fraca do protetor de tela, correu sob a chuva forte até o buraco enlameado imenso onde antes ficava a árvore. Era fundo e estava se enchendo de água rapidamente, e a cascata formada nas bordas puxava a terra solta consigo.

Tom tinha planejado adentrar o terreno pantanoso de carro para despejar o corpo de Hayden, mas, com a estrada bloqueada pela árvore, não queria se arriscar a dirigir pela terra macia, onde poderia atolar.

Ele ergueu os olhos para o céu quando outro raio brilhou. Vapor subia das raízes expostas da árvore caída, que rangia e lamentava como se desse seus últimos espasmos de morte, impedida de respirar após ser arrancada do solo. Tom sempre acreditou que um poder superior o havia feito chegar tão longe, permitindo que ele fizesse o que fazia. Será que esse poder agora estava lhe dando o lugar perfeito para esconder o corpo?

Ele baixou os olhos para a profundeza do buraco, onde terra e água continuavam entrando. Foi até o porta-malas e pegou o corpo de Hayden. Ele o aninhou nos braços e chegou o mais próximo possível da beirada do buraco, e então, como se fizesse uma oferenda a seu deus prestativo, jogou Hayden lá dentro. O barulho da tempestade ainda estava alto, e ele não ouviu o corpo cair no fundo, mas a luz de outro raio iluminou o buraco e ele pôde vê-lo já meio submerso na lama suja.

Tom deu um passo para trás e ergueu os olhos para o céu, gostando da sensação da chuva fria em seu rosto. Raios brilharam mais uma vez, e ele soube que não estava olhando para Deus. Ele era Deus.

CAPÍTULO 20

— Ouviu a tempestade ontem à noite? – perguntou Jake.
— Não – respondeu Kate. Era cedinho, e ela ainda se sentia zonza. Os dois estavam descendo a falésia para um mergulho na praia.

— Estava, tipo, *furiosa*. Trovões, raios...

— Devo ter dormido como nunca – disse ela. O sol cintilava dourado atrás de um grupo de nuvens baixas, espalhando diamantes sobre a água calma. Kate viu uma faixa de escombros na areia da praia, trazidos pela tempestade. Costumava ter o sono leve, então era bom se sentir descansada.

Jake entrou no mar e mergulhou de cabeça sob uma onda que quebrava. Kate esperou a onda seguinte e mergulhou atrás do filho. O mar a envolveu, e ela bateu as pernas agilmente, atravessando as ondas crescentes, sentindo o coração bater forte e a água salgada vibrar em sua pele. A cicatriz de 15 centímetros em sua barriga formigou sob a água fria, como de costume. Era um lembrete sempre presente da noite em que havia descoberto que Peter Conway era o canibal de Nine Elms e o confrontado. Ela não sabia que estava grávida de Jake na época, e a lâmina afiada de Peter não o acertou por milímetros. Mas estar na companhia do filho, agora um homem adulto, nadando juntos vigorosamente, fez com que ela sentisse que havia bem no mundo.

Kate parou depois de uns 100 metros e flutuou de costas. Olhou para Jake, a cabeça dele boiando na água, sorrindo para o sol, que tinha acabado de raiar no horizonte.

— Você sabe que pode convidar seus amigos para ficar aqui, não é? – perguntou ela. Jake se virou e nadou em sua direção.

— Talvez Sam venha passar um fim de semana, se não tiver problema. Ele adora surfar – disse Jake.

– Sam é um de seus colegas de quarto? – Kate tentou se lembrar. O filho tinha mencionado muitos amigos novos das aulas de literatura inglesa.

– Sim. Os outros estão trabalhando na Espanha... – Jake mordeu o lábio, e ela percebeu que queria contar alguma coisa. – Fiz outra amiga interessante – disse ele.

Kate o olhou e ergueu uma sobrancelha.

– Ah, é?

– Nada nesse sentido. O nome dela é Anna. Anna Tomlinson. Eu a conheci no Facebook no ano passado, e temos trocado mensagens.

– Vocês, jovens, têm tanta sorte – disse Kate, batendo os braços preguiçosamente de um lado para o outro na água. – Eu tinha que escrever cartas para os meus amigos durante as festas.

– Anna é filha de Dennis Tomlinson... Esse nome soa familiar?

Kate se empertigou na água. Sim, o nome era familiar. Dennis Tomlinson era um dos assassinos em série sobre quem ela havia dado aula em seu curso de Ícones Criminais na universidade.

– Dennis Tomlinson que estuprou e matou oito mulheres? – perguntou ela.

– Sim.

– Dennis Tomlinson que está cumprindo oito penas de prisão perpétua? – insistiu Kate. Ela não se sentia mais relaxada.

– Sim. Ela entrou em contato comigo do nada, perguntando se eu queria conversar com alguém que sabia como era ter um pai como... *esse*.

– Onde ela mora?

– No norte da Escócia, em uma fazenda no meio das montanhas. Ela escreveu um livro quinze anos atrás e usou o dinheiro para comprar o terreno.

Kate estremeceu. A água não parecia mais energizante, e seus dedos estavam dormentes.

– Espero que você não esteja pensando em escrever um livro.

– Não. Por que eu pensaria nisso? Estou feliz trabalhando aqui. Adoro fazer aulas de mergulho, sair com o barco, ficar aqui com você.

– Ok, fico feliz que você esteja feliz – disse Kate.

– Você achou que eu não estivesse?

– Tenho medo de ter ferrado a sua cabeça.

– Você não ferrou minha cabeça. Você me fez dar valor à vida – disse ele. Kate ficou surpresa e não soube o que responder. – Anna não teve a mesma sorte, ficou completamente sozinha quando o pai foi preso. Ela estava com 17 anos. A mãe morreu quando tinha 16... É bom conhecer alguém com uma experiência parecida...

Ela olhou para Jake atravessando a água ao seu lado. O sol reluzia em seu cabelo, brilhante como uma castanha-da-índia.

Por que ele não deveria falar com alguém com uma experiência parecida? Peter Conway sempre seria o pai dele. Jake sempre seria filho de Peter. Kate sempre seria o elo entre os dois, e tinham sido as próprias ações dela, o caso dela com Peter quando ele era seu chefe na polícia, que provocaram tudo aquilo.

– Alguém mencionou seu... alguém mencionou Peter na universidade?

– Não. Só contei para os meus amigos, e eles ficaram de boa. Está tudo certo, mãe. Estou feliz, muito feliz. Só quero dividir tudo com você. Como estão as coisas? Como está o caso?

Kate contou que precisava visitar Marnie, a amiga de infância de Joanna, mas ainda não se sentia nem perto de compreender o caso.

– Pense o seguinte: quanto mais tempo demorar para resolver, mais vai receber por isso!

– Foi o que a irmã de Tristan disse.

– Ela não gostou que ele passou a trabalhar apenas meio período na universidade?

– Não. Também não gostou de toda a questão do *camping*, como o fato de que eu e Tristan repintamos os banheiros sozinhos algumas semanas atrás.

– Por falar nisso, contratei três mulheres da cidade para fazerem a limpeza semanal, começando neste fim de semana. Se der certo, estou torcendo para elas ficarem a temporada – disse Jake.

– Muito bem – aprovou Kate. Tinha deixado o *camping* em segundo plano agora que Jake estava em casa. A limpeza acontecia todos os sábados entre as 10 e as 14 horas, quando muitos dos hóspedes saíam e as roupas de cama podiam ser trocadas antes de o grupo seguinte chegar. Tinham recebido muitas reservas na última semana, o que era uma boa notícia, e a temporada de verão começaria dali a quinze dias.

– São moças simpáticas, moradoras locais. Uma mãe, uma filha e uma amiga delas. Moram em Ashdean e conseguem vir juntas de carro – explicou Jake. – Isso vai me dar tempo para mergulhar mais aos fins de semana.

Tirava um pouco da pressão dos ombros de Kate saber que o *camping* estaria funcionando e que o dinheiro estaria entrando.

– Brrr! Estou ficando com frio. Vamos apostar quem chega primeiro? – desafiou Jake, nadando na direção da praia.

– Ei, você começou primeiro! – disse Kate.

– É melhor nadar rápido, então! – ele gritou, abrindo um sorriso. – O último a chegar faz o café da manhã!

Kate pensou em todos os anos em que Jake havia morado com os avós e que ela não pudera fazer café para o filho. Ela esperou um pouco e então começou a nadar atrás dele na direção da praia.

CAPÍTULO 21

Bella Jones foi acordada pouco depois das 8 horas por sua cachorra, Callie, que lambia sua mão e abanava o rabo entre as cobertas. Bella morava perto do vilarejo de Buckfastleigh, em um chalé cor de malva caindo aos pedaços.

Ela e a cachorra seguiam a mesma rotina todas as manhãs: Bella saía da cama, vestia-se e levava Callie para passear antes de tomar café. Seu pequeno chalé dava para o lado leste do Parque Nacional Dartmoor, e era por ali que elas faziam seu trajeto diário na charneca. Assim que o portão se abriu naquela manhã, Callie saiu correndo, farejando o ar depois da tempestade.

Tinha chovido forte, e o terreno pantanoso e encharcado quase fez Bella voltar. Mas Callie, farejando os novos aromas despertados pela tempestade, saiu correndo na direção do carpino caído sobre a estrada romana. Bella morava naquela parte de Devon desde que se entendia por gente, e a árvore colossal tinha sido uma constante na paisagem ao longo de seus 60 anos. Hoje, porém, parecia um gigante derrubado e morto.

— Ah, minha nossa — disse ela, chocada e entristecida por ver que a árvore tinha caído.

Callie correu latindo e parou ao lado do buraco largo deixado pelas raízes arrancadas. Era seu latido furioso e assustado, que saía alto e agudo.

Bella demorou um minuto para alcançar a cachorra. O buraco deixado pela árvore tinha mais de 3 metros de largura, era muito fundo e estava preenchido com água da chuva até a metade. A estrutura da raiz se projetava como um paredão barrento do outro lado, estendendo-se por muitos metros de altura e bloqueando a luz. Callie continuou latindo e agitando as patas na beirada do buraco, lançando grandes nacos de terra úmida e grama na água barrenta.

– Junto, aqui! – gritou Bella, desviando da borda escorregadia.

Ela conseguiu encaixar a ponta da bengala na coleira de Callie, mas a cachorra continuou revirando a terra, rosnando e latindo para o buraco, os pelos amarelos de suas costas arrepiados.

– É só uma árvore – disse Bella, pensando que sua querida cachorra estava estranhando aquela nova perspectiva bizarra. O paredão de terra úmida e raízes tortas parecia estranho para Bella também. Em seus passeios diários, Callie já havia latido muitas vezes quando vira algo fora do comum. A última ocasião fora quando um saco de lixo preto se prendeu em uma cerca de arame farpado, ondulando sob a brisa como uma figura de capa preta misteriosa e curvada.

Bella segurou a bengala com as duas mãos e firmou os calcanhares para puxar Callie para trás. Foi só quando seguiu o olhar da cachorra para baixo que ela viu uma mão para fora da terra úmida e escura, seguida de um braço e da lateral de um rosto de olhos fechados. A chuva tinha lavado parte da terra do corpo, e a pele estava pálida e cinza.

– Venha, Callie, para trás! – gritou Bella, conseguindo puxar a cachorra para longe da beirada do buraco. Os pelos de sua nuca se arrepiaram no frio.

Bella não se assustava facilmente, mas teve que respirar fundo e segurar a ânsia de vômito enquanto procurava, entre as dobras do casaco, o celular para ligar para a polícia.

CAPÍTULO 22

O conjunto habitacional Moor Side era um lugar sujo com um ar ameaçador. Kate estacionou o carro próximo ao terreno e caminhou duas ruas até a torre alta onde Marnie morava. Havia dois carros incendiados no estacionamento, e um grupo de rapazes fumava sentado em uma mureta. O elevador estava quebrado, mas não havia ninguém na escada que levava ao segundo andar.

Kate bateu, e uma mulher minúscula atendeu a porta. Ela mal chegava a 1,50 m, era assustadoramente magra e se apoiava em uma muleta. Seu cabelo era vermelho vivo, liso e tinha uma franja reta. Ela usava uma saia longa tingida de várias cores e uma camiseta branca de mangas compridas. Tinha os olhos castanho-claros, sem brilho, e sua pele era pálida, mas sua recepção e seu sorriso foram muito calorosos.

– Que bom ver você – Marnie disse com entusiasmo.

Ela guiou Kate por um corredor estreito, cheio de roupas penduradas em varais. As duas passaram pela porta fechada da sala e entraram na cozinha.

– Tenho umas horinhas antes de buscar as crianças na escola – continuou ela. Assim como Bev, Marnie tinha um forte sotaque de West Country. – São aqueles dois ali. – Ela apontou para uma foto na geladeira que mostrava um menino e uma menina no balanço de um parquinho, com Marnie entre eles. Era um dia claro e ensolarado, e todos usavam bonés de beisebol.

– Eles são tão fofos nessa idade – disse Kate.

– Eu sei. Eles acham que tudo que você faz é maravilhoso... Ainda estou esperando essa fase passar. Quantos anos seu filho tem agora?

– Como sabe que tenho um filho? – Kate perguntou.

– Li tudo sobre você – ela respondeu.

– Ele tem 19 anos – disse Kate, perguntando-se o que Marnie tinha lido. – Acabou de chegar da universidade.

– O que ele está estudando?
– Letras.
– Você tem uma foto? – Marnie perguntou, um pouco entusiasmada demais.
– Não, infelizmente – respondeu a detetive.

A mulher pareceu desapontada enquanto colocava uma xícara de chá sobre a mesa. Ela apoiou a muleta no aquecedor e se sentou na cadeira diante de Kate. Era uma cozinha quente, pequena e aconchegante, com as janelas embaçadas pela condensação do ar.

– Obrigada – agradeceu Kate, dando um gole no chá.
– Bill está pagando pela investigação? – perguntou Marnie. Agia com muita intimidade, como se as duas fossem amigas próximas.
– Não posso dizer. É confidencial.

Marnie concordou com a cabeça e bateu na lateral do nariz.
– Claro, em boca fechada não entra mosca. Faz anos que ele está aí, oferecendo o ombro para Bev chorar, pagando as contas... Eles nunca se casaram nem moraram juntos. Bill vivia entrando e saindo da casa de Bev durante noite e aos fins de semana, e ela o acompanhava em jantares do trabalho.
– Quando você era criança, Bev e Joanna moravam aqui, no conjunto habitacional?
– Sim. Viviam na Florence House, a torre em frente – respondeu Marnie, inclinando a cabeça para a janela. Havia uma pilha de caixas de sapato em cima da mesa. Ela abriu a de cima e tirou alguns álbuns de fotos, mostrando o primeiro para Kate. – Veja, esse é do casamento de Jo e Fred – disse, folheando por fotos de Joanna com um lindo vestido de noiva de seda e de Fred em uma Daimler *vintage* diante de uma igreja. – Esses são Jo e Fred à mesa principal. Os pais de Fred estão à esquerda e Bev e Bill, à direita. Isso foi em 2000. Bill foi como acompanhante de Bev, mas pagou pela maior parte do casamento. É uma das poucas fotos que tenho. Ele *odeia* ser fotografado...

Marnie abriu outro álbum.
– Eu e Jo éramos amigas desde crianças. Nossas mães se conheceram no prédio comercial onde faxinavam, e eu e ela estudávamos na mesma turma na escola primária. Minha mãe faleceu oito anos atrás... Veja. – Marnie girou o álbum de frente para Kate e folheou as

fotos de quando ela e Joanna eram pequenas: passeios ao zoológico, primeiros dias de aula, festas à fantasia, Natais. Passaram por uma foto que Kate já tinha visto antes, de Joanna aos 11 anos no Natal em que tinha ganhado a minimáquina de escrever. A página seguinte mostrava uma foto de Marnie e Jo sentadas sobre o muro de tijolos do estacionamento do conjunto habitacional, usando jeans azuis desbotados e blusas brancas.

– Caramba, veja. Essa é de quando éramos fãs de Bros. Bev conseguiu essas roupas para nós de um cara que conhecia do mercado. Calças jeans eram muito caras naquela época.

– Você ainda se dá bem com Bev?

Marnie deixou o álbum sobre a mesa e deu um gole de chá.

– Não, nós nos afastamos. Ela era muito boa comigo quando eu era criança, e mantivemos contato quando minha mãe morreu, mas não sei. Passou a ser difícil conviver com ela. Tínhamos as mesmas conversas *infinitas* sobre Jo não estar aqui, sobre o que aconteceu com ela... Depois de oito anos, achei difícil ficar por perto.

– Você se dava bem com Bill? – perguntou Kate.

– Sim, ele era legal. Simpático. Meio sem sal.

– Jo via Bill como um padrasto?

– Sim, mas os dois tiveram uma *grande* briga algumas semanas antes de ela desaparecer.

– O que houve?

– Jo estava trabalhando em uma reportagem, investigando uma construção em Exeter. Um prédio comercial tinha sido comprado por uma investidora que ia reformá-lo, mas encontraram amianto no edifício.

– Era o Marco Polo House?

– Sim. Como você sabe?

– Por outra pessoa com quem conversei – respondeu Kate, sentindo um aperto no peito. Isso significava que Joanna podia ter ligado para Shelley Morden para falar sobre o amianto, e não sobre David Lamb.

– A empresa de investimento com a qual Bill estava envolvido comprou o Marco Polo House para reformar e revender para a prefeitura com um lucro imenso. Quando encontraram amianto, tentaram esconder a notícia para não perderem dinheiro, mas Jo descobriu.

– Como?

– Por um informante na prefeitura. Jo começou a investigar o caso para o *West Country News* e foi então que descobriu que Bill era um dos três investidores do projeto. Ela foi até ele e explicou que estava nessa posição horrível. Também disse que, se não resolvessem o problema, ela escreveria uma matéria a respeito.

– O Marco Polo House ficava ao lado de uma grande escola primária da cidade... – disse Kate.

– Pois é, e foi encontrado amianto azul, o pior tipo. Custou uma fortuna para Bill e os outros investidores resolverem isso de maneira segura. Então, a venda para a prefeitura foi cancelada. Eles acabaram vendendo para a iniciativa privada, com prejuízo.

– O que Bev disse a respeito? – perguntou Kate.

– Ah, isso causou certa tensão, mas Jo nunca publicou a matéria, algo que poderia ter feito. Teria sido um escândalo ainda maior. Ela segurou por lealdade a Bill e à mãe. Por sorte, ele fez o que ela pediu e resolveu o problema de forma segura.

– Bill chegou a ser um suspeito?

– O quê? Do desaparecimento de Jo? Não, não... – Era como se o pensamento nunca tivesse passado pela cabeça de Marnie. Ela sacudiu a cabeça. – Não... E ele estava com Bev no dia em que Jo desapareceu. Tinham saído juntos, e depois Bill foi trabalhar. Pessoas o viram. Dois caras com quem ele trabalhava confirmaram que ele estava lá.

– O que Fred achava de Bill?

Marnie encolheu os ombros.

– Eles se davam bem... Era tudo muito estranho, porque Bev e Bill sempre foram esquisitos quanto à própria relação. Fred só o encontrava na casa de Bev. Acho que Bill só foi à casa de Jo e Fred uma vez, quando eles se mudaram. Era como se houvesse uma regra velada de que Bill só podia se encontrar com Bev na casa dela. Bev queria limites. Tinha vivido com o pai de Jo e não tinha sido feliz. Nunca quis sacrificar sua independência.

– Onde Bill morava?

– Em um grande apartamento do outro lado da cidade. Bev não costumava ir lá. Jo também não.

– Por quê?

– Não tenho todas as respostas. Como eu disse, Bev gostava da independência dela. Bill também.

– Você sabia que eles foram morar juntos? – perguntou Kate.

Marnie a encarou e se recostou na cadeira.

– Não creio. Sério? Onde?

– Em Salcombe. Bill tem uma casa muito bonita lá.

– Caramba. Eles demoraram, hein. Mas não estou surpresa. Bill se deu muito bem na vida. Começou a carreira como pedreiro, abriu a própria construtora e patenteou um tipo novo de asfalto resistente à água. A empresa dele foi comprada por uma grande firma europeia uns seis anos atrás.

Houve uma pausa enquanto Marnie repunha as xícaras de chá.

– O que você acha que aconteceu com Joanna? – perguntou Kate. Marnie colocou as xícaras de volta na mesa. – Repassamos as evidências e ninguém viu nada.

– Sinceramente? Acho que ela foi vítima de um assassino em série – disse Marnie. – E acho que ela estava no lugar errado na hora errada. Leio muitos livros de crimes reais, e as estatísticas dizem que há muitos assassinos em série no Reino Unido que ainda não foram pegos. Mas *você* já pegou um criminoso assim, não é?

– Bom, sim – respondeu Kate, pega desprevenida pelo comentário.

– Muitos continuam matando por *anos* antes de serem encontrados. Acreditam que Harold Shipman tenha matado 260 pessoas ao longo de três décadas... Dennis Nilsen, Peter Sutcliffe, Fred e Rose West, todos mataram por muitos anos e saíram impunes. Na maioria dos casos, foi apenas uma casualidade ou um erro besta que fez com que fossem pegos. Assassinos em série conseguem manipular os outros a vê-los como pessoas normais, boazinhas, até. Por quanto tempo Peter Conway ficou impune antes de você desvendar o caso?

Kate foi pega desprevenida de novo.

– Oficialmente, foram cinco anos, mas achamos que houve outras vítimas que nunca foram identificadas.

– Exatamente – disse Marnie.

Kate sentiu um frio repentino. O céu estava escurecendo do lado de fora do apartamento. Ela achou melhor mudar de assunto.

– Joanna conversava com você sobre o trabalho? Sobre as matérias que estava investigando?

— Não — Marnie respondeu. — Só falávamos besteira sobre programas de televisão, homens e coisas do tipo. Eu tinha a impressão de que ela gostava de relaxar comigo. Sou uma pessoa fácil de conversar.

— Ela chegou a falar do artigo que escreveu sobre Noah Huntley?

Marnie franziu a testa.

— Falamos sobre esse caso porque foi algo muito grande na época. A matéria foi reproduzida pelos jornais nacionais e, depois, ele perdeu o cargo.

— E ela falou algo sobre encontrar Noah Huntley de novo, ou sobre uma vaga em que havia se candidatado em Londres?

— Não. Por que Jo teria se encontrado com Noah Huntley de novo? Pensei que ela fosse a última pessoa com quem ele gostaria de conversar.

Kate hesitou e pensou na pergunta seguinte. Não queria induzir Marnie.

— Joanna chegou a mencionar uma reportagem que estava escrevendo sobre pessoas desaparecidas? Rapazes jovens que sumiram?

— A gente mal falava de trabalho. Como eu disse, ela gostava de dar risada comigo... Esses rapazes foram assassinados? — Marnie perguntou de repente, seu interesse despertado.

— Não sei. Os detalhes estão bem vagos.

Marnie esfregou o rosto.

— Lembro de Fred dizer que levaram todos os materiais de trabalho de Joanna. Entrevistaram todas as pessoas com quem ela havia conversado, passaram um pente-fino em sua vida. E não encontraram nada. Como eu disse, acho que Jo foi sequestrada ou morta por alguém que ela não conhecia. É o que acontece com a maioria das vítimas de assassinos em série. Esses criminosos são oportunistas. Impulsivos. Qualquer maluco poderia ter seguido Jo e visto que ela deixou o carro em Deansgate, que estava sempre vazio e prestes a ser demolido. Era o lugar perfeito para pegá-la, enfiá-la no carro e sair dirigindo. Se você desconsiderar todo o resto, é a única conclusão lógica.

Kate estava ficando irritada com Marnie apenas porque ela talvez tivesse razão.

— Você sabia do caso de Fred com a babá dos vizinhos, Famke? — perguntou Kate.

— Sim, fiquei sabendo depois.

– Você ficou surpresa?

– Nem tanto. Jo era obcecada por trabalho, e Fred era meio perdidão. Tinham acabado de começar a morar juntos, e as vidas deles estavam seguindo rumos diferentes.

– Você acha que foi ele?

Marnie riu.

– Fred? Não. Ele não consegue nem organizar um encontro em um bar, que dirá, sei lá, matar Jo e esconder o corpo tão bem que ninguém o encontrou em quase treze anos. A menos que tenha contratado um matador, mas ele era um pé-rapado.

– Joanna tinha outros amigos nesse conjunto habitacional, ou inimigos?

– Não, e Bev se dava bem com todo mundo – respondeu Marnie. – Sei que este condomínio tem má fama, mas os moradores não são tão ruins assim. Existem pessoas boas. Existe um verdadeiro espírito de comunidade, e as pessoas se uniram. O carro de Bev foi roubado na noite em que Joanna desapareceu, logo na rua à frente, e eu sofri o acidente no mesmo dia. Muitos vizinhos ajudaram dando carona para ela, e para mim também.

– Seu acidente foi feio? – perguntou Kate, seus olhos passando para a muleta apoiada no aquecedor.

– Não, isso é para a artrite precoce – disse Marnie. – O acidente foi culpa minha. Bati de ré em uma BMW chique estacionada na rua de baixo. A porcaria do meu Mini Cooper ficou bem, mas acabei tendo que pagar 500 libras de seguro para consertar o outro carro. Aposto que o proprietário poderia pagar mais facilmente do que eu, mas é a vida.

Marnie virou-se para trás e olhou para o relógio na parede.

– É melhor eu ir daqui a pouco. Preciso buscar as crianças na escola. Posso te mostrar uma coisa?

– O que é? – perguntou Kate.

– Está na sala.

Marnie se levantou e pegou a muleta. Kate seguiu seus passos lentos pelo corredor. A mulher abriu a porta da sala, que estava mobiliada com um sofá de couro escuro e uma televisão de tela plana. À direita da televisão havia uma estante gigantesca cheia de DVDs. À esquerda, outra estante de madeira com quatro prateleiras e portas de vidro. Enfileirados nas prateleiras estavam bonecos colecionáveis de personagens de filmes: Freddy Krueger; Brandon Lee, de *O corvo*; o palhaço Pennywise; Ripley, de *Alien*, com uma pequena Newt em um braço e um lança-chamas no outro; duas versões de Chucky, uma com faca e outra sem; e três versões de Pinhead, de *Hellraiser*, com seus cenobitas. Havia também um grupo de bonecos que Kate não reconheceu.

— Uau — disse a detetive, tentando manter a voz calma. Era tudo bem assustador.

— Pois é — disse Marnie, interpretando a reação dela como admiração. — Tenho um canal do YouTube: Marnie'sMayhem07. Demonstro brinquedos de filmes. — Estou esperando uma Regan falante de *O exorcista*, de 40 centímetros, mas ficou presa na triagem dos correios.

Kate sorriu e acenou com a cabeça. Era uma sala opressiva, e o cheiro de cigarros velhos disputava com um odorizador de ambientes barato. Marnie tinha fechado as cortinas grossas e havia uma lâmpada forte no teto, que se refletia nos móveis lustrosos baratos. Marnie foi até a estante de DVDs, cuja prateleira inferior estava cheia de livros, e quando tirou um volume em particular, Kate se deu conta do que estava por vir. Marnie estava segurando uma cópia de *Não é meu filho*, o livro de memórias de Enid Conway, mãe de Peter Conway. Kate sentiu o peito apertado e o coração bater mais forte quando viu que havia uma caneta hidrográfica preta encaixada na capa do livro.

— Você poderia autografar? — Marnie sorriu, apoiando o cotovelo na muleta e abrindo o livro na folha de rosto. Já havia dois autógrafos, um em azul que dizia "Peter Conway" e outro em preto que era ilegível, mas, como Kate tinha recebido uma cópia autografada de *Não é meu filho* quando foi publicado, ela sabia ser a assinatura de Enid Conway. Marnie lhe estendia a caneta com um olhar ansioso.

— Mas não fui eu que escrevi — disse Kate.

— Me ajudaria muito — insistiu Marnie. — Sabe o quanto este livro pode valer se tiver todas as três assinaturas?

— Nunca autografei uma cópia — disse Kate.

— Exatamente. Eu ajudei você e, se me lembrar de mais alguma coisa, posso ajudar ainda mais. Que tal?

— Onde conseguiu os autógrafos dos dois? — perguntou Kate.

— Quando se conhece a pessoa certa, pode conseguir.

Isso era abominável. O livro tinha sido um estratagema barato de Enid Conway para ganhar dinheiro.

– Um vendedor de livros raros me disse que posso vender isto por 2 mil libras ou mais se tiver sua assinatura. Sabe a diferença que esse dinheiro faria para mim e meus filhos? Tem mofo preto neste apartamento! – As narinas de Marnie se alargaram, ela estava brava. De repente, parecia uma de suas miniaturas de monstros.

Kate se lembrou da conversa que havia tido com Jake naquela manhã, que foi estranhamente premonitória. Sua vida não estava à venda. Agora fazia sentido Marnie estar tão ansiosa para falar com ela.

– Não. Sinto muito – disse Kate. – Não vou assinar isso.

CAPÍTULO 23

Tristan chegou primeiro ao encontro com Bishop e se sentou em uma mesa perto da janela. A South Street tinha uma das últimas cafeterias independentes de Exeter. Na frente do estabelecimento havia uma loja de artigos domésticos, uma casa de apostas e um salão de cabeleireiro embaixo de um prédio residencial.

Alguns minutos depois, Bishop, o garçom – Tristan não se lembrava do sobrenome dele –, entrou por uma das portas do outro lado. Vestia calça jeans e uma camiseta branca justa.

– Oi – disse Bishop, abrindo um sorriso largo e abaixando-se para dar um beijo na bochecha de Tristan. – Já fez seu pedido?

– Sim, um americano – respondeu Tristan, pego de surpresa pelo beijo.

– Você não precisa fazer dieta... está muito bem desse jeito – disse ele, e Tristan riu, constrangido. Será que o garçom era ingênuo a ponto de pensar que aquilo era um encontro? Kate e Tristan já tinham dito que eram detetives particulares e tinham pedido para conversar com o chefe dele no Jesper's. – Gostei das suas tatuagens – Bishop acrescentou, apontando para os antebraços e para o topo da águia aparecendo pela gola da camiseta.

– Obrigado.

– Vai querer o de sempre? – perguntou a dona do café, vindo à mesa dos dois. Era uma senhora de idade com a expressão séria.

– Sim, por favor, Esperanza. E uma fatia daquele *cheesecake* de Snickers... Venho sempre aqui – ele acrescentou quando ela saiu. – Você está ainda mais gato hoje do que no outro dia.

– Obrigado – disse Tristan. – Escuta, chamei você aqui por um motivo.

Os olhos de Bishop se arregalaram.

– Pensei que eu tivesse convidado *você* para me encontrar. Deixei meu número no recibo...

– Sim, mas, para ficar claro, isto não é um encontro. Lembra que eu e minha colega, Kate, dissemos a Max que éramos detetives particulares e estávamos investigando o desaparecimento de vários rapazes? Um deles morava no Jesper's quando lá ainda era uma comunidade.

Bishop ficou em silêncio por um momento. Mudou o sal e a pimenta de lugar na mesa. Esticou o lábio inferior, dando a impressão de que estava fazendo beicinho.

– Certo. Então isto é... o quê?

– Isto sou eu pedindo sua ajuda para encontrar uma pessoa da nossa comunidade que talvez tenha sido assassinada – respondeu Tristan. Bishop pareceu sério pela primeira vez desde que chegara.

– Sim, ok. Mas Max não disse que não sabia de nada?

– Este é David Lamb – disse Tristan, abrindo uma foto no celular e colocando-o em cima da mesa entre eles. – Desapareceu em junho de 1999. Morava no Jesper's antes de lá se tornar um hotel, mas se desentendeu com as pessoas e foi morar com um namorado. Max chegou a mencionar alguma coisa sobre David ou a comunidade depois que saímos?

Bishop olhou a foto e sacudiu a cabeça.

– Não.

– Certo. E quanto a Max Jesper, o que pode me dizer sobre ele? – perguntou Tristan. – Você liga se eu fizer anotações?

– Não, fique à vontade... Você acha que Max está envolvido no desaparecimento de David?

– Estou interessado em descobrir mais sobre a história dele – respondeu Tristan, tirando um caderno e uma caneta da bolsa. – Max não tem conta em nenhuma rede social e, tirando a matéria da abertura do Jesper's, não há mais nada sobre ele na internet.

– Max é uma maricona engraçada. Ele flerta absurdamente, mas não é de pegar ninguém. Paga os funcionários em dia, mas não é uma pessoa afetuosa.

– Ele está solteiro?

– Não. Tem um companheiro de longa data, Nick.

– Sabe o sobrenome dele?

– Hmm, Lacey. Só o vi uma ou duas vezes. Ele mora na casa.

– Que casa?

– Max e Nick têm uma casa na praia de Burnham-on-Sea, na costa de Somerset.

– Max não mora no hotel?
– Não. Ele vai e volta quase todos os dias. Às vezes passa uma noite no fim de semana, se o trabalho vai até tarde.
– É uma viagem longa? – perguntou Tristan.
– Acho que uma hora, mais ou menos. Ele vive reclamando da rodovia M5, diz que passa quase todo o tempo lá.
– Com o que Nick trabalha?
– Ele é desenvolvedor imobiliário. Nunca o vi no Jesper's. Só o encontrei duas vezes em suas festas, quando Max pediu para alguns garçons do hotel irem até a casa deles para servirem drinques e comidas.
– Que tipo de festa?
– Fui em duas, ambas à fantasia. – Esperanza apareceu à mesa com as bebidas. Ela entregou um expresso para Tristan e um *milkshake* gigante para Bishop. Estava decorado com pedaços de fruta. – Obrigado. – A mulher sorriu e saiu. – Ela é incrível, coloca minha proteína em pó para mim – disse Bishop. – Quer experimentar?

Tristan fez que não. Sempre que ia à academia, via *shakes* de proteína como algo para se tolerar, não para tomar servido com frutas em uma taça de *sundae*. Ele observou enquanto Bishop chupava o canudinho com vontade.

– Max e Nick sempre dão festas?
– Não sei. Trabalhei em uma festa no verão do ano passado – respondeu ele, limpando a boca. – Três garçons do Jesper's foram ajudar com o serviço.
– Que tipo de pessoas estavam na festa?
– Os amigos deles. Gente rica local.

Tristan pegou o celular e abriu a foto tirada na abertura do Jesper's, com Max cortando a fita de inauguração ao lado do prefeito da cidade e do grupo de dignatários locais.

– Alguma dessas pessoas estava na festa?

Bishop espiou a tela.

– De onde é essa foto? Reconheço de algum lugar.
– Está na parede do bar do Jesper's.
– Ah, sim. Parei de prestar atenção naquelas fotos, passo tanto tempo lá... Eu me lembro dele – disse Bishop, apontando para Noah Huntley. Tristan não deixou sua euforia transparecer.

– Consegue se lembrar do nome dele?

Bishop revirou os olhos e sorriu.

– Era Noah. Não me lembro do sobrenome, mas ele ficou muito bêbado e perguntou para mim e Sam, outro garçom, se queríamos descer com ele para a praia.

– Tem certeza de que ele se chamava Noah?

– Sim – Bishop respondeu. – Ele fez uma piada sobre conseguir nos levar de dois em dois, sabe? Como Noé fez na arca.

– Que papinho – disse Tristan. – E vocês foram?

– De jeito nenhum! Foi cafona, e eu preciso do meu trabalho para me sustentar enquanto faço faculdade. Ele nos ofereceu dinheiro, mas não faço essas coisas.

– Quanto?

– Cem libras para cada. Ele estava com o dinheiro na braguilha.

– Como assim?

– Era um baile de máscaras romano. Ele estava vestido de Casanova, com calça branca justa, uma espécie de corpete e uma máscara estilo Zorro. Enfim, a maioria dos homens estava vestida assim também.

– A esposa de Noah estava lá?

– Não. Ele não mencionou que era casado.

– Havia mulheres na festa?

– Sim, tinha casais e todo tipo de gente.

– Você conversou muito com Noah? Ele contou como conheceu Max e Nick?

– Ele disse que tinha investido no Jesper's, mas que vendeu a parte dele e começou a trabalhar em coisas maiores. Disse que investe muito em imóveis. Fiquei com a impressão de que ele estava se gabando do próprio dinheiro.

– Você tirou alguma foto da festa?

– Não, eu estava trabalhando. Tirei algumas fotos da casa quando estávamos montando. É linda. Tem uma piscina grande com vista para o mar.

– Você tem essas fotos no celular? – perguntou Tristan.

– Deixa eu ver – Bishop respondeu, pegando o celular e passando por muitas fotos. – Aqui. – Ele virou o aparelho para Tristan poder ver e as imagens de uma imensa casa cúbica branca moderna, construída sobre um trecho arenoso da praia, com vista para o mar.

– Isso é no Reino Unido? – perguntou Tristan.

– Eu sei, parece algum lugar no exterior. Max e Nick moram na ponta de um longo trecho de praia que se estende por quilômetros, muito deserto. Não tem muitas casas por perto... – respondeu ele, passando por mais fotos.

– Esse é Max? – perguntou Tristan ao ver uma foto de um homem troncudo de costas, usando um boné de beisebol. Ele estava direcionando dois entregadores com um carrinho cheio de bebidas.

– Sim, foi quando estávamos montando a festa. Esse aqui é Nick. – Bishop apontou para outro homem alto, de costas para a câmera, ao lado de um grande dossel branco montado no gramado em frente à piscina. Ele estava tirando as caixas do carrinho. Tinha o cabelo castanho-claro curto e era bem musculoso.

– Tem outras fotos deles? – perguntou Tristan.

– Deixa eu ver... – Bishop navegou por fotos de dentro da marquise, onde um bar estava sendo montado e uma escultura de gelo gigante estava sendo colocada no lugar. – Tenho fotos da praia. Tem um trecho de dunas na frente da casa, para onde Noah queria ir comigo e com Sam. Ele deu a entender que já tinha ido lá antes.

– Como ele reagiu quando você disse não?

– Alguém me chamou do outro lado, mas Sam me contou depois que o cara não o deixava em paz. No fim, ele mandou Noah se ferrar. Noah virou a bandeja de bebidas que Sam estava carregando e o xingou de tudo quanto é nome.

– O que Max fez?

– Não sei se ele estava lá. A essa hora, a festa estava barulhenta e cheia, então ninguém prestou muita atenção. Max estava mais preocupado com as pessoas indo muito longe na praia.

– Por quê?

– Tenho uma foto de quando descemos para a praia antes da festa. Aqui – respondeu ele, estendendo o celular.

Era uma foto do pôr do sol sobre uma vasta extensão da praia arenosa. A maré estava alta. À esquerda havia uma placa enorme plantada nas dunas de areia, que dizia:

**Proibido carros, motocicletas ou quadriciclos depois deste ponto.
Multa de até £400.**
CUIDADO! NÃO CAMINHE NEM DIRIJA QUALQUER TIPO DE VEÍCULO
NA AREIA MACIA OU NA LAMA NA MARÉ BAIXA.

– Max disse que Nick é *obcecado* pela maré dessa praia. Sabe quando está subindo, até onde ela sobe e, quando está baixando, fica atento se ainda tem alguém na praia. Muita gente fica ilhada na lama, e alguns convidados bêbados que saíram quando a maré estava baixa quase ficaram ilhados quando ela voltou a subir – explicou Bishop.

Tristan observou a foto.

– Nem dá para ver a margem da água.

– Sim, a maré desce muito e volta bem rápido também. Sempre que Nick viaja a negócios, fica pedindo para Max verificar o clima para ver se vai ter uma tempestade.

– A casa deles corre risco de inundação?

– Acho que não. Nick só tem um transtorno de estresse pós-traumático sobre isso.

– Estresse pós-traumático? Ele chegou a ficar preso na areia quando a maré estava subindo?

– Não sei, mas sempre aparecem no jornal pessoas e carros presos na maré alta naquela praia. Max não gosta de deixá-lo sozinho porque ele fica bem agitado com isso.

– Ele chegou a ser diagnosticado oficialmente? – perguntou Tristan.

– Não sei. Tenho a impressão de que ele é muito recluso. A única vez que ouvi Max falar sobre eles irem a algum lugar foi quando viajaram a Londres, e, quando foram ao cinema, Nick teve um verdadeiro ataque de pânico.

– Por quê?

– Max disse que eles nunca, jamais saem. Nick odeia multidões, mas Max queria muito ver *A mulher de preto* e o convenceu a ir. Na metade do filme, Nick começou a entrar em pânico e eles tiveram que sair da sala.

– Max e Nick são casados? – perguntou Tristan.

– Acho que não. Eles estão juntos há anos.

– Você sabe que tipo de desenvolvimento imobiliário Nick faz?

– Max disse algo vago sobre capital privado, coisas de alto nível. Ele é bem gato. É alto, como Max, mas bem machão, *ao contrário de Max*.
– Quantos anos ele tem?
– Uns 50.
Tristan fez algumas anotações e voltou a olhar o que havia escrito.
– Você chegou a ouvir alguma história de quando o Jesper's era uma comunidade? Alguém que morava lá antes já chegou a ir ao hotel?
Bishop fez que não, depois franziu a testa.
– Você disse que esse cara, David, morava lá e depois desapareceu. Como aconteceu?
– Ele não apareceu na festa de aniversário da melhor amiga. Isso foi em junho de 1999. Ele tinha fugido de casa. A amiga, Shelley, ficou preocupada e reportou o desaparecimento à polícia – respondeu Tristan. – A gente estava conversando sobre esse cara, o Noah. Você chegou a vê-lo no Jesper's?
– Não, nunca. Por sorte, ele era só um idiota bêbado em uma festa. Um bêbado maldoso, aliás – disse Bishop. – Ele foi embora depois de virar a bandeja de Sam e, enquanto saía, falou que eu era um safadinho que só sabia provocar.
– Você contou para Max?
– Não. Faz parte do trabalhar de garçom lidar com idiotas bêbados.

CAPÍTULO 24

Kate voltou para o carro incomodada pelo encontro com Marnie; o interesse pessoal dela em Kate a fez se sentir suja, e a teoria dela de que Joanna só estava no lugar errado na hora errada e havia sido vítima de um assassino em série a deixava desconfortável. Assim como a relação de Bill com a história do amianto. Estava irritada por não ter verificado o histórico e os interesses profissionais dele com mais atenção.

Kate entrou no carro e ficou balançando a perna, sem saber o que fazer. Encontrou o número do celular de Bill, mas a ligação caiu duas vezes na caixa postal. Deixou uma mensagem curta pedindo para ele retornar e dizendo que tinha uma atualização sobre o caso que queria discutir.

Em seguida, ligou para Bev, que a atendeu.

– Bill está aí? – perguntou Kate.

– Não. Ele viajou a negócios – respondeu Bev.

– Você sabe quando ele volta?

– Sexta-feira.

A voz de Bev parecia pastosa, e ela estava enrolando um pouco a língua. Ainda eram 15 horas.

– Você está bem para conversar? – perguntou Kate.

– Claro que sim. O que foi?

– Queria muito perguntar uma coisa a Bill, mas talvez você possa ajudar...

– Pode falar.

– Eu estava conversando com Marnie, a amiga de Joanna...

– Eu sei quem é Marnie.

– Sim, claro. Ela acabou de me dizer que, algumas semanas antes de desaparecer, Joanna estava investigando a compra de um edifício comercial, o Marco Polo House, em Exeter.

– Sim. Jo descobriu que estavam tentando acobertar o problema do amianto, foi bem constrangedor. Mas Jo agiu muito bem com Bill. Ela foi até ele no segundo em que ficou sabendo da história. Não fiquei muito feliz quando descobri, mas Bill tinha muito dinheiro investido no prédio, e ele jura para mim que a empresa estava agindo sob o conselho de um especialista. Segundo ele, o amianto não precisava ser removido desde que passassem gesso nas paredes e vedassem bem, entende? – disse Bev.

Kate revirou os olhos. Era mentira. Todos sabiam que amianto era um problema enorme, e as agências ambientais levavam isso a sério.

– Certo, mas houve alguma tensão entre Bill e Jo?

– *Claro*. Bill ficou muito preocupado com isso. E Jo tinha que fazer o trabalho dela, claro.

– De acordo com Marnie... – começou Kate.

– "De acordo com Marnie"! – Bev vociferou. – O que ela sabe? Até onde eu sei, ela está demonstrando brinquedinhos naquela merda de canal do YouTube. Não é à toa que consegue sair impune, trabalhando ao mesmo tempo que recebe benefícios do estado.

– Você e Marnie romperam?

Houve uma pausa.

– Nós nos demos bem por um tempo. Ela me deu muito suporte. Meu carro foi roubado na mesma época em que Jo desapareceu, e ela ajudou me dando caronas, me levando para fazer compras quando Bill não podia... Mas então ela se tornou maldosa. Não entendia o que eu estava passando. Ficava irritada por eu querer falar sobre Jo.

– Certo. E como Joanna se sentiu ao descobrir a história do amianto e, depois, que Bill estava envolvido?

– O que você quer dizer? – perguntou Bev, sua voz enrolando ainda mais.

– Foi Joanna quem descobriu esse escândalo. Ela não ficou chateada por não poder publicar?

Houve uma pausa. Bev suspirou, exasperada.

– Jo não era esse tipo de gente! Ela *sabia* que Bill era tudo para mim... No fim, ele aguentou a barra, e a empresa pagou para deixarem o prédio seguro. Escute, estamos pagando você para descobrir o que aconteceu com Jo. Não estou gostando disso, Kate, dessas perguntas. Você parece achar que Bill fez alguma coisa errada.

— Não. Só estou seguindo algumas pistas, e surgiu isso.

— Vindo da filha da puta da Marnie. Agitadora de merda. Ela pediu dinheiro a você quando conversaram?

Kate hesitou, pensando no livro que Marnie pedira para ela autografar.

— Não. Não pediu.

— Ela sempre teve inveja por Jo ter se tornado alguém na vida. Por ter saído daquele conjunto habitacional.

— Bev, se você tivesse me contado essas coisas logo no começo, isso não teria me pegado de surpresa. Esse é o único motivo pelo qual estou perguntando.

Bev ficou em silêncio.

— Ah, me desculpe – disse ela.

— Por favor, não precisa se desculpar. Mal consigo imaginar tudo pelo que você passou. Deve ter sido muito difícil.

— Toda a minha vida foi difícil... – Kate ouviu Bev servir um copo ao fundo. – Pensei que, quando eu e Bill estivéssemos morando juntos, nós nos veríamos mais, mas ele vive viajando a trabalho.

— Você mora em uma casa linda.

— Me dá arrepios ficar aqui sozinha... – disse Bev. – Nunca morei em um lugar tão vazio. Estou acostumada a ter vizinhos no andar de cima, de baixo, do lado... E tem essas merdas de janelas sem cortinas. E botões para tudo. Tentei acender a luz lá fora e liguei a porra da *jacuzzi*.

— Para onde Bill viajou?

— Para a Alemanha. Dusseldwarf. – Kate não quis corrigi-la. – Estão fechando um grande contrato para a construção de uma via expressa nova. Ele tem que estar lá, supervisionando. É só por alguns dias, mas mesmo assim... Sinto falta dele. Só eu e essas malditas janelas horríveis, refletindo minha cara feia para mim... Você acha que está perto de encontrá-la? De encontrar Jo?

Kate hesitou, sentindo o coração se apertar com a pergunta.

— Estamos repassando várias informações dos arquivos do caso. Conversando com todos os amigos de Joanna – respondeu Kate, arrependida de ter telefonado para Bev; era cruel ligar sem ter informações concretas.

— Essa é uma resposta muito diplomática.

– Vou encontrá-la, Bev – disse Kate. Houve um longo silêncio do outro lado da linha.

– Posso pedir para Bill ligar para você quando voltar – disse Bev.
– Ele vai me ligar mais tarde. Não verá problema em contatar você.
– Obrigada.

Houve um clique, e lá se foi Bev. Quando ela erguera a voz do outro lado da linha, Kate ouviu um eco. Pensou em Bev sozinha na casa de Bill, à noite, olhando o próprio reflexo nas enormes janelas de vidro. Então pensou em Marnie, morando naquele conjunto habitacional horrível, com uma deficiência, criando duas crianças pequenas. Será que ela devia ter simplesmente autografado o livro? Com um traço de sua caneta, a cópia passaria a valer cerca de 2 mil libras. Isso a assustava.

Kate sempre evitou o carrossel de notoriedade que acompanhara Peter Conway. Houve oportunidades lucrativas de escrever livros e contar sua história para os tabloides, mas, para Kate, fazer isso seria lucrar a partir de assassinatos. Cantores e atores eram famosos por sua arte. Conway era famoso por matar, e era doentio lucrar com isso.

CAPÍTULO 25

Jake ligou para dizer a Kate que as camareiras tinham se reunido com ele antes do primeiro turno no fim de semana e, agora, estavam ajudando a levar a roupa de cama do escritório para o depósito da loja de surfe. Quando Tristan ligou depois do encontro com Bishop, Kate perguntou se os dois podiam se ver no apartamento dele.

Tristan fez chá, e eles se sentaram na pequena cozinha, atualizando um ao outro.

– Sinto muito pela loucura de Marnie a respeito do livro – disse Tristan.

– Parte de mim se sente mal por não ter autografado. Ela não parecia ter muito dinheiro – disse Kate. – Isso me fez entender Joanna um pouco mais. Ela queria escapar daquele conjunto habitacional e ter uma vida melhor. Talvez Marnie guardasse um pouco de rancor por isso.

Tristan fez que sim.

– Bill teria perdido muito dinheiro se Joanna tivesse seguido em frente e escrito a matéria sobre o amianto? – ele perguntou.

– O investimento dele teria escorrido pelo ralo. Não sei quanto ele teria perdido, mas tenho a impressão de que era bastante. Bev ficou na defensiva quando comentei isso ao telefone. Isso deve tê-la colocado no meio dos dois, mas ela insiste que Bill e Joanna se resolveram. Joanna não escreveu a matéria, e a empresa de Bill resolveu o problema.

– Se os dois se resolveram de maneira amigável, isso não necessariamente levanta suspeitas, mas estamos sempre voltando aos mesmos nomes. O Marco Polo House agora está relacionado a Shelley Morden, Joanna e Bill. Shelley e David Lamb estão ligados à comunidade de Max Jesper, e Noah Huntley está ligado a todos eles, menos a Bill. Precisamos conversar com Noah Huntley.

– Não sabemos até que ponto Joanna investigou, mas ela tinha o suficiente para escrever um dossiê sobre a relação dele com garotos de programa. Também temos Noah Huntley investindo no hotel de Jesper, indo a eventos sociais na casa de Jesper... Quem garante que ele não frequentava a comunidade regularmente?

– Se ao menos tivéssemos as anotações e os arquivos de Joanna daquela época – disse Tristan.

– Ashely Harris, o editor de Joanna no *West Country News*, disse a ela para deixar de lado toda a parte da matéria sobre o envolvimento de Noah Huntley com garotos de programa. Por quê? E se Noah Huntley estiver relacionado ao desaparecimento de David Lamb e Gabe Kemp? – disse Kate.

– E George Tomassini... Não podemos nos esquecer dele. Ade acha que ele desapareceu em meados de 2002.

– Deixei uma mensagem para Alan Hexham e perguntei se ele pode mexer alguns pauzinhos e descobrir se David Lamb, Gabe Kemp e George Tomassini tinham ficha criminal – disse Kate.

– Acha que ele consegue descobrir? Acha que ele vai fazer isso?

– Ele conhece todo mundo e sempre disse que nos ajudaria se pudesse... – Kate encolheu os ombros e deu um gole de chá. Não se sentia muito esperançosa. – Que tal seu amigo Ade como plano B?

– Tenho a impressão de que Ade saiu brigado da força policial. Ele os processou por um ferimento que sofreu no trabalho, e os colegas foram chamados para depor no tribunal... Se Alan não nos der nada, podemos perguntar – disse Tristan.

– Tudo bem, eu entendo. Também não saí da polícia cheia de contatos.

– Quer mais chá? – ofereceu Tristan.

– Por favor – disse Kate. Ele se levantou e encheu as canecas de ambos. – Ainda precisamos encontrar o editor Ashley Harris. Ele pode saber mais sobre o que ela estava escrevendo, o que estava investigando... Isso poderia nos revelar tudo.

– Também tem Famke van Noort... Se conseguíssemos conversar com ela e confirmar seu álibi, poderíamos descartar Fred – disse Tristan, adicionando leite ao chá dos dois.

– Porra. Eu tinha me esquecido de Fred – disse Kate.

A porta da frente se abriu, e eles ouviram vozes e risadas altas no corredor.

– É Glenn – disse Tristan. Kate percebeu que ele não estava contente com a interrupção.

– Tris! Está em casa? – Uma voz ecoou do corredor. Tristan saiu da cozinha e Kate os ouviu conversando. Houve um estrondo quando a porta da sala bateu na parede.

– Estou segurando, pode seguir reto – disse uma voz masculina.

– Merdinha, cuidado com o guidão na parede – disse outra. Ambas as vozes tinham sotaque de West Country. Kate ficou surpresa ao ver dois homens enormes e peludos entrarem na cozinha empurrando uma motocicleta Harley-Davidson toda cromada, reluzente e com um assento de couro imenso.

– Essa é Kate Marshall, minha sócia na agência – disse Tristan, aparecendo à porta atrás dos dois. – Kate, esse é meu colega de casa, Glenn, e o amigo dele…

– Ah, prazer em conhecê-la – disse Glenn. Ele tirou uma das mãos peludas enormes, cobertas de anéis, da motocicleta e a estendeu. Kate se levantou e o cumprimentou. – Esse é Merdinha. Quer dizer, Will. O nome verdadeiro dele é Will.

Will parecia ter mais de 2 metros de altura. Tinha o cabelo preto comprido e usava uma bandana estilo Guns N' Roses.

– Oi – disse Kate.

– Prazer em conhecer você, Kate. – Ele sorriu com simpatia, revelando dois dentes da frente de ouro.

– Desculpe interromper vocês. Vou colocar a moto no quintal. – Glenn apontou para a porta dos fundos, que dava para um quintalzinho. Kate se levantou e encostou na parede para abrir espaço para ele na cozinha minúscula.

– Vamos para a sala – Tristan a convidou. Ela fez que sim, pegou as canecas de chá e os dois passaram por Will.

– Como você ganhou o apelido de *Merdinha*? – perguntou Kate.

– Sou muito bom em pôquer. Faço a melhor cara de blefe e consigo fazer as pessoas acreditarem em qualquer merda – disse ele, sorrindo.

Kate assentiu sem conseguir conter o riso.

– Prazer em conhecer vocês – disse ela e foi para a sala. Tristan fechou a porta. Ele não parecia contente. Houve um estrondo e um estalido na cozinha.

– Está tudo bem, Tris! Foi só uma colher de chá! – gritou Glenn detrás da porta fechada.

– Desculpe – Tristan disse a Kate.

– Não precisa se desculpar. Deixei nosso escritório cheio de roupas de cama e desinfetante para mictório – disse ela.

– Certo. Então, como vamos abordar Noah Huntley?

– Tenho uma ideia, se você não se importar – respondeu Kate. – Acho que você devia entrar em contato com ele. Sua foto de perfil aparece em seu *e-mail*, não?

– Sim.

– Acho que ele pode ser mais aberto se achar que vai se encontrar com um homem bonito como você, em vez de uma mocreia como eu.

Tristan riu.

– Certo. O que eu falo?

– Acho melhor ser sincero: só diga que queremos conversar com ele sobre Joanna Duncan e ver o que ele sabe. Deixe claro que precisa da ajuda dele com algumas perguntas.

Tristan fez que sim, e então, a campainha tocou.

– Que inferno, o que foi agora? – Ele saiu da sala e, quando abriu a porta, Kate ouviu a voz de Sarah no corredor.

– Ah. Oi, Kate – ela disse com frieza ao entrar. Estava com uniforme de trabalho e uma sacola imensa, cheia do que parecia ser feijão-da-espanha. Tristan entrou atrás dela.

– Kate e eu estávamos em uma reunião – disse ele.

Os rapazes ainda estavam conversando na cozinha. Houve outro estrondo alto e um tilintar de vidro quebrado, e então Glenn apareceu.

– Ahn, Tris? Pode vir aqui, amigão?

– Jesus, o que foi agora? – Tristan murmurou baixinho e foi à cozinha. Elas ouviram vozes abafadas.

– O que está acontecendo aqui? – perguntou Sarah. Ela mudou uma pilha de jornais de lugar e colocou o saco de feijão na mesa de jantar.

– Glenn e seu amigo estão tentando colocar a moto no quintal.

– Eles a trouxeram para dentro de casa?

– Sim.

– Coitado do Tristan. Acho que é muito estressante para ele ter um colega de casa – disse ela, mordaz. – Como vai a agência?

– Não está faltando trabalho, e o caso atual está indo muito bem – respondeu Kate. Sarah assentiu. Tristan voltou à sala e fechou a porta da cozinha. Kate ouviu o som de vidro quebrado sendo varrido.

– Os dois enfiaram a roda da moto no vidro da porta dos fundos – disse Tristan.

– Ele perguntou se poderia colocar a moto lá? – questionou Sarah.

– Ele comentou.

A porta da cozinha se abriu, e Glenn colocou a cabeça para fora.

– Tris, amigo, você tem um kit de primeiros socorros? Merdinha acabou de abrir o joelho no vidro... Ah, oi, Sandra, tudo bem? – ele acrescentou.

– Meu nome é Sarah.

O celular de Kate tocou, e ela viu que era Jake.

– Oi, mãe. Hmm, temos um probleminha. Nossas camareiras acabaram de se demitir – disse ele do outro lado da linha.

– Por que elas fizeram isso? – perguntou Kate.

– O Brannigan's Hotel de Ashdean as roubou de nós. Elas tinham se candidatado para a vaga na semana passada.

– Por que elas aceitaram trabalhar para nós e depois foram para o Brannigan's?

– A vaga no Brannigan's é em tempo integral.

– Você consegue encontrar outra pessoa? Precisamos de oito *trailers* prontos no domingo de manhã.

– Estou tentando, mas está todo mundo procurando agora, com a temporada de verão tão perto – respondeu Jake.

Quando Kate desligou o celular, Sarah estava olhando para ela.

– Problemas no *camping*? – ela perguntou.

Tristan tinha encontrado o kit de primeiros socorros e o entregou para Glenn.

– O que aconteceu no *camping*? – ele perguntou, e Kate explicou.

– Fiz um curso na semana passada – disse Sarah. – Para ter uma empresa de sucesso, é preciso um gerente carismático que possa inspirar sua equipe. – Ela pegou a sacola em cima da mesa. – Vejo que cheguei em má hora. Tris, esses feijões-da-espanha são da vizinha Mandy. Só precisam de alguns minutos na água salgada fervente. E lembre-se: você vem para o almoço no domingo.

Havia uma expressão triunfante no rosto de Sarah quando ela saiu. Kate teve um impulso súbito de esticar a perna enquanto ela passava, mas não o fez.

– Está tudo bem, Kate – disse Tristan. – Para tudo, dá-se um jeito.

CAPÍTULO 26

Jake não conseguiu encontrar uma equipe nova de limpeza a tempo para o fim de semana, então ele, Kate e Tristan passaram a sexta-feira e o sábado organizando a loja do *camping* e preparando os oito *trailers* para os hóspedes.

Kate dormiu até tarde no domingo e, logo depois de seu mergulho diário, recebeu uma ligação de Alan Hexham. Ele a convidou para almoçar e disse que tinha informações sobre David Lamb e Gabe Kemp.

Kate nunca tinha ido à casa de Alan. Ele morava sozinho em um casarão de tijolos vermelhos em um bairro chique e arborizado de Exeter. Era um homem alto e largo, com uma barba espessa e desgrenhada e um rosto jovial. Kate sempre se perguntou se ele usava seu carisma para evitar toda a morte e destruição que via todos os dias como patologista forense.

Quando Alan abriu a porta, um filhote saltitante de labrador saiu correndo, e o cheiro delicioso de algo assando no forno emanou de trás dele.

– Oi, oi, pode entrar – disse Alan. – Sai, Quincy, sai! – ele acrescentou para o labrador, que tinha começado a montar na perna esquerda de Kate, e puxou o cachorro para longe.

A casa de Alan era eclética, cheia de estantes e móveis antigos de madeira. Ele os guiou pela cozinha, que para Kate pareceu muito chique, com um fogão verde vivo e um grande armário Welsh cheio de pratos com estampa de salgueiro. Pendurados no teto, sobre as bancadas de trabalho, havia todo tipo de panelas de cobre e coadores.

– Sei que você não bebe, mas acabei de pensar uma coisa horrível. Você é vegetariana também?

– Não, eu como carne – respondeu Kate, desviando-se do pequeno labrador, que parecia fixado em sua perna esquerda.

– Quincy gostou de você. – Alan riu baixinho. – Não é sempre que tenho o prazer de receber mulheres bonitas para o almoço. – Ele pegou um bife de patinho de uma panela no fogão, conferiu se estava frio e o jogou no chão. Eles observaram Quincy apanhar o bife e ir para o canto comer. – Estou assando um ganso, parece uma boa ideia? – perguntou Alan, lambendo o suco da carne dos dedos.

– Parece divino – respondeu Kate. Ela havia passado os últimos dias à base de coisas que podia enfiar no pão.

Durante o almoço, Kate atualizou Alan dos detalhes do caso e de como David Lamb e Gabe Kemp se encaixavam no quebra-cabeça. Depois do que, para Kate, foi a refeição mais deliciosa que teve em anos, os dois foram para a sala de estar com suas xícaras de café.

– Meu contato do Departamento de Investigação Criminal conseguiu encontrar as fichas criminais de David Lamb e Gabe Kemp – disse Alan, entregando a ela duas pastas de cartolina surradas. – Os detalhes mais reveladores estão nos depoimentos das testemunhas, que nos dão uma mina de ouro de informações sobre o passado dos rapazes. – Ele agachou e fez carinho na barriga de Quincy enquanto Kate lia os depoimentos.

Em 1995, quando tinha 16 anos, Gabe Kemp havia estuprado uma menina de 14 anos em um parque local e passou dezoito meses em uma instituição para menores infratores. As informações sobre seu passado eram do relatório policial e dos interrogatórios policiais subsequentes.

Gabe nasceu em Bangor, no norte do País de Gales, e foi criado por uma mãe solo em uma família de baixa renda. Seu pai saiu cedo de cena para trabalhar em canteiros de obras na Arábia Saudita, e sua mãe, desempregada por muito tempo, morreu de overdose pouco depois de o filho completar 16 anos.

Gabe foi liberado da instituição para jovens infratores no verão de 1997, quando se mudou para Exeter e arranjou emprego em um bar *gay* chamado Peppermintz.

Lá vamos nós de novo, pensou Kate. *Mais uma pista que nos leva de volta a Noah Huntley*. Ela tomou uma nota mental para voltar a investigar o elo do caso com o Peppermintz e continuou a leitura.

O Peppermintz sofrera uma batida policial pouco antes do Natal de 1997, e Gabe foi preso por posse de cocaína e êxtase. Ele se declarou culpado e ficou em condicional por três anos. Aparentemente se manteve longe de encrencas, porque esse foi seu último registro na ficha policial, e Kate sabia que ele havia desaparecido em abril de 2002.

Ela passou à ficha de David Lamb. Em junho de 1997, pouco depois de seu aniversário de 17 anos, David foi preso em um bairro nobre de Bristol, no Reino Unido, por ligação com a morte de um homem de 55 anos chamado Sidney Newett. A esposa de Sidney, Mariette, havia viajado para Veneza, na Itália, com o Women's Institute. Sidney foi encontrado morto no jardim dos fundos de sua casa geminada, despido da cintura para baixo. Havia uma grande quantidade de álcool em seu sangue, além de *cannabis* e quetamina. A polícia liberou David Lamb depois de 24 horas. As queixas de assassinato foram retiradas quando a autópsia revelou que Sidney havia morrido de ataque cardíaco, mas David foi acusado de posse de substância ilegal e ficou em condicional por seis meses. Também recebeu uma advertência policial dez meses depois, em abril de 1998, por prostituição, mas o documento não dizia exatamente quais eram as circunstâncias nem com quem ele estava.

– E George Tomassini? – perguntou Kate.

– George não tem ficha criminal – respondeu Alan, dando um gole de café. – Você comentou que esses rapazes estão listados como pessoas desaparecidas, certo?

– David e Gabe, sim. Acho que Joanna Duncan estava investigando o desaparecimento deles, e talvez tenha descoberto algum crime antes de ela mesma desaparecer. Essa é a teoria com que estamos trabalhando – disse Kate, e Alan assentiu.

– Do que mais você precisa? – ele se adiantou, vendo que Kate estava pronta para fazer uma pergunta.

– É tudo muito vago. Imagino que os corpos desses rapazes podem ter sido encontrados. Eles não tinham dependentes, então talvez não tenham sido identificados.

– Você sabe que, em média, cerca de 150 corpos não identificados são encontrados por ano no Reino Unido.

– É menos do que pensei. As estatísticas de pessoas desaparecidas por ano são absurdas.

– Sim. Em alguns casos, os corpos são encontrados inteiros, e em outros, apenas partes deles. Sabia que quem costuma encontrá-los são passeadores de cães, corredores ou *coletores de cogumelos*?

– Coletores de cogumelos? Isso existe?

– Claro, ainda mais aqui no campo, longe das áreas urbanas. Não se veem muitas pessoas fazendo isso em Mayfair ou Knightsbridge. A maioria dos corpos, inteiros ou em partes, é encontrada durante o outono ou o fim do inverno, quando a folhagem já morreu.

Alan passou a conversa toda fazendo carinho na barriga peluda de Quincy, que estava roncando agora.

– Você poderia pesquisar para mim por restos mortais não identificados entre 1998 e 2002? – perguntou Kate. – Isso cobriria o período em que David e Gabe desapareceram.

– Esse período pode resultar em mais de seiscentos corpos e restos mortais – disse Alan. – Já tenho muito trabalho tentando me manter a par das mortes e autópsias atuais.

– Eu sei, mas e se eu conseguisse critérios muitos específicos nesse intervalo de tempo? A área de busca seria o sudoeste da Inglaterra. Homens de 18 a 25 anos. Mais de 1,80 m, cabelo escuro, possíveis vítimas de agressão sexual. Que podem ter sido fichados por prostituição ou posse de drogas. E bonitos. Talvez essa última não. Não dá para colocar "bonito" em uma base de dados. É subjetivo...

Kate viu que Alan estava empertigado na cadeira. Ele se levantou, foi até a janela e olhou para o jardim. Parecia abalado.

– Fiz uma autópsia em um rapaz quinta-feira passada – disse ele. – Corpo encontrado nos escombros de uma árvore recém-caída em Dartmoor. Estava morto fazia só 36 horas. A polícia o identificou pelas impressões digitais... – Alan voltou o olhar para Kate. – Ele se encaixa na descrição que você acabou de dar. Se encaixa perfeitamente, tirando a cor do cabelo, que é loiro. Ele estava em condicional por prostituição.

– Como ele morreu? – perguntou Kate, seu coração batendo forte no peito.

– Estrangulamento repetido. As petéquias, que se assemelham a erupções vermelhas na pele, mostram que ele foi estrangulado e revivido várias vezes. Encontraram Rohypnol e álcool no sangue, e há evidências de que ele foi amarrado e agredido sexualmente. Não foram encontradas evidências de DNA de terceiros no corpo.

– O que a polícia disse? – perguntou Kate.

– Nada para a mídia e, até onde sei, não há testemunhas nem suspeitos – respondeu Alan.

***

Kate recebeu uma ligação de Tristan quando saiu da casa de Alan.
– Consegui encontrar Ashley Harris, o editor de Joanna – disse ele.
– Por favor, diga que ele ainda está vivo.
Tristan riu.
– Sim. O motivo de não termos encontrado antes é que ele se casou e adotou o sobrenome da esposa.
– Que moderno da parte dele.
– Pois é. A esposa se chama Juliet Maplethorpe, então ele agora é Ashley Maplethorpe. O casal dirige uma empresa chamada Frontiers People Ltd., e a mudança foi listada no registro empresarial.
– Que tipo de empresa é essa?
– Eles recebem subsídios para organizar programas de recolocação profissional para o governo britânico. Registraram um lucro de 70 milhões de libras no ano passado.
– Bem mais lucrativo do que trabalhar para um jornal regional.
– Sim. Não sei se é coincidência, mas ele se demitiu do *West Country News* duas semanas depois do desaparecimento de Joanna – disse Tristan. – Encontrei na internet um artigo antigo do *West Country News*, de janeiro de 2001, em que o anunciavam como o novo editor. Ashley tinha 30 anos quando ocupou o cargo e era um jornalista ambicioso. Começou como aprendiz aos 16 anos e foi subindo na carreira. Foi a pessoa mais jovem a se tornar editor em um jornal regional, e então abriu mão de tudo depois que Joanna desapareceu. O que nos interessa é que mandei mensagem para ele hoje cedo, quando descobri, e ele concordou em nos encontrar na terça-feira.
– Bom trabalho, Tris.
– E não para por aí – continuou ele, sua voz entusiasmada pelo telefone. – Dei uma olhada no site da Frontiers People e encontrei a biografia e uma foto de Ashley. Percebi que tinha visto a cara dele recentemente. Ele está naquela foto tirada na abertura do Jesper's, ao lado da esposa, de Noah Huntley e de alguém que parece ser a esposa de Noah. Quando olhei o registro empresarial, também constatei que Ashley era um dos investidores originais do Hotel Jesper's, assim como Noah Huntley, Max Jesper e seu sócio, Nick Lacey, além de três outros executivos locais.

– Tristan, ótimo trabalho! Caramba, isso está ficando bem incestuoso – disse Kate.

– Sim. Vai ser interessante perguntar a Ashley sobre a relação dele com Noah Huntley e Max Jesper.

– Espere, você não ia almoçar na casa de Sarah hoje?

– Ela pegou uma virose e cancelou.

– Sinto muito, mas veja o que você acabou fazendo! Genial.

– E como foi o almoço com Alan? – perguntou Tristan.

Kate contou sobre as fichas criminais de David e Gabe, sua teoria sobre procurar rapazes desaparecidos e a descoberta do corpo na árvore caída.

– É um avanço – disse Tristan.

– Sim. Alan levou minha teoria a sério. Pensei que havia pedido o impossível, mas ele calcula que precisará buscar entre seiscentas e setecentas vítimas não identificadas. O que ainda é muito, mas não está na casa dos mil.

– Quanto tempo você acha que vai levar até ele nos retornar?

– O processo envolve uma busca na base de dados, então, se tudo der certo, ele retornará rápido quando encontrar alguma coisa.

CAPÍTULO 27

Kate e Tristan passaram a segunda-feira no escritório, preparando-se para o encontro com Ashley Maplethorne no dia seguinte. Naquela mesma tarde, um pequeno artigo foi publicado no site da BBC Devon e Cornualha sobre o corpo de um rapaz chamado Hayden Oakley que tinha sido encontrado perto da vila de Buckfastleigh e que a polícia estava fazendo um inquérito. Havia uma foto da imensa árvore caída com uma tenda branca da perícia armada ao lado das raízes, mas nenhuma outra informação foi divulgada.

Na manhã de terça-feira, Kate e Tristan pegaram o carro para encontrar Ashley na Thornbridge Hall, o casarão onde ele morava na cidade de Yeovil, em Somerset, a 90 quilômetros de Ashdean. Os dois avistaram a construção de pedra cinza quando saíram da via expressa. Uma estradinha de 1,5 quilômetro, cercada por árvores, serpenteava por pastos de ovelhas e, então, dava em um pátio com estábulos onde quatro SUVs pretas estavam estacionadas. De perto, a casa era ampla e tinha uma grandiosa fachada de pilares, e as fileiras de janelas formavam um contraste severo em meio ao campo.

— Estamos na categoria de serviçais? Tocamos a campainha ou damos a volta pelos fundos? — Tristan brincou quando chegaram a uma imponente escada de pedra que dava para um terraço frontal.

— Não vamos dar a volta — respondeu Kate. Eles subiram os degraus e chegaram um pouco esbaforidos à entrada, que tinha uma imensa porta dupla de madeira. Uma campainha ressoou lá dentro. Os dois esperaram um minuto. Kate estava prestes a tocar de novo quando a porta se abriu.

Ashley Maplethorpe vestia short jeans e uma camiseta preta justa do AC/DC. Seus pés estavam descalços. Tinha o cabelo loiro curto, era alto e parecia em forma. Kate ficou surpresa ao ver Juliet Maplethorpe ao lado dele. Era uns 30 centímetros mais baixa, da mesma altura de

Kate, e vestia um cafetã verde-água estampado com grandes bocas-de-leão vermelhas e amarelas. Seu cabelo, de um tom ruivo escuro de hena, estava úmido e um pouco ondulado. Kate viu as alças do maiô sob o cafetã. Juliet também estava descalça e usava uma tornozeleira dourada na perna esquerda.

– Oi, entrem! – Ashley disse animadamente, como se eles fossem velhos amigos aparecendo para um almoço de domingo. Ele falava muito bem.

– Oi, bem-vindos a Thornbridge Hall – disse Juliet. Ela falava com um sotaque suave de Tyneside, mas seus olhos verdes eram penetrantes e cautelosos. – Ashley deveria ter pedido a vocês para mandarem uma mensagem quando chegassem. A casa é tão grande que demora um tempo até alcançarmos a porta. – Seu olhar perpassou Kate e Tristan com precisão. *Vamos ter que tomar cuidado com ela*, pensou a detetive.

Eles passaram por um longo corredor e pela sala de estar, onde portas francesas se abriam para um jardim dos fundos. Era vasto, com uma quadra de tênis à esquerda, uma piscina com espreguiçadeiras e guarda-sóis e, mais à frente, na ponta do terreno, um jardim ornamental com um labirinto.

Havia uma tenda de tecido verde montada no centro do jardim, com mesa e cadeiras embaixo, que oferecia uma boa sombra. Kate sentia o calor aumentando conforme o sol da manhã subia no céu.

Apesar das roupas casuais de verão dos Maplethorpe, o casal tinha um mordomo que usava um terno desconfortável com um paletó de cauda. Kate observou a chegada do funcionário, carregando uma bandeja grande, enquanto passava pelas portas francesas e atravessava o gramado.

– Vocês se importam se eu fizer anotações? – perguntou Tristan.

– Podemos ficar com uma cópia delas depois? – perguntou Juliet. Ela havia pegado um pequeno leque e abanava o rosto rapidamente, com nervosismo. Parecia menos à vontade do que o marido.

– Sim, claro – respondeu Tristan.

– Não somos jornalistas – esclareceu Kate. – Posso garantir que o quer que vocês digam, será tratado com o mais absoluto sigilo.

– Mesmo assim, gostaria de ficar com uma cópia das anotações – insistiu ela. – Minhas experiências conversando com jornalistas não foram boas. – Kate ficou curiosa sobre o que isso significava. Será que Juliet tinha medo de se incriminar?

– Claro – disse Kate, por fim. – Vamos enviar a você todas as anotações desta reunião.

O mordomo chegou à mesa e serviu uma jarra de chá gelado com copos combinando, quatro expressos com leiteiras e um prato com *petits-fours* dispostos em círculo. O coitado suava em seu terno trespassado, com colete e gola engomada.

– Gostariam de mais alguma coisa? – ele perguntou. Juliet fez que não. O funcionário fez uma reverência e saiu com a enorme bandeja embaixo do braço.

– O caso de Joanna Duncan me incomodou ao longo desses anos – disse Ashley, recostando-se na cadeira.

– Por quanto tempo você foi o editor dela? – perguntou Kate.

– Mais ou menos um ano e meio.

– Você se demitiu do jornal duas semanas depois de Joanna desaparecer. Por quê?

– Houve um conflito de interesses – disse Juliet, abanando-se com uma mão e servindo leite em seu expresso com a outra. Kate notou um grande anel com um diamante triangular no dedo dela. – Minha empresa estava sendo criticada pela imprensa por causa de contratos governamentais que assinamos...

– Sim. Em 2001, a Frontiers People assinou contratos com o governo do Reino Unido no valor de 125 milhões de libras – disse Tristan, voltando algumas páginas em suas anotações. – Vocês receberam um grande dividendo pouco depois que o governo os pagou. Nove milhões de libras de dinheiro público.

Um silêncio gelado caiu sobre eles.

– Comecei o negócio do zero em 1989. Investi milhões de volta na empresa nos anos 1990. Esse dividendo era um direito meu depois de anos mal conseguindo tirar um salário para mim. Os jornais ficaram sabendo, distorceram a história e disseram que eu estava tirando dinheiro dos contribuintes da empresa. Não ajudou quando comprei esta casa da família Thornbridge, que foi dona daqui por séculos – disse Juliet, apontando a mansão atrás deles. – O *Daily Mail* se esbaldou. Um jornalista do *West Country News* escreveu um artigo a respeito.

Ashley se recusou a publicar a matéria. Ele foi chamado à diretoria, fincou o pé em sua decisão e se demitiu.

— Então sua saída do jornal não teve nenhuma relação com o desaparecimento de Joanna Duncan nem com nenhuma matéria em que ela estivesse trabalhando? — perguntou Kate.

— Não. O motivo foi eu me recusar a virar notícia — respondeu ele, e pela primeira vez o sorriso sumiu de seu rosto por um breve momento.

— Há males que vêm para o bem. Precisávamos de alguém da área de relações públicas em tempo integral — disse Juliet.

— Olhando para trás, foi a melhor escolha que já fiz — disse Ashley. — A internet estava começando em 2002, então conseguimos fazer grande parte do trabalho on-line. Veja só esse lugar. É um paraíso! — Ele abriu um sorriso largo e soltou uma risada, mas pareceu um pouco forçado. Juliet sorriu de leve e colocou a mão sobre a perna do marido.

— Mas é claro que toda a história de Joanna foi terrível, não foi, Ash? — disse ela.

— Sim, claro — ele respondeu, o rosto sério agora.

— Joanna estava trabalhando em alguma matéria polêmica na época do desaparecimento? — perguntou Kate.

— Como assim, *polêmica*? — quis saber Juliet.

— Ela escreveu a matéria sobre o esquema de corrupção que levou Noah Huntley a perder o cargo no Parlamento.

— Sim, esse foi um grande furo — disse Ashley, acenando com a cabeça e dando um gole no chá gelado.

— Soubemos que você pediu para Joanna deixar alguns aspectos dessa reportagem de lado antes da publicação — disse Kate, observando com atenção a reação de Ashley. Ele acenou e engoliu o resto do chá.

— Sim. Ela, ahn... descobriu que Noah Huntley estava transando com rapazes... sendo casado.

— Noah estava pagando esses rapazes? — perguntou Tristan.

— Ele tinha pagado um acompanhante, sim. Também tinha feito sexo com homens em bares e baladas.

— Por que você pediu para Joanna omitir essas informações? — perguntou Kate. Ashley se recostou e esfregou o rosto.

— Joanna havia convencido um dos rapazes a vir a público. Depois ele retirou o depoimento e, sem isso, não tínhamos como verificar essa parte da história — respondeu Ashley.

– Quantos rapazes Joanna entrevistou?

Ashley secou o rosto. Estava começando a suar naquele calor.

– Faz muito tempo, acho que foram alguns, mas só um deles tinha evidências reais que podíamos usar. Huntley era descarado. Ele pagou esse acompanhante com um cheque! Dá para acreditar?

– Você se lembra do nome do rapaz? – perguntou Kate.

Ashley fez uma longa pausa. Ouvia-se apenas o som tênue e farfalhante do leque de Juliet. Kate sentia aquela brisa leve em seu rosto úmido.

– Gabe Kemp.

Kate não conseguiu disfarçar sua reação, Tristan também não.

– Consegue se lembrar de algum outro nome?

– Não. Como eu disse, Gabe Kemp era o único que tinha evidências concretas de que Noah Huntley pagou por sexo.

Juliet olhou para um, depois para o outro.

– Por que Ashley se lembraria dos nomes desses garotos de programa depois de tantos anos? – ela questionou.

– Quando Huntley deu dinheiro a Gabe em troca de sexo? – perguntou Kate, ignorando Juliet.

– Eu realmente não consigo me lembrar dos detalhes exatos – ele respondeu.

– Você sabia que Gabe Kemp desapareceu em abril de 2002, um mês depois de o dossiê de Joanna sobre Noah Huntley ter sido publicado?

– Não, não sabia – respondeu Ashley.

– Gabe Kemp também cumpriu pena em uma instituição para menores infratores. Quando tinha 16 anos, ele estuprou uma menina de 14.

– Que horror. Eu também não sabia disso.

– Você autorizou Joanna a pagar ou oferecer dinheiro para Kemp em troca da história? – perguntou Tristan.

– O *West Country News* é um jornal local, não é como os tabloides. Não tínhamos grandes quantias para comprar histórias, mas Joanna provavelmente estava autorizada a pagar 200 libras por eventuais despesas, e ele teria sido pago se a história fosse reproduzida pelos jornais nacionais – respondeu Ashley. – Mas Gabe Kemp retirou seu depoimento, então nunca publicamos os detalhes de que Noah

Huntley contratava garotos de programa. De toda forma, a matéria do dossiê era mais forte sem ele.

– Quando Gabe retirou o depoimento? – perguntou Kate.

– Acho que alguns meses antes de a matéria ser publicada, no começo de 2002.

– Por que ele fez isso?

– Pelo que me lembro, ele não queria se comprometer e correr o risco de responder legalmente. Agora, sabendo que ele tinha ficha criminal, faz ainda mais sentido. Ele parecia um rapaz bem perverso – disse Ashley.

Juliet se aproximou de Ashley, tocando o braço dele para demonstrar apoio.

– Podem nos explicar o que *isso* tem a ver com o desaparecimento de Joanna? – ela perguntou.

– Claro – respondeu Kate, e então contou sobre as imagens da câmera de segurança do posto de gasolina de agosto de 2002, quando Joanna se encontrou com Noah Huntley. Ela colocou as fotos em cima da mesa. – Sabe me dizer por que ela se encontraria com Noah Huntley cinco meses depois de a matéria ter sido ser publicada?

O casal olhou as fotos, e Kate observou a reação dos dois com atenção. Mais uma vez, Ashley parecia surpreso. Os olhos de Juliet alternaram entre o marido e as imagens. Ela estava suando muito. Ashley abriu a boca para dizer alguma coisa, mas a esposa o interrompeu.

– Ai, Deus! Me desculpem, mas podemos continuar essa conversa perto da piscina? Vou desmaiar de calor. A brisa é mais forte lá embaixo, e seria bom colocar os pés na água. Ashley, pode me ajudar? Estou me sentindo um pouco zonza.

Ela se levantou abruptamente e começou a caminhar na direção da piscina.

Tristan olhou para Kate.

– Está mesmo um calor dos infernos, mas ela quebrou o clima – ele disse baixinho. Kate observou Juliet sair na direção da piscina, com o cafetã flutuando ao vento, e Ashley correndo para alcançá-la.

CAPÍTULO 28

A enorme piscina de Thornbridge Hall fora construída em um terraço ladrilhado e terraplanado no fundo do grande jardim. Do outro lado, onde o terraço se projetava para uma descida íngreme, havia uma grade com vista para a colina lá embaixo. Ao lado da parte funda da piscina havia uma churrasqueira e um minibar e, ao longo da lateral, seis espreguiçadeiras de madeira com guarda-sóis amplos. Na parte rasa, a água só tinha alguns centímetros de profundidade, aumentando gradativamente até dar para nadar.

Quando Kate e Tristan chegaram à piscina, havia algumas espreguiçadeiras dentro da parte rasa, colocadas sob um guarda-sol imenso. Juliet estava sentada em uma delas, abanando-se, com os pés na água. Ashley estava puxando duas cadeiras para Kate e Tristan.

– Tudo bem para vocês molhar os pés? – ele perguntou.

Kate olhou para suas botas pretas e sua calça jeans. Tristan estava de short e tênis.

– Sim – respondeu ela, irritada por Juliet ter provocado a interrupção e, agora, por ter que tirar os sapatos, as meias e dobrar a barra da calça. Sem contar que ela *nem tinha* depilado as pernas. Ao menos estava muito mais fresco ali, com uma brisa vindo das colinas. Kate tirou os sapatos e enrolou a barra da calça até onde se atrevia, logo acima do tornozelo, e foi andando na água para alcançá-los.

Por mais que gostasse de se refrescar, Kate teria preferido manter Juliet e Ashley suando e agitados.

– Estávamos conversando sobre aquelas imagens da câmera de segurança, quando Noah Huntley se encontrou com Joanna duas semanas antes de ela desaparecer – disse Kate, trazendo o caso de volta ao assunto. Ashley se inclinou para a frente e pegou as fotos, olhando de uma à outra.

– Não sei por que ela o teria encontrado – disse ele.

– Joanna não teria que registrar esse encontro em suas anotações?

– Ela nunca teve que fazer relatórios diários do próprio trabalho. Só tinha que vir até mim quando identificava uma história que queria investigar ou se estivesse prestes a escrever uma matéria.

– Você falou com Noah Huntley antes ou depois de a matéria de Joanna ser publicada? – perguntou Tristan.

– Tratei com os advogados dele antes e depois de a história ser publicada, é claro. Mas não cheguei a conversar com Huntley pessoalmente. Joanna deu a ele a oportunidade de comentar a história 24 horas antes da publicação. Ele recusou.

– Vocês chegaram a considerar publicar a história sobre Huntley contratar garotos de programa depois que a matéria sobre a fraude saiu? – perguntou Kate.

– Ele já disse. Gabe Kemp retirou o depoimento – disse Juliet. Então, recostou-se e sorriu. – É perfeitamente normal reportagens serem canceladas ou interrompidas por diversos motivos; normalmente, por problemas legais. Nesse caso, óbvio, Gabe Kemp era um criminoso condenado que não queria correr o risco de uma ação penal.

– Vocês são amigos de Noah Huntley? – perguntou Tristan.

– Claro que não – respondeu Juliet.

– Vocês nunca socializaram nem tiveram algum tipo de tratativa com ele desde então?

– Acabei de dizer que não. Nunca – disse Juliet, estreitando os olhos.

Ashley pegou a mão dela.

– Está tudo bem, Juliet... Minha esposa é muito protetora comigo; aprendeu a ser assim depois de lidar com a imprensa.

Kate viu que Tristan a olhava e fez que sim. Ela pegou uma cópia da foto na abertura do hotel Jesper's.

– São vocês dois na foto com Noah Huntley e a esposa. – Kate mostrou a eles.

– Bom... – Ashley disse, agitado ao ver a imagem. – Podemos tê-lo visto em eventos.

– Então vocês socializaram com ele?

– Era um grupo muito grande de pessoas – disse Juliet, secando o suor do lábio superior. – Não somos amigos dos Huntley, mas, em termos de negócios, nossos caminhos podem ter se cruzado brevemente.

– Vocês também são investidores originais do Hotel Jesper's, assim como Huntley – disse Tristan.

Kate tirou da bolsa os documentos do registro empresarial e os estendeu.

– Que porcaria é essa? Um interrogatório policial? – Juliet gritou. Ashley se manteve calmo, mas não disse nada.

– É claro que não. Estamos apenas tentando entender os detalhes disso tudo – respondeu Kate, mantendo a frieza. – Sociedades empresariais são legalmente obrigadas a fazer reuniões de acionistas, então Ashley, Noah e os outros diretores devem ter se encontrado. Você foi diretor por cinco anos, junto com Noah. Isso não é um período breve. Precisam ver a documentação?

– Não! E isso não quer dizer que Ashley e Noah se conheciam! – exclamou Juliet. – Não estou gostando dessa forma maldosa e dissimulada de mostrar todos esses documentos e fotos.

Kate manteve a documentação no colo.

– Não estamos sugerindo que Ashley tenha algo a ver com o desaparecimento de Joanna Duncan – ela mentiu. – Mas sua reação a tudo isso é inquietante.

Juliet alternou o olhar entre eles. Mordia o lábio inferior e estava visivelmente furiosa. Ela se ajeitou na cadeira e tirou o cabelo do rosto. Ashley olhava para os próprios pés na água. Ele parecia muito mais calmo.

– Como vocês esperam que eu reaja? – Kate não disse nada, Tristan também não; deixaram o silêncio se estender. Juliet respirou fundo. Ainda estava suando, e seu rosto estava vermelho, apesar da brisa fresca e da água. Kate se solidarizou, pensando que ela poderia estar sofrendo com a menopausa. – Talvez seja melhor eu deixar você falar, Ashley – ela disse por fim, incisiva, recostando-se e abanando o rosto.

Ashley soltou o ar pela boca e secou o suor da testa.

– Ok, eu conheço Noah Huntley. De vista. Mas não sou mais sócio do Hotel Jesper's… Depois da matéria de Joanna, acho que só o encontrei umas três vezes. – Ele ergueu a mão e começou a contar nos dedos. – Na abertura do Jesper's, na primeira reunião de acionistas que fizemos pessoalmente… Nos anos seguintes, tivemos reuniões por teleconferência, ou *call*, como dizem hoje em dia.

– Você chegou a visitar o Jesper's quando era uma comunidade? – perguntou Tristan.

A perguntou pareceu pegar Ashley de surpresa.

– Não! De jeito nenhum! Quer dizer, não – respondeu ele. – Por que eu teria visitado? Nem sabia que já havia sido uma comunidade. Quer dizer, soube pelo Max, depois que ele pediu usucapião e recebeu a propriedade...

– Imaginamos que Joanna tenha aberto os detalhes da história de Noah Huntley com você e os advogados do jornal – disse Kate.

– Sim. Já falei isso...

– Gabe Kemp chegou a residir na comunidade? Isso veio à tona durante as discussões jurídicas que levaram vocês a descartar os detalhes dos garotos de programa da matéria sobre Huntley? – perguntou Tristan.

– Não, eu não sabia onde estava registrada a moradia de Gabe Kemp! Esse é um detalhe...

– Informações como o endereço de Gabe Kemp são uma formalidade, algo com que Ashley simplesmente não lidava – Juliet os interrompeu. – Como editor, ele não fazia nem *tinha como fazer* esse tipo de microgerenciamento. Ele supervisionava muitas matérias diariamente.

– Qual foi a terceira vez que você o viu? – questionou Tristan.

– Quem? – perguntou Ashley.

– Noah Huntley. Você disse que o viu três vezes depois de a matéria de Joanna ter sido publicada.

– Na festa de verão de Max Jesper no ano passado – disse Juliet. Ashley lançou um olhar para ela, então se recuperou e sorriu.

– Ah sim. Recebemos o convite todo ano, mas a festa de verão dele sempre bate com nossa viagem anual à França... Temos uma casa na Provença. No ano passado, não viajamos por causa de reformas, então fomos à festa de Max. – Ashley se recostou. – Não foi uma festinha só para os íntimos. Devia ter centenas de pessoas lá, e era um baile de máscaras, ainda por cima, então era bem difícil saber quem era quem. Nem me lembro de ter visto Noah Huntley lá. Você se lembra, querida?

– Você acabou de afirmar que essa foi a terceira vez que o viu – disse Kate.

– Eu quis dizer *encontrar*. Não me lembro de tê-lo encontrado lá. Eu o vi de longe! – ele exclamou, parecendo irritado e estressado.

– Mal vimos Max e Nick, e eles eram os anfitriões – disse Juliet.

— Se mal os conheciam, por que vocês foram convidados? — perguntou Kate.

— Por que não? São negócios antigos. O mundo corporativo em West Country é muito pequeno — respondeu Ashley.

— E essas festas são sempre uma boa oportunidade de fazer *networking* — completou Juliet. — Grande parte do que fazemos é pelo *networking*.

— Conversei com um dos garçons que trabalhou nessa festa — disse Tristan. — Ele disse que Huntley ofereceu dinheiro para transar com ele nas dunas.

Juliet ergueu as sobrancelhas.

— Ai, Deus. Mal conheço Helen, a esposa de Noah, mas não sei por que ela continua com ele — disse ela. — Uma vez político, sempre político. Tive que lidar com vários deles em minha profissão, e ouvi diversas histórias de adultério. Muitos deles parecem ser *gays*, e mesmo assim são casados com mulheres.

— O que é um bom ponto, aliás, porque outro motivo de não termos levado adiante a questão dos garotos de programa foi o clima na época. O governo Blair tinha abolido a seção 28 da constituição e legalizado a união civil homoafetiva. Tirar pessoas do armário para gerar notícia não era mais legalmente aceito. Sem o depoimento de um garoto de programa para divulgar, Noah Huntley era apenas mais um *gay* enrustido fazendo sexo consensual.

— Com o que a esposa dele, Helen, trabalha? — perguntou Tristan.

— Ela é secretária dele e, provavelmente, faz vista grossa. Acho que Noah investe nas empresas de Nick.

— Algum de vocês faz negócios com Nick atualmente? — perguntou Kate. Ela e Tristan já tinham olhado os documentos do registro empresarial e sabiam que a resposta era não, mas valia a pena questionar.

— Ele é um investidor de capital privado, e não confio muito no mercado de ações. Herança da minha origem humilde — respondeu Juliet. — Prefiro manter meu dinheiro em propriedades, ou no banco, onde consigo vê-lo.

Kate concordou com a cabeça e olhou para Tristan, que anotava tudo. Mais teias estavam se entrelaçando entre as mesmas pessoas.

— Voltemos a Joanna Duncan. O trabalho dela foi armazenado em alguma base de dados do *West Country News*?

– Só o que foi publicado. Em 2002, fazia só alguns meses que passamos a ter acesso à internet. Tínhamos uma intranet bem básica – disse Ashley.

– Havia algum HD central em que ela mantinha o trabalho?

– Não. Ela usava um *laptop*.

– Ele ficou na redação do jornal?

Ashley pareceu exasperado.

– Jesus, que específico. Eu lá vou saber? Acho que não.

– A polícia não sabe o que aconteceu com o *laptop* nem com os cadernos de Joanna – disse Kate, observando-o com atenção.

– Eu também não.

Houve uma longa pausa. Kate percebeu que Ashley e Juliet queriam finalizar o encontro.

– Podemos fazer algumas perguntas de ordem prática? – sugeriu Tristan. – Ashley, você estava fora no sábado, dia 7 de setembro de 2002, quando Joanna desapareceu?

– Sim, eu disse isso no meu depoimento para a polícia. Eu estava em Londres, encontrando um amigo da universidade. Ele confirmou isso na época – respondeu Ashley.

– Seu amigo se chamava Tim Jeckels – disse Tristan, tirando os olhos da caderneta. – Você passou o fim de semana hospedado no apartamento dele em North London.

– Sim. Ele era diretor de teatro, fui assistir à sua nova peça. Tim faleceu cinco anos atrás, infelizmente.

Kate notou um constrangimento entre Juliet e Ashley, uma troca rápida de olhares.

– Eu estava aqui em casa, acho – disse Juliet. – A polícia não me questionou sobre isso, só estou confirmando que Ashley havia viajado.

– Tentamos entrar em contato com Rita Hocking, que trabalhava com Joanna e esteve com ela no dia do desaparecimento. Vocês ainda mantêm contato? – perguntou Tristan.

– Não, não mantemos. Rita está nos Estados Unidos agora, não? – perguntou Ashley.

– Sim, ela trabalha no *Washington Post*. Tentamos contactá-la, mas ela não nos respondeu.

– É uma pena que Minette não esteja viva. Ela dirigia a sala de cópias com punho de ferro. Sabia de tudo que estava acontecendo.

– Alguma coisa estava acontecendo? – perguntou Kate. Ashley revirou os olhos.

– Não, claro que não. É maneira de falar – ele respondeu, exasperado. – Mas ela provavelmente sabia mais sobre Joanna do que eu.

– Qual é o sobrenome dela?

– Zamora. Minette Zamora – disse Ashley. – Mas ela morreu uns dois anos atrás de câncer de pulmão.

– Joanna chegou a falar com você sobre um edifício em Exeter, o Marco Polo House? Ela estava investigando um grupo de executivos que havia comprado o lugar e estava acobertando a presença de amianto durante a reforma – disse Tristan. Ashley pareceu genuinamente confuso.

– Ahn, não. O Marco Polo House é um edifício comercial, não é?

– Sim.

– Vamos ter que encerrar por aqui – disse Juliet, olhando o relógio. – Minha irmã está vindo com minha sobrinha e os amigos para nadar.

– Só tenho mais uma pergunta – disse Kate. – O que você acha que aconteceu com Joanna Duncan?

Ashley pareceu surpreso.

– A teoria não é de que alguém a levou? Um maluco qualquer? Todos avisamos para ela não deixar o carro naquele velho e horrendo estacionamento Deansgate.

– Nunca me deparei com um caso em que havia tão poucas evidências de alguém desaparecido – constatou Kate.

– Talvez, às vezes, as pessoas simplesmente desapareçam – disse Juliet.

CAPÍTULO 29

— Por que eles estavam tão despreparados para as nossas perguntas? — Kate perguntou para Tristan no caminho de volta para Ashdean. — E por que mentir que não conheciam Noah Huntley?

— O álibi de Ashley Maplethorpe me diz muita coisa — disse Tristan. — Tim Jeckels, *o amigo do teatro*? — Ele olhou de canto para Kate e ergueu a sobrancelha.

— Eu sei — disse ela. — Pode ter rolado uma situação meio *O segredo de Brokeback Mountain* aí, mas sem a parte de acampar em barracas, já que Tim morava em Londres... E a reação de Juliet ao assunto me faz pensar que o álibi é verdadeiro; ela tinha sentimentos fortes por Tim Jeckels, seja lá quem fosse ele na vida de Ashley. Mas a maneira como o casal evitou expor a relação deles com Noah Huntley é interessante e irritante.

— Sim. Os mesmos nomes não param de aparecer — disse Tristan. — Noah Huntley, Max Jesper... O marido de Max, Nick Lacey, surgiu pela segunda vez. E agora Ashley Maplethorpe está relacionado a eles.

— Isso não é uma coisa muito britânica? Você encontra seu grupo, sua tribo, seus amigos e, depois que está dentro, continua ali pelo resto da vida. Mesmo se odiar todo mundo. É melhor permanecer em uma tribo do que sair dela? — questionou Kate.

— E agora Gabe Kemp está ligado a Noah Huntley. Gabe se encontrou com Joanna e estava preparado para vir a público, mas depois amarelou.

— A pergunta é: qual é a relação entre David Lamb e Gabe Kemp? Joanna escreveu os dois nomes. Se conseguirmos associar Gabe à comunidade, isso nos dá o elo com David Lamb e Max Jesper... Se Nick Lacey e Max estão juntos há anos, ele também pode ter conhecido David. Nick provavelmente visitou a comunidade, sendo namorado de Max, e agora temos Ashley como um investidor do hotel. Se ele for um *gay* enrustido, quem sabe não teria visitado a comunidade?

— Você viu a cara de Juliet quando perguntamos se ele esteve lá?

— Sim, e ele negou até saber da existência do lugar. Mas Gabe Kemp era uma fonte central na matéria de Joanna sobre Noah Huntley, e Ashley deve ter tido conversas detalhadas sobre ele. Teria sido um furo gigante publicar detalhes sobre um parlamentar em exercício que contratava garotos de programa. — Tristan balançou a cabeça. — É tudo suspeito demais.

Os dois ficaram em silêncio por um momento, enquanto passavam por uma ponte elevada sobre a água azul-turquesa de um estuário, cercado por juncos verdes que balançavam sob a brisa. As janelas estavam abertas, e a brisa morna de verão soprava doce com os aromas de grama cortada.

— A amiga de Joanna, Marnie, disse o mesmo que Ashley — disse Kate.

— O quê? — perguntou Tristan.

— Que Joanna pode ter sido vítima de um assassino em série qualquer. Que não houve planejamento nem motivação. Algum psicopata estava no lugar certo, na hora certa, e viu a oportunidade.

— Você acha isso?

— Às vezes, sim, quando acordo suando frio, sem saber se algum dia vou descobrir o que aconteceu com ela. Ashley Maplethorpe gerou uma quantidade imensa de perguntas e desconfianças, mas ele estava em Londres quando Joanna desapareceu.

Kate revirou a bolsa e encontrou uma cartela de analgésicos. O calor e o encontro desconfortável tinham lhe dado dor de cabeça. Ela tirou dois compridos da embalagem e os colocou na boca, engolindo a seco.

— Eita! Não tome os comprimidos assim. Tenho água aqui atrás — disse Tristan, tateando atrás do banco e estendendo uma garrafa para ela.

— Obrigada. — Ela abriu a tampa e deu um gole generoso. — Melhor assim.

Um ar salgado e fresco soprou no carro, aliviando a dor de Kate.

Então, um barulho ensurdecedor fez os dois se sobressaltarem.

— Desculpa, é meu viva-voz — disse Tristan, abaixando o volume do rádio. Ele apertou o botão verde ao lado do volante para atender.

— Alô?

— Ah, você está viva, Miss Marple — disse Ade, sua voz retumbando pelas caixas de som do carro.

— Desculpe, andei ocupado — respondeu Tristan.

— Estava começando a achar que tivesse sido assassinada no Expresso do Oriente, ou que estivesse cometendo alguma maldade deliciosa embaixo do filho de alguém.

— Estou no carro. Com Kate — disse Tristan, parecendo envergonhado.

— Ah. Desculpe. Oi, Kate — disse Ade, assumindo um tom próximo do robótico.

— Oi — Kate respondeu, sorrindo. — Gostei das suas piadas com Agatha Christie.

— Obrigado. Eu estava com Roger Ackroyd na ponta da língua... Mas chega de falar da minha vida pessoal.

Kate riu.

— Eu ia te ligar quando chegasse em casa, Ade — disse Tristan, ainda um pouco envergonhado.

— Acho que você vai gostar de ouvir isto, Miss Mar... *Tristan*. — Ade se corrigiu. Houve uma pausa.

— Bom, pode falar, então. — O carro se aproximou de uma rotatória enorme e parou no primeiro engarrafamento daquela manhã. Eles fecharam os vidros para se protegerem do fedor de fumaça de escapamento.

— Certo. Vou começar do início para montar um pouco do cenário para você, criar um clima... — introduziu Ade. Tristan revirou os olhos, virou-se para Kate e fez *Desculpa* com a boca. Ade continuou: — Eu estava passando pelo salão paroquial no alto da Ashdean High Street e vi um cartaz surrado, fixado na tabuleta do lado de fora, sobre um evento que ocorrerá amanhã para apresentar nosso deputado local do Parlamento Europeu, que se trata...

— Sabemos do que se trata — Tristan o interrompeu.

— Pelo visto, uma garotinha magrela chamada Caroline Tuset é nossa deputada local! Fiquei muito irritado porque nem sequer soube *quando* aconteceram as eleições europeias, então vim para a casa e olhei na internet. Sabia que aconteceram no ano passado?

Tristan saiu do engarrafamento e pegou a rotatória, entrando na estrada para Exeter.

– Não. Mas o que isso tem a ver? – perguntou Tristan.

– Já vou chegar lá, se me permitir, Miss Mar... Tristan. Ah, que se dane. Vou te chamar de Miss Marple, tenho certeza de que Kate dá conta – disse Ade. Kate riu. – Enfim. Entrei no site da União Europeia e descobri que não sou registrado para votar, então me registrei e cliquei para olhar as fotos dos membros do Parlamento Europeu. Queria ver a cara dessa tal Caroline Tuset e confirmar se ela era mesmo local, porque me pareceu meio francesa, com um sobrenome como *Tuset*... Foi então que, duas linhas acima, vi George Tomassini.

– Como assim? – perguntou Tristan.

– Aquele espanhol que você estava procurando. O que flagrei no carro com Noah Huntley. Ele simplesmente sumiu e virou a porra de um deputado do Parlamento Europeu! – exclamou Ade. – A única questão é que não estava escrito *G-e-o-r-g-e*, com g, mas *J-o-r-g-e*, em espanhol.

– Então foi por isso que não encontramos resultado quando pesquisamos o nome dele no Google – disse Kate.

– Sim. Lembro de quando ele era *barman*, admito que eu era um pouco a fim dele. Deu uma crescidinha boa, mas é ele. A idade também bate; todos os deputados informam a data de nascimento em seus perfis on-line, além do local de nascimento, que lembro ser Barcelona. Você se lembra da história que contei sobre a Monstra Má do Cabaré? Nós retomamos contato. Ele se mudou para as Ilhas Orkney, na Escócia, acredita? E fez redução de estômago. Está completamente diferente... Enfim, voltando ao assunto, no perfil de Jorge diz até que ele *estudou no Reino Unido*. Sei de muitas coisas que ele estudou atentamente, mas não envolvia salas de aula.

– Ade, tem algum número para entrarmos em contato com ele? – perguntou Kate.

– Sim, acabei de mandar um *link* por *e-mail* para Miss Marple. Estou realmente muito feliz por ele não ter morrido e estar bem de vida, pelo que parece. Faz cinco anos que virou deputado do Parlamento Europeu. Foi reeleito no ano passado pela Aliança Progressista dos Socialistas e Democratas, um dos maiores partidos de centro-esquerda de Bruxelas – disse Ade.

– Ade, isso é incrível. Obrigado – disse Tristan. – Te devo um drinque.

– Então me vê um Campari com limão. Me liga depois, ok, Miss Marple? E foi um prazer conhecê-la, Kate – disse Ade e desligou.

Tristan olhou de rabo de olho para Kate com um grande sorriso no rosto.

– Tem uma loja de conveniência a uns 2 quilômetros daqui. Que tal a gente tomar alguma coisa gelada e tentar falar com Jorge Tomassini? – ele sugeriu.

– Lembre-se que Jorge Tomassini pode não querer falar conosco.

– Eu sei, mas nós o encontramos.

– Certo, Miss Marple – brincou Kate.

– Você deveria ouvir como ele chama você.

– Como?

– Hercule Poirot.

CAPÍTULO 30

A loja de conveniência estava quente e lotada, então eles compraram café gelado, sanduíches e voltaram para o carro. Quando abriram as portas, lá dentro parecia uma sauna, e os dois esperaram alguns minutos para refrescar antes de entrarem.

Tristan abriu o *e-mail* de Ade e encontrou a foto de Jorge Tomassini no site do Parlamento Europeu. Eles a compararam com a foto da festa à fantasia, na qual Jorge aparecia vestido como Freddie Mercury. Seu cabelo estava curto, e ele usava camisa e gravata agora, mas era a mesma pessoa.

– É ótimo que ele esteja vivo, mas baseamos toda a nossa investigação no fato de Jorge, David e Gabe terem desaparecido – disse Kate, de repente se dando conta de que essa poderia não ser a descoberta que eles esperavam.

– Se ele estava aqui naquela época, talvez tenha conhecido David e Gabe. O que você acha que devemos fazer, mandar um *e-mail* ou ligar para ele? – perguntou Tristan.

– Vamos ver até onde conseguimos chegar por telefone. Tenho certeza de que vamos ter que deixar uma mensagem – respondeu Kate.

Ela discou o número e ouviu uma longa mensagem automática em espanhol, depois em inglês. Foi uma surpresa quando alguém atendeu o telefone depois de alguns toques.

– Tomassini.

– Alô, Jorge Tomassini? – perguntou Kate, pronunciando o nome dele como imaginava ser correto, arranhando o *j*.

– É *Yorge*. O *j* se pronuncia como um *y* – ele disse em um inglês claro, com sotaque espanhol. A resposta pegou Kate desprevenida.

– Ah, oi. Meu nome é Kate Marshall, estou ligando do Reino Unido. Tenho uma agência de investigação particular com sede em

Ashdean, perto de Exeter. Estou tentando localizar dois rapazes chamados David Lamb e Gabe Kemp. Acho que você os conhecia, e gostaria de pedir sua ajuda.

Houve um longo silêncio.

– Posso retornar a ligação? – ele disse e então desligou. Um minuto se passou, depois cinco.

– Acha que o assustamos? – perguntou Tristan.

– Talvez.

Mais cinco minutos se passaram.

– Vou ligar de novo – disse Kate, mas desta vez ninguém atendeu, caindo direto na caixa postal.

– Nós o assustamos. – Tristan ligou o motor e deu partida, mas, assim que o carro subiu a rampa de acesso à via expressa, o celular de Kate tocou. Ela o colocou no viva-voz.

– Alô, Kate? – disse Jorge. – Desculpe, prefiro falar no meu celular pessoal, e demora um tempo para sair do prédio. Estou na sede do Parlamento Europeu em Estrasburgo, na França.

Eles ouviram o barulho de carros e pessoas ao fundo.

– Pensei que tivesse assustado você – disse Kate.

– Não, só evito tratar de assuntos pessoais em meu telefone profissional. Sobre o que gostaria de falar?

Kate resumiu brevemente o caso de Joanna Duncan e explicou que todos com quem eles tinham conversado pensavam que Jorge havia desaparecido, assim como David e Gabe.

– As pessoas acharam mesmo que desapareci? – disse ele, chocado.

– Sim.

Jorge hesitou.

– Eu só me cansei um dia e fui embora do Reino Unido. Voltei para Barcelona. Não contei para ninguém de Exeter e, naquele tempo, não existiam redes sociais ou *e-mail*. Graças a Deus! Era uma época muito mais livre.

– Em Exeter, você chegou a morar na comunidade na Walpole Street, administrada por Max Jesper?

– Sim, por alguns meses, logo que cheguei à Inglaterra… Acho que foi no começo de 1996. Estava muito frio.

– Você se lembra de Max Jesper?

Jorge riu.

– Sim, eu me lembro. A bicha mais trambiqueira que já conheci, mas ele era gentil e acolhedor.

– Por que trambiqueiro?

– Parece que ele nunca pagava por nada. Aquela casa velha estava caindo aos pedaços. Ele perfurou o medidor de energia para impedir o disco de rodar, disse que nunca pagou por eletricidade.

– E você teve que pagar para viver na comunidade?

– Sim, mas só uns trocados. Não me lembro quanto. Acho que umas 5 libras por semana ou qualquer mixaria assim. Max tinha vários amigos que costumavam nos dar comida, e dividíamos muitas coisas. Ele se gabava de ter recebido benefícios estatais durante o governo de três primeiros-ministros diferentes.

Kate então contou a Jorge sobre a reviravolta na vida de Max Jesper com a inauguração do hotel.

– Está de brincadeira. Um hotel-butique? Faz muito tempo que estive lá. Ele sempre dizia que queria pedir usucapião.

– Max tinha um namorado? – perguntou Kate.

– Acho que *namorados* descreve melhor. Muitos rapazes que moraram lá devem ter passado uma ou duas noites com Max. E tinha um cara que era uma constante na vida dele, Nick – disse Jorge.

Kate e Tristan se entreolharam.

– Nick Lacey?

– Talvez, pode ser. Era um moço alto e musculoso com o cabelo farto, meio castanho. Ele ia uma ou duas noites por semana, levava comida e dinheiro para Max, e acho que outros caras se deitavam com eles... Escute, imagino que isso será mantido em sigilo, certo?

– Claro – respondeu Kate.

– Sou membro de um partido socialista progressista e tenho a sorte de morar na Europa, mas não há nada sobre o meu passado na internet. Ninguém que me conhece agora sabe da minha época no Reino Unido, e gostaria de manter dessa forma. Inclusive, como conseguiram meu nome?

Kate contou sobre Ade e sobre a descoberta dos nomes de David Lamb e Gabe Kemp escritos na tampa de uma caixa dos arquivos do caso.

– Também havia um número de telefone junto com os nomes – disse Kate. – Espere um pouco... – Ela revirou a bolsa e encontrou a foto impressa. – O número 07980 746029 significa alguma coisa para você?

Houve uma pausa. Por um momento, Kate se perguntou se o havia constrangido ao falar de seu passado como um *barman* promíscuo, mas então Jorge disse:

– Era meu número de celular.

– Tem certeza?

– Sim. Foi meu primeiro número.

– Joanna Duncan, a jornalista que desapareceu, escreveu seu número na tampa de uma caixa de documentos. Você se encontrou com ela?

– Sim. Ela queria conversar sobre *uma certa pessoa*... – Ele suspirou. – Tinha um cara, meio conhecido, com quem eu estava envolvido.

– Como ele se chamava? – perguntou Kate. Tristan olhou de esguelha para ela.

– Noah Huntley. Ele era parlamentar.

– Vocês tiveram um relacionamento?

– Mais ou menos – respondeu Jorge, sua voz de repente ficando baixa e fraca.

– Você sabia que ele era casado?

– Sim. Mas imagino que você já soubesse disso.

– O nome de Huntley não para de aparecer nessa investigação. Sabemos que ele é casado e que há anos trai a esposa com rapazes. Também existem alegações de que ele contratou garotos de programa.

– Eu nunca fui... eu nunca fiz isso – disse Jorge.

– Onde você o conheceu? – perguntou Kate.

– Noah era uma visita frequente na comunidade e, depois que me mudei, passei a vê-lo em bares *gays*. Ele era muito bonito, bastante engraçado. Era óbvio que gostava de novinhos e de curtir com eles.

– Você dormiu com ele na época em que morava na comunidade?

– Sim.

– Ele chegou a ser violento?

Jorge suspirou.

– Na vida, não. Mas ele se empolgava na cama.

– Em que sentido?

– Às vezes, quando transávamos, ele tentava me estrangular – Jorge disse baixinho. – Acontecia quando ele ficava bêbado, e ele sempre soltava quando estava perto de gozar. Mas foram coisas pontuais em um lance divertido que só durou um tempinho.

– Você visitou a comunidade depois de se mudar?

– Algumas vezes, para ir a festas. Morei na região por uns anos.

– Jorge, agradeço muito por falar conosco sobre esse assunto. Você é uma das primeiras pistas concretas que conseguimos neste caso... E os outros rapazes da comunidade? Você se lembra de alguém chamado Gabe Kemp?

– Hmm, não. Alguns caras tinham apelidos, outros usavam só o primeiro nome.

– Você conheceu David Lamb?

– David, sim. Ele se mudou para a comunidade pouco depois que eu saí.

– Ele chegou a dormir com Noah Huntley?

– Sim, dormiu.

– E David comentou com você sobre as tendências violentas de Noah Huntley?

– Sobre os estrangulamentos? Sim. David era muito bonito, lindo mesmo, e tinha uma personalidade maravilhosa. Ele podia ter conseguido tudo na vida, mas se meteu com drogas demais e homens demais.

– Joanna Duncan conversou com você sobre a matéria em que estava trabalhando? – perguntou Kate.

– Sim. Ela foi até a minha quitinete, tinha pegado o endereço com um cara com quem eu trabalhava.

– Quando exatamente foi isso, você se lembra?

– Pouco antes de eu sair do Reino Unido e voltar para casa... Acho que no final de agosto de 2002. Kate e Tristan se entreolharam. Parecia uma descoberta de verdade.

– Sobre o que vocês conversaram nesse encontro? – perguntou Kate.

– Joanna disse que estava trabalhando em uma reportagem sobre Noah Huntley. Segundo ela, fazia anos que ele contratava garotos de programa, e a comunidade havia surgido em conversas com mais de um rapaz com quem ele havia dormido. Ela também estava investigando uma história de que ele tinha usado o dinheiro para despesas parlamentares para pagar por garotos de programa e pelos hotéis onde os recebia... Fiquei com a impressão de que queria vender uma matéria grande. Ela disse que precisava convencer o máximo de rapazes a vir a público para o editor do jornal não abafar a história. Joanna era ambiciosa. E também roubou negativos de mim.

– Negativos?

– Sim, de fotos. Acho que ela revirou as fotografias que eu guardava em uma caixa embaixo da cama, enquanto eu estava na cozinha... Na semana seguinte, quando fui fazer as malas para ir embora, todos os negativos tinham desaparecido. Ninguém mais havia me visitado.

– Quantos eram?

– Vários. *Todos* os negativos de *todas* as minhas fotos. Estavam guardados naqueles pacotes de papel de 24 unidades que a gente recebia quando mandava revelar os filmes.

– Você ainda tem essas fotos?

Jorge riu.

– Não faço ideia. Eu teria que checar. Faz tanto tempo.

– O que havia nessas fotos?

– Registros de todo o tempo que passei no Reino Unido: amigos, lugares em que estive, a época na comunidade. Vivi aí do começo de 1996 até o final de agosto de 2002.

Kate e Tristan se entreolharam.

– Você conseguiria encontrar essas fotos para nós? – ela perguntou.

– Escute, sou muito ocupado... – Jorge suspirou. – Vou pensar onde podem estar.

– Obrigada. E por que você saiu da Inglaterra?

– Àquela altura, eu estava farto do país. Tinha ficado tempo demais e virado um garoto festeiro, promíscuo. Todos com quem eu andava tinham essa ideia de mim. Isso abalou minha autoestima. Eu queria mais da minha vida e estava com saudade de casa. Comprei uma passagem para Barcelona. Não contei para ninguém que estava indo embora. Ninguém sabia meu endereço, e me livrei do meu celular. Voltei para a casa dos meus pais no interior e passei alguns meses vivendo uma vida tranquila, depois me matriculei na universidade e estudei Ciências Políticas. Eu me formei em 2007. Trabalhei para um grupo de *lobby* por um ano, depois concorri a deputado do Parlamento Europeu. Fiquei mais chocado do que todo mundo quando fui eleito, mas adoro meu trabalho...

– Parabéns – disse Kate. – Estamos muito felizes que você não esteja...

– Morto?

– Sim. Sabia que Joanna Duncan desapareceu algumas semanas depois que você voltou para casa? – perguntou Kate.

– Sim, vi a matéria alguns anos depois, mas a mídia noticiou como um rapto.

– Você acha que Noah Huntley seria capaz de desaparecer com Joanna? – Kate ficou irritada consigo mesma por fazer uma pergunta tão incisiva, mas estava com medo de que a franqueza dele pudesse acabar e ele desligasse o telefone.

– Você diz raptá-la?

– Sim. Afinal, se Noah Huntley *tivesse sido* condenado por abusar de seu privilégio parlamentar, poderia ter ido para a prisão.

– Quer saber minha opinião sincera, aqui entre nós? – perguntou Jorge.

– Sim – respondeu Kate.

– Noah Huntley era bonito demais para pagar por sexo e inteligente demais para mexer nas despesas parlamentares. Sabe quantos caras jovens se jogavam em cima dele na época? Muitos. Ele tinha 30 e poucos anos, era rico e muito bom de cama. Um dos motivos pelos quais não levei Joanna Duncan a sério foi por achar que ela tinha um rancor pessoal. Ela queria acabar com ele, porque nos encontramos depois de a matéria ter sido publicada e de ele ter perdido o cargo. Parecia vingança.

– Obrigada por conversar com a gente – disse Kate. – Por favor, pode me avisar se encontrar aquelas fotos? Ajudaria muito a nossa investigação, e manteremos seu nome em sigilo.

– Vou dar uma olhada. Mas entenda: quero manter essa parte da minha vida no passado – disse ele e então desligou abruptamente.

CAPÍTULO 31

Quando o carro virou na esquina da rua de Kate, o sol estava a pino sobre o mar, a temperatura beirando os 28 graus.

Kate estava com calor e sede depois da viagem. O carro se aproximou da casa e eles viram Jake descendo a escada do *camping*, guiando um grupo de cinco moças e dois rapazes. Ele estava sem camisa e usava um calção de banho. Tinha tomado sol e, com o cabelo comprido e a barba, parecia um *hippie* despojado. Os dois rapazes estavam de short e regata e as meninas, de vestido curto sobre biquínis rosa e amarelo fluorescentes. Formavam um grupo bonito, o que fez Kate pensar naqueles *reality shows* em que jovens sensuais são enviados para uma ilha distante. Tristan diminuiu a velocidade e parou ao lado de Jake.

— E aí, como estão as coisas? — perguntou o garoto. — Vocês parecem cansados e com calor.

— O carro de Tristan não tem ar-condicionado — respondeu Kate, abanando uma revista *GQ* diante do rosto.

— Ela podia me pagar mais, não acha, Jake? — brincou Tristan.

— Eu deveria ser o primeiro da fila por aumento de salário — disse Jake, sorrindo. — Devíamos formar um sindicato!

Tristan riu. O grupo de jovens tinha parado do outro lado da rua, esperando por Jake.

— Vou levar esse pessoal para passear de barco. Volto lá pelas 17 horas — disse ele, dando um tapinha no carro. — Aquele senhorzinho, Derek, veio aqui e instalou a janela nova no Airstream... Ele sempre faz aquele negócio com a dentadura?

— Sim — respondeu Kate. — Quanto foi?

— Duzentos e cinquenta libras. Paguei com dinheiro do caixa.

— Pedi para ele consertar o vidro da porta dos fundos da minha cozinha — contou Tristan.

– Esteja preparado para longas pausas – disse Jake. – Teve uma hora que ele fez uma pausa tão grande em uma frase que pensei que tivesse morrido.

– É o cara com quem divido o apartamento, Glenn, que vai ter o prazer de lidar com ele – Tristan sorriu.

– Ah, um entregador acabou de deixar uma carta para vocês. Está na mesa do escritório – disse Jake. Ele deu outro tapinha na porta do carro e começou a atravessar a rua.

– Obrigada, filho. Cuidado ao mergulhar – advertiu Kate.

– Pode deixar. Acho que vai ser incrível – disse ele, protegendo os olhos com a mão e contemplando o mar cintilante sob o sol. Kate desejou poder acompanhá-los. Adoraria dar um pulo no mar e se refrescar em uma tarde despreocupada de mergulhos.

– Até mais, amigo – disse Tristan. Jake acenou e o carro seguiu em frente até o escritório.

Um envelope de cartolina da DHL os esperava em cima da mesa; Jake o apoiara sobre uma pilha de arquivos de caso. Kate o pegou e olhou o remetente: Van Biezen Advogados, um escritório de advocacia em Utrecht, na Holanda. Ela o abriu e encontrou outro envelope grosso lá dentro.

– É uma carta oficial de Famke van Noort, enviada pelo advogado dela – disse Kate, desdobrando o papel grosso. Tristan se juntou para ler com ela. – "Escrevo em resposta ao pedido enviado por *e-mail* aos Apartamentos Nordberg. Minha cliente, Famke van Noort, depôs à polícia de Devon e Cornualha em 10 de setembro de 2002 em relação à investigação do desaparecimento de Joanna Duncan" – Kate leu em voz alta. – "Envio anexa uma cópia do depoimento oficial assinado por Van Noort e entregue à polícia, ocasião em que seu advogado de Exeter, Martin Samuels, da Samuels & Johnson, esteve presente. Minha cliente não tem mais nenhum comentário." A carta está assinada pelo advogado.

Kate chegou à segunda página, e Tristan a pegou.

– É uma cópia do mesmo depoimento que temos. Ela estava com Fred entre 14 e 16 horas no sábado, dia 7 de setembro. Foi visitá-lo a pé, usando a trilha que passa pelos fundos dos terrenos da casa do médico para chegar à de Fred – disse ele.

Kate suspirou e pegou duas latas de Coca do frigobar do escritório. Ela entregou uma a Tristan e colocou a outra na testa para se refrescar.

– Não estamos nem perto da verdade – disse Tristan, abrindo a lata e dando um gole longo.

– Será? – questionou Kate, desfrutando da sensação do metal frio em sua testa quente. – Famke não vai falar com a gente.

– Acho que Fred não tem nada a ver com o desaparecimento de Joanna.

– Não adianta a gente *achar*. Ashley e Juliet Maplethorpe foram evasivos. Não sei se tem mais alguma coisa aqui que não estamos vendo. Uma de nossas potenciais vítimas se revelou viva...

– Jorge nos deu uma mina de ouro de informações – disse Tristan.

– Ele confirmou o que sabíamos ou desconfiávamos, mas saiu do país algumas semanas antes de Joanna desaparecer.

– Tomara que ele encontre aquelas fotos. Por que Joanna teria roubado os negativos? Devia haver alguma coisa importante neles.

* * *

O tempo continuou quente pelo resto da semana. Tristan teve que trabalhar na universidade na quarta e na quinta-feira, os dois últimos dias antes do fim do semestre e do início das férias de verão. Kate escreveu relatórios sobre sua investigação até o momento e tentou conseguir mais informações sobre o corpo encontrado na charneca, mas a polícia liberou poucos detalhes do caso para o público. A tarefa de encontrar camareiras para o *camping* tomou boa parte de seu tempo na quinta e na sexta-feira, afastando-a da investigação. Na sexta, Kate e Tristan passaram quase o dia todo ligando para agências de profissionais de limpeza e outros contatos dos registros antigos de Myra, mas não encontraram ninguém disponível. Então, na manhã de sábado, Kate, Tristan e Jake tiveram que trocar as roupas de cama de oito *trailers* e preparar o *camping* para os novos hóspedes.

Kate ficou responsável pela limpeza do bloco de banheiros e chuveiros. Era um trabalho desagradável e deprimente, mas ela tinha se voluntariado para fazê-lo, sabendo como Sarah desaprovava que Tristan trabalhasse no *camping*. Ela estava tentando consertar o assento do vaso de uma das cabines quando seu celular tocou no bolso. Quando tirou uma das luvas de borracha e pegou o aparelho, viu que era Alan Hexham.

– Kate, você tem um minuto? – ele perguntou.

– Claro – respondeu ela, limpando o suor da testa com o antebraço. Ela saiu do bloco de banheiros, grata bela brisa fresca do mar que soprava pelo *camping*.

– Tive alguma sorte com aqueles nomes que você me deu – disse Alan. Kate correu até o *trailer* do lado da estrada, onde Tristan estava trocando a roupa de cama, e bateu na janela. Ele colocou a cabeça para fora, ainda segurando um edredom.

É Alan Hexham, ela fez com a boca.

– Vou colocar você no viva-voz, Alan. Tristan está aqui comigo.

– Oi, Alan – cumprimentou Tristan, soltando o edredom e se ajoelhando em cima da cama.

– Olá, Tristan – disse Alan, sua voz retumbante pelo viva-voz. – Bom, Kate, como conversamos alguns dias atrás, pedi a um de meus assistentes de pesquisa para verificar os exames de autópsia que conduzimos em corpos não identificados de rapazes entre 18 e 25 anos, com mais de 1,80 m, que fossem musculosos, atléticos e tivessem cabelo escuro ou loiro, nos casos em que a cor do cabelo ainda podia ser determinada. Também investigamos o tipo de morte registrado durante a autópsia, concentrando-nos em sinais de agressão sexual, indícios de que os punhos ou tornozelos foram amarrados e se a causa da morte foi asfixia. Identificamos quatro autópsias com essas características.

– Quatro?! – exclamou Kate, erguendo os olhos para Tristan.

– Sim. Vou explicar – disse Alan. – O primeiro caso que encontramos foi de um corpo trazido pela água na costa oeste de Bideford em 21 de abril de 2002. O corpo nunca foi identificado porque estava em estado avançado de decomposição. O homem tinha mais de 1,80 m e apresentava lacerações nos punhos. Foi encontrado enrolado em uma rede após ser trazido pela água durante uma tempestade, tanto que a pele e o tecido mole estavam decompostos pela água. Depois de uma autópsia e de várias tentativas frustradas de identificar o corpo, o pobre rapaz foi cremado. No entanto, suas impressões dentárias foram tiradas. Consegui solicitar impressões dentárias de David Lamb e Gabe Kemp. O corpo decomposto encontrado na praia no fim de abril de 2002 era Gabe Kemp.

– Jesus – disse Kate, apoiando-se na lateral do *trailer*. Tristan pegou o celular da mão dela e o colocou no batente. – Gabe Kemp foi dado como desaparecido na primeira semana de abril de 2002.

– Sim, o que explicaria a decomposição: o corpo pode ter ficado na água por duas semanas... E tem mais – disse Alan. – Identificamos um segundo corpo com base nos seus critérios. Foi encontrado em Dartmoor, preso entre duas pedras no rochedo Mercer, por um passeador de cães no começo da primavera de 2000. Boa parte do rosto tinha sido carcomida. Havia caído uma forte nevasca no inverno, mas, olhando para o grau de deterioração, o corpo fora despejado ali cinco ou seis meses antes...

– O que teria sido em abril ou maio de 1999 – completou Kate.

– Sim. Esse jovem foi encontrado usando equipamentos de trilha e uma mochila. Tais fatores, aliados à decomposição, fizeram com que a polícia descartasse a possibilidade de crime. Na época, foram tiradas impressões dentárias, mas elas só foram comparadas com as de dois outros trilheiros dados como desaparecidos em Dartmoor, e não houve correspondência. Ao comparar com os registros dentários de David Lamb, houve.

– David Lamb não era um trilheiro – disse Tristan.

– Exato. A polícia não entendeu por que o corpo foi encontrado com equipamentos novos de trilha, mas nenhum dinheiro ou identificação – disse Alan.

– Você disse que havia mais duas vítimas? – perguntou Kate, começando a se recuperar da notícia de que os corpos de Gabe Kemp e David Lamb haviam sido encontrados.

– Sim, os corpos de dois outros homens não identificados se encaixaram nos seus critérios. O primeiro foi encontrado na rodovia M5, em uma galeria pluvial perto de Taunton Deane, em novembro de 1998. Os resultados da autópsia mostraram que o corpo fora despejado ali nas 24 horas anteriores. Tinha todas as características de Hayden Oakley, encontrado morto na semana passada. Ele fora amarrado, sexualmente violentado e asfixiado. O segundo rapaz foi encontrado em um aterro sanitário em Bristol, em um saco plástico preto, em novembro de 2000. O corpo estava decomposto, porque estava lá havia uma semana ou dez dias, mas a autópsia mostrou que ele tinha sido amarrado e asfixiado.

– Por que a polícia não associou esses assassinatos? – perguntou Kate.

– Não tenho essa resposta.

Eles ficaram em silêncio por um momento.

– De 1998 a 2002, quatro corpos foram encontrados – disse Tristan. – É um assassino em série.

– Você consegue expandir a busca? Pedi resultados apenas de 1998 a 2002, mas pode haver outros corpos não identificados – disse Kate.

– Graças às suas informações, a polícia está analisando a conexão desses quatro homicídios com a morte de Hayden Oakley, e vão expandir a investigação para analisar mortes não identificadas antes de 1998 – respondeu Alan. – Mas, infelizmente, agora esses casos não estão mais arquivados; passaram a ser investigações policiais ativas, então não posso mais compartilhar os arquivos com você. No entanto, recebi permissão da policial que vai assumir o caso, a detetive inspetora-chefe Faye Stubbs, para ligar para você. Ela me pediu seu número e vai entrar em contato. Parabéns para vocês dois.

– Que incrível – disse Tristan depois de desligarem. – Ajudamos a encontrar David e Gabe, Jorge está vivo... Não imaginávamos esse cenário. Joanna Duncan anotou o nome dos dois por um motivo. Você acha que ela sabia que havia um assassino em série à solta?

– Queria poder descobrir. Não temos nem o computador dela nem suas anotações do trabalho – respondeu Kate.

– Mesmo assim, estamos na direção certa – disse Tristan.

– Mas agora os resultados do nosso trabalho árduo estão nas mãos da polícia.

O celular de Kate tocou de novo. Era um número fixo de Exeter. Quando atendeu, uma mulher se apresentou como detetive inspetora-chefe Faye Stubbs.

– Peguei seu número com Alan Hexham, nosso patologista forense regional – disse ela. – Pelo que entendi, você é detetive particular?

– Sim, nós acabamos de conversar com Alex – respondeu Kate.

– Nós?

– Eu e meu sócio, Tristan Harper. Estou com você no viva-voz.

– Oi – cumprimentou Tristan.

Faye o ignorou e continuou falando:

– Soube que você recebeu acesso aos arquivos do caso de Joanna Duncan. – A voz dela agora estava um pouco menos simpática.

Merda, Tristan fez com a boca.

– Sim, é verdade – disse Kate.

– *Certo*. Você tem ciência de que esses arquivos são propriedade da polícia de Devon e Cornualha? E que guardamos registros por um motivo?

Kate sentiu o chão se abrir embaixo dos pés.

– Óbvio. Mas fomos autorizados a acessá-los.

– E quem na polícia de Devon e Cornualha autorizou isso?

– Não recebemos os arquivos pela polícia. Nosso cliente teve acesso a eles por meio de um oficial superior da polícia, superintendente Allen Cowen. Tenho uma carta assinada por Cowen confirmando essa informação. Fomos informados que poderíamos ver os materiais arquivados, considerando que o caso de Joanna Duncan está inativo.

– Bom, as coisas estão mudando rapidamente por aqui – disse Faye.

– Vocês vão reabrir o caso?

– Não foi isso que eu disse. Seu cliente é Bill Norris, certo?

– Sim.

– Ele me disse que os arquivos originais do caso estão em sua posse, correto?

– Sim – respondeu Kate. O tom de voz da inspetora-chefe Faye Stubbs a fazia se sentir uma criança travessa.

– Você fez cópias?

Merda, Kate fez com a boca para si mesma. Essa era uma zona cinza. Detetives particulares podiam trabalhar em zonas cinza, mas ultrapassar o limite da lei não era algo que ela estava disposta a fazer. *Merda*, ela fez outra vez.

– Cópias em papel? – perguntou Tristan.

– Essa costuma ser a definição de cópia – respondeu Faye.

– Não. Só temos os arquivos originais em papel.

– Certo. Vou providenciar que alguém os busque com vocês.

– Escute, Faye… Posso te chamar de Faye? – perguntou Kate.

– Claro.

– Sou ex-policial, e estamos trabalhando dentro da lei. É claro que vamos cooperar totalmente com você.

O tom de Faye ficou mais leve.

– Kate, não estou ligando para encher seu saco. Você nos proporcionou uma descoberta em um caso de assassinato e em outros três casos não solucionados. Mas, considerando isso, as coisas mudaram. Tenho que seguir os procedimentos agora que a investigação está ativa.

– Vocês também vão reabrir o caso de Joanna Duncan?

Faye suspirou.

– Parece que sim. Para quando posso providenciar a busca dos arquivos? Amanhã cedinho está bom?

Kate olhou para Tristan. Ele revirou os olhos e fez que sim. Ela quase esfregou os olhos com a mão livre, então viu que ainda estava usando a luva suja de borracha.

– Claro. Vou te passar o endereço do nosso escritório – respondeu Kate.

CAPÍTULO 32

A detetive inspetora-chefe chegou ao escritório às 8h30 da manhã seguinte. Seu cabelo preto curto tinha raízes grisalhas e estava amarrado em um rabo de cavalo minúsculo. Seu rosto era pálido e estava sem maquiagem. Kate imaginou se elas teriam idades parecidas, por volta dos 45 anos. Em outros tempos, Kate tivera esperança de chegar à patente de detetive inspetora-chefe antes dos 40 e se perguntou quando Faye havia sido promovida ao cargo.

Faye estava acompanhada de uma colega, a detetive Mona Lim, uma mulher de cabelos escuros e traços de boneca que lhe davam a aparência de uma adolescente.

– Então é essa a sua pequena agência de detetives? – perguntou a inspetora-chefe, olhando ao redor, onde produtos de limpeza e roupas de cama formavam uma pilha ao lado da parede. O tom dela era condescendente. Kate e Tristan haviam conversado sobre como agiriam nesse encontro, e Kate achou uma boa ideia deixar que Faye pensasse que eles eram amadores. Mas, ao vê-la em seu espaço, Kate sentiu a necessidade de competir e provar seu valor.

– Sim, abrimos as portas há nove meses – respondeu Kate.

– E como está sendo? Deve ser difícil começar algo novo aqui, tão longe – disse a inspetora-chefe, aproximando-se da janela e olhando para a baía. Mona concordou com a cabeça e a acompanhou até a janela.

– Sim, é desafiador – disse Tristan. – Mas aqui estamos nós, dando à polícia a descoberta de que precisavam.

Kate sorriu para Faye. *Mandou bem, Tristan*, ela pensou. Faye retribuiu o sorriso.

– Então, Kate, você foi, muito tempo atrás, uma agente da polícia, certo? – ela perguntou.

– Eu era investigadora da Polícia Metropolitana de Londres.

– E acabou bem mal para você, não?

Kate sentiu um impulso infantil de puxar o rabo de cavalo de Faye com força.

– Gostariam de um café, talvez umas rosquinhas? – perguntou Tristan, apontando para uma caixa da Tesco que havia comprado no caminho.

– Que ótimo que vocês têm tempo para tomar café da manhã – disse Faye. – Eu aceito, não comi nada hoje. – Ela foi até a caixa e abriu a tampa, pegando uma rosquinha. Então fez sinal para Mona, que a acompanhou e olhou dentro da caixa com uma expressão séria, como se analisasse evidências do caso de Joanna Duncan. Ela também pegou uma rosquinha.

Tristan foi até a cafeteira e rapidamente preparou um expresso para cada uma. Quando voltou com as xícaras, todos se sentaram à mesa.

– Esses são todos os arquivos, e a tal caixa? – perguntou Faye, de boca cheia, apontando para a caixa azul no topo da pilha de arquivos organizada cuidadosamente ao lado da porta.

– Sim, os nomes de David Lamb e Gabe Kemp apareceram marcados com a caligrafia de Joanna na tampa dessa caixa. Os dois foram mortos. Também há um número de telefone que descobrimos ser de Jorge Tomassini. Jorge foi *barman*, dormiu com Noah Huntley e conhecia David Lamb. Joanna queria entrevistá-lo – disse Kate.

– Ela estava se preparando para escrever um dossiê sobre Noah Huntley. Tinha informações sobre ele contratar garotos de programa e usar a conta de despesas parlamentares para pagar pelos serviços e comprar presentes para eles. Gabe Kemp era um dos rapazes e tinha se disposto a vir a público sobre o assunto no começo de 2002, mas retirou o depoimento, que nunca chegou a ser publicado. Gabe desapareceu pouco depois que a história foi para a imprensa, e o corpo dele foi encontrado algumas semanas depois – disse Tristan.

– Localizamos Jorge Tomassini na semana passada. Ele admite ter tido um envolvimento sexual com Noah Huntley, que, por vezes, revelou tendências violentas tanto com ele quanto com David Lamb durante o sexo – disse Kate.

– Esse Jorge Tomassini explicou por que nunca veio a público para a matéria de Joanna Duncan? – perguntou Faye.

– Ele não queria fazer parte de um escândalo sexual nos tabloides, que era o que Joanna pretendia publicar. Jorge disse que estava planejando sair do país à época, e isso só apressou sua decisão. Ele é espanhol, decidiu voltar para casa.

– Você acha que ele é uma fonte confiável? – perguntou Faye.

– Ele agora é deputado do Parlamento Europeu em Estrasburgo. Não estava muito interessado em se aprofundar em sua vida pregressa aqui no Reino Unido. Fizemos algumas anotações extras sobre o caso, e as informações de Jorge estão lá, se quiserem dar prosseguimento. Organizamos tudo em que estamos trabalhando em uma pasta de documentos – informou Kate.

– Você vai ver que conversamos com muitas pessoas relacionadas à Joanna e até voltamos aos depoimentos originais delas. Achamos que há muitas perguntas não respondidas em torno de Noah Huntley – disse Tristan.

– Joanna se encontrou com Huntley duas semanas antes de desaparecer, em um posto de gasolina perto de onde morava. O encontro foi filmado por câmeras de segurança – completou Kate.

Faye acenava com a cabeça enquanto engolia sua segunda rosquinha. Ela virou o restante do café e se levantou, espanando as pernas.

– Certo. Obrigada por todos os avanços que vocês fizeram neste caso, e obrigada pelo lanche.

Mona colocou o último pedaço de rosquinha na boca, limpou o açúcar e se levantou.

– Só isso? – perguntou Kate. Ela achava que Faye faria mais algumas perguntas sobre seus achados.

– Esperava mais? Vocês foram muito, *muito* úteis. Economizaram tempo e recursos da polícia, e vou fazer questão de mencionar sua pequena agência em uma de nossas notas à imprensa. Vocês têm site? – perguntou a inspetora-chefe.

– Sim – respondeu Kate.

– Mande para mim por mensagem – pediu ela. – Tony, pode me dar uma mãozinha com as caixas?

– É Tristan.

– Claro. Desculpe, Tristan – disse Faye, pegando três das caixas.

– Você vai entrar em contato com Bev Ellis, a mãe de Joanna? – perguntou Kate.

– Em algum momento, sim. É muito provável que as duas investigações se unam em breve.

– Posso perguntar só mais uma coisa? Quando Hayden Oakley vai ser enterrado? Vocês já liberaram o corpo? – indagou Tristan.

– Na semana que vem. Hayden não tinha dependentes, e nenhum familiar pediu o corpo. Parece que vai ser um funeral da prefeitura – respondeu Faye.

– O *pub* em que ele foi visto pela última vez está organizando um memorial – completou Mona.

– Que *pub*? – perguntou Kate.

– O Brewer's Arm, em Torquay.

Depois que Faye e Mona levaram todas as caixas, Kate e Tristan voltaram ao escritório. Kate preparou mais duas xícaras de café, e Tristan tirou uma pilha de roupas de cama de cima da impressora e do scanner.

– Quando falei em *cópias em papel*, fiquei com medo que elas quisessem saber se tínhamos escaneado digitalmente algum dos arquivos – disse Tristan. – Você achou a inspetora-chefe meio tapada?

– Estou torcendo para ela estar apenas sobrecarregada. Ela pediu para entregarmos todos os arquivos impressos do caso, e foi o que fizemos. Se tivesse pedido para deletarmos as cópias digitais, aí, sim, teríamos problemas – disse Kate.

– Então é uma zona cinza?

– Sim – Kate concordou. – Cooperamos e compartilhamos tudo o que sabemos. Mas temos uma vantagem em relação à polícia: este é nosso único caso, e não vou desistir de descobrir o que aconteceu com Joanna Duncan ou quem matou aqueles rapazes.

CAPÍTULO 33

Kate e Tristan passaram o resto do fim de semana no escritório planejando os próximos passos da investigação. Tinham uma reunião marcada com Bev e Bill na quarta-feira, quando completaria três semanas desde que haviam pegado o caso. Levaram algum tempo escrevendo um *e-mail* para Noah Huntley e o enviaram pela conta de Tristan. Pediam por uma entrevista geral, torcendo para que a perspectiva de um encontro com um rapaz bonito o fizesse morder a isca.

Na manhã de segunda-feira, os dois foram de carro até o Brewers' Arms, em Torquay, onde Hayden tinha sido visto pela última vez. A cidade ficava a menos de uma hora de carro de Ashdean. Era mais um dia quente, e eles pegaram o carro de Kate, deixando o ar-condicionado no máximo.

Quando se aproximaram de Torquay, tiveram que dar algumas voltas pelo anel rodoviário até encontrarem o desvio que levava ao canal e à descida que dava no Brewer's Arms.

Eles estacionaram em uma parte do gramado ralo coberto de lixo e subiram até a entrada do pub, que ficava embaixo do primeiro de vários arcos de tijolos ao longo da margem do canal. A água cintilava sob o calor e um cheiro forte subia da superfície estagnada, que parecia mais uma sopa de lixo com um carrinho de compras semissubmerso.

– Por que carrinhos de compras sempre vão parar dentro de canais? – perguntou Tristan.

– Costumam ser de pessoas em situação de rua que os utilizam para transportar seus pertences. São atirados na água ou caem junto com seus donos – respondeu Kate, lembrando de seu tempo na polícia.

Um jovem alto e muito magro, com uma acne terrível, saiu pela porta principal segurando um balde. Usava uma calça jeans velha e rasgada e estava sem camisa. Ele esvaziou o balde na grama.

– Oi, você trabalha aqui? – perguntou Kate.

– Parece que estou fazendo isso pela minha saúde? – retrucou ele.

– Somos detetives particulares e estamos investigando a morte de Hayden Oakley.

– Ei, Des! – o rapaz gritou por sobre o ombro. – Tem alguém aqui querendo ver você!

Sem dizer mais nada, ele deu meia-volta e entrou no prédio.

– Será que ele foi contratado por suas habilidades de atendimento ao cliente? – perguntou Tristan. Kate riu e os dois entraram pela porta estreita. O interior estava iluminado por lâmpadas tubulares fluorescentes e cheirava a cerveja velha e vômito. Um homem mais velho, de cabelo ralo e óculos encardidos, estava atrás do bar enchendo uma geladeira pequena com coquetéis alcoólicos coloridos.

– O que posso fazer por vocês? – perguntou ele, ajeitando os óculos sobre o nariz ensebado.

Kate se apresentou e perguntou se ele estava trabalhando na noite em que Hayden Oakley desapareceu.

– Estou aqui todas as noites, pagando pelos meus pecados – respondeu ele, e seu sorriso fez Kate pensar nas teclas de um piano velho. – Vejo praticamente tudo e todos. Quando Hayden começou a vir aqui, eu sabia que ele podia seguir qualquer caminho que quisesse na vida.

– O que quer dizer? – perguntou Kate.

– Ele era bonito. Musculoso. Não vou mentir, este *pub* é um antro de perdição... mas esses lugares podem ser lucrativos. Não precisamos nos preocupar em estocar vinhos finos ou preparar tábuas de queijos e azeitonas. As pessoas vêm aqui atrás de sexo... Hayden fazia sucesso entre os fregueses. Às vezes você vê rapazes subirem na vida com caras mais velhos; eles encontram alguém rico e, depois, abrem o próprio negócio ou se mudam para longe. Mas às vezes eles ficam aqui tempo demais, envelhecem e começam a parecer esgotados e cansados.

– Quem são os fregueses?

– Gostaria de poder dizer que são divorciados elegantes e intelectuais da região, mas a maioria é um bando de velhos safados – ele respondeu sem pestanejar.

– O caso de Hayden afetou seus negócios? – perguntou Kate.

O homem pensou por um momento.

– Não que eu tenha notado. Muitos bares *gays* por aqui têm grupos nas redes sociais e publicaram alertas sobre um possível assassino de rapazes à solta, mas estávamos lotados no fim de semana, como sempre. Acho que as pessoas costumam pensar que "não vai acontecer comigo"... Aceitam um chá ou um café? – ele acrescentou, apontando para uma bandeja de plástico encardida com canecas, uma chaleira velha e 1 quilo de açúcar granulado coberto de manchas de chá.

– Não, obrigada – respondeu Kate. – Imagino que esses homens mais velhos venham aqui porque encontram rapazes jovens e atraentes, certo?

– Bom, pela decoração é que não é – respondeu ele. – A polícia me perguntou se muitos garotos de programa vêm aqui. Hayden era, segundo os boatos, um garoto de programa, e vou dizer a vocês o que eu disse à polícia: só sirvo as bebidas e ofereço o lugar, e, desde que ninguém faça nada de ilegal entre essas quatro paredes, viva e deixe viver.

– Hayden desapareceu depois de sair daqui? – perguntou Tristan.

– Sim, aqui foi o último lugar em que ele foi visto.

– Ele estava com alguém? – perguntou Tristan.

– Sim, um cara grande de cabelo escuro comprido e boné de beisebol. Parecia um cantor de música country, pelo menos sob as luzes da pista de dança. Tenho certeza de que, se essas luzes fluorescentes estivessem acesas, ele pareceria apenas mais um local que gosta de dançar quadrilha no tempo livre.

– Os dois saíram a pé ou de carro? – perguntou Kate.

– Estamos um pouco fora de mão aqui, então todo mundo vem de táxi ou de carro. A polícia acha que eles saíram de carro, mas ninguém viu a marca ou o modelo, e não havia nenhum taxista esperando lá fora. Era uma segunda-feira à noite, então não tinha muito movimento.

– Você se lembra de como esse cara era, de algum detalhe do rosto dele? – perguntou Kate.

– A polícia mandou um desenhista aqui para montar um retrato falado comigo... Espere um pouco... Kenny? *KENNY!* – ele gritou para trás. Um momento depois, o rapaz com acne saiu dos fundos. – Está ficando surdo?

– O que foi, Des? Eu estava lá embaixo cuidando dos galões.

– Você tem aquela foto do desenho do policial aí no celular?

Kenny tirou um smartphone do bolso, passou o dedo na tela e encontrou a foto. Ele entregou o aparelho para Des, que o espiou por sobre os óculos e o entregou para Kate. Tristan chegou mais perto para ver também.

Imagens de retrato falado causavam arrepios em Kate, e essa não era diferente. O rosto era uma composição de partes distintas – olhos, nariz, boca, lábios, cabelo –, mas que se uniam em uma imagem esquisita e ameaçadora. Os olhos eram de um castanho intenso e um pouco espaçado demais. O nariz era reto e parecia não ter nada de mais, mas os dentes eram ligeiramente salientes. A linha do cabelo era baixa e escura na testa larga, e o boné de beisebol estava muito enfiado na cabeça.

– Pode me mandar por mensagem? – Kate perguntou ao jovem.

– Só se me pagar – respondeu ele.

– Ah, pelo amor de Deus, vou dar 20 libras para você – disse Des.

– Pode mandar, meu bem – ele completou, voltando-se para Kate. Ela digitou seu número e mandou a mensagem para si mesma, depois devolveu o celular para Kenny, que desceu a escada a passos duros.

– A linha do cabelo dele não parece esquisita? – perguntou Kate, agora olhando o retrato falado no próprio celular.

– Sim, pensei nisso. Quer dizer, não na hora, porque recebemos todo tipo de gente aqui, mas, lembrando depois, o cabelo dele parecia sim uma peruca. Uma peruca decente, porque a linha do cabelo estava colada por baixo.

– Os dentes são falsos também? – perguntou Tristan, inclinando a cabeça para olhar a foto.

– Não sei, talvez. Ou ele era só azarado – perguntou Des.

– A polícia interrogou algum dos outros fregueses? – perguntou Kate.

– Sim, chamei alguns dos rapazes. Um deles está convencido do contrário, que era Hayden quem estava planejando colocar alguma coisa na bebida do cara e roubar as coisas dele. Ele disse que Hayden já fez isso antes.

– Alguém denunciou Hayden para a polícia? Ele tem ficha criminal? – perguntou Tristan.

– Não e não. A maioria dos caras que são vítimas desse tipo de golpe têm vergonha demais para contar à polícia. Muitos são casados com mulheres e não querem que as esposas descubram – respondeu Des.

– Você sabe mais alguma coisa sobre Hayden?

– Ele passou a maior parte da infância em orfanatos. Tenho que colocar muitos jovens para fora daqui por serem menores de idade, sou muito rígido em relação a isso. Hayden veio aqui todas as segundas-feiras por cinco meses.

– Hayden foi estuprado e estrangulado. Seu corpo foi jogado em um pântano perto de Buckfastleigh – disse Kate. Des pareceu horrorizado. Ele abanou a cabeça e estalou a língua.

– O triste é que perdemos muitos rapazes da comunidade. Overdoses de drogas, espancamento... Grande parte dos casos não é divulgada. Esta é a primeira vez que a polícia manda um retratista aqui – disse Des.

– Muitos de seus clientes são homens violentos?

– Muitos dos homens são violentos. Se acrescentar tristeza e álcool na mistura, podem pegar fogo – respondeu Des.

– Esse cara já matou antes – disse Kate.

– Como um assassino em série?

– Sim. Podemos mostrar algumas fotos para você nos dizer se viu alguma dessas pessoas aqui nas últimas semanas?

– Claro – concordou Des.

Kate pegou algumas fotos impressas e as colocou sobre o balcão. A primeira era de Max Jesper.

– Não, nunca o vi – disse Des, espiando a imagem e ajeitando os óculos. Kate então mostrou uma foto de Ashley Maplethorpe, tirada de seu perfil no LinkedIn. – Não. Chique demais para este lugar.

Des também negou ter visto Fred Duncan e Bill, cujas fotos Kate e Tristan haviam incluído ali para formar um grupo de controle. A última foto era de Noah Huntley.

– Ah, esse eu reconheço – disse Des. Os detetives se entreolharam.

– Já o viu aqui? – perguntou Kate.

– Desculpe, não. Quis dizer que sei quem ele é. Foi nosso parlamentar local. Escrevi para ele pedindo para limparem a margem do canal lá fora, e ele me respondeu. Nunca limparam, mas ele me respondeu. Já é alguma coisa, não?

– Tem certeza de que ele nunca esteve aqui? – perguntou Tristan.

– Absoluta – respondeu Des. – Por que ele viria a um buraco como este?

CAPÍTULO 34

Depois da visita ao *pub* em Torquay, Kate e Tristan voltaram a Ashdean para uma chamada de vídeo com Rita Hocking. A jornalista tinha respondido o terceiro *e-mail* de Kate e se desculpado pela demora, pois estivera na Índia cobrindo as eleições do país. Ela finalizou dizendo que teria o maior prazer em conversar sobre a época em que trabalhara no *West Country News* com Joanna.

Quando chegaram ao escritório, os detetives almoçaram e, depois, Tristan imprimiu o retrato falado e o fixou na parede ao lado das fotos tamanho A4 de Noah Huntley, Ashley Maplethorpe e Max Jesper. Havia também uma foto de Nick Lacey, enviada por Bishop, na qual ele aparecia de costas. Tristan tinha desenhado um grande ponto de interrogação com caneta esferográfica preta na imagem.

— Nosso retrato falado não se parece com nenhum deles — disse Tristan.

— Os narizes se encaixam. Todos têm narizes aquilinos fortes, mas precisamos de mais do que apenas esse detalhe — disse Kate.

— Precisamos de uma foto de Nick Lacey. Ele continua aparecendo no pano de fundo disso tudo.

Sob a linha de fotos estavam retratos de David Lamb e Gabe Kemp. Kate e Tristan também haviam acrescentado duas folhas de papel para os corpos não identificados encontrados na galeria pluvial em 1998 e no aterro em 2000. Os dois os encararam por um minuto.

— Se esse cara estiver usando disfarces para raptar as vítimas, isso facilitou que ele saísse impune por muito tempo — disse Kate, encarando os olhos castanhos e frios do desenho, que pareciam dominar a sala, observando-os do quadro.

— O retrato falado descreve um homem mais velho, na casa dos 50 anos. Ele pode estar fazendo isso há mais de cinco anos. Pode haver mais corpos que ele escondeu e que ainda não foram encontrados – disse Tristan.

– Teve uma coisa que Des disse sobre Hayden. Ele frequentou o Brewer's Arms por cinco meses, e um dos rapazes que também bebiam lá estava convencido de que Hayden é que estava planejando colocar alguma coisa na bebida do sequestrador para roubar as coisas dele...

– Sim. Ele também disse que Hayden já fez isso antes – completou Tristan.

– Então talvez eles já tivessem se conhecido antes. Hayden provavelmente já havia sondado que ele tinha dinheiro e que valia a pena roubá-lo.

– Você acha que esse cara não está sequestrando os rapazes aleatoriamente? Ele os está conhecendo primeiro?

– E viajando por West Country. Hayden foi raptado em Torquay, David Lamb morava em Exeter, Gabe Kemp morava e trabalhava em um *pub gay* perto de Plymouth... – disse Kate.

– Merda. Ele pode estar usando outros disfarces.

***

Às 15 horas em ponto, o equivalente às 10 horas da manhã em Washington, Kate e Tristan ligaram por vídeo para Rita Hocking. Ela era o estereótipo de uma jornalista: tinha o cabelo grisalho comprido amarrado em um coque com dois lápis, usava maquiagem pesada e batom vermelho nos traços enrugados e um par de óculos de aro vermelho vivo que ampliava seus olhos castanhos. Atrás dela havia estantes e uma fresta de janela de escritório, através da qual a ponta do Monumento de Washington se erguia atrás de uma fileira de prédios de tijolos vermelhos.

– Oi – cumprimentou Rita, seu sotaque britânico ligeiramente encoberto por uma pronúncia transatlântica.

Feitas as apresentações, Kate disse:

– Obrigada por falar conosco. Agradecemos por seu tempo.

– Sem problemas – respondeu ela, pegando um copo descartável imenso de café gelado e dando um gole no canudinho. – Então, Joanna Duncan, né?

– Por quanto tempo vocês foram colegas? – perguntou Tristan.

— O *West Country News* foi meu primeiro trabalho depois que saí da universidade. Eu tinha 25 anos, e isso foi em 2000. Fiquei lá três anos, até os 28... Acho que acabei de revelar que tenho 40 anos — disse Rita, sorrindo e dando outro grande gole na bebida.

— Bom, você está ótima — disse Tristan.

— Não estava pedindo sua opinião sobre a minha aparência — retrucou ela, seu sorriso sumindo instantaneamente. — Por que os homens acham que é aceitável fazer esse tipo de comentário? Quantos anos você tem?

— Tenho 25 — respondeu Tristan. — Desculpe. Não tive a intenção de ofender.

— Você não me *ofendeu*. Nem conheço você — disse Rita.

— Joanna Duncan deve ter começado no jornal um ano antes de você — disse Kate, guiando a conversa de volta.

— Sim. E ela adorava hierarquias.

— Em que sentido?

— Joanna sempre dava um jeito de dizer que estava lá fazia mais tempo, que tinha mais experiência — respondeu ela. — E odiava o fato de eu ter estudado em uma escola particular, como se isso importasse... — Kate não se atreveu a olhar de relance para Tristan. *É óbvio que importa,* ela pensou. Rita continuou: — Costumávamos cobrir matérias de interesse pessoal sobre crianças que caíam nas drogas. Teve uma sobre crianças que moravam em um arranha-céu, cujas mães estavam transando com um traficante; quando ele foi preso, seis das mulheres cometeram suicídio, e as crianças foram mandadas para um abrigo. Lembro de Joanna dizer ao nosso editor que ela deveria cobrir a matéria porque tinha lugar de fala da classe trabalhadora. Ela manipulava as emoções das pessoas, isso sim. — Rita deu outro gole de seu café enorme.

— O editor era Ashley Harris?

— Sim. Ele era um bom editor. Dava bastante trabalho para ela.

— Em que sentido?

— Um jornalista precisa ter empatia. Não que usemos isso o tempo todo; não é a profissão mais empática que existe. Muitas vezes, você está escrevendo uma matéria para expor ou desmascarar uma faceta da vida de alguém, mas precisa se colocar no lugar do outro. Precisa saber quando se segurar, porque uma pessoa pode se tornar uma fonte e se provar valiosa para você mais de uma vez. Se for uma pessoa poderosa, é preciso se segurar para não expor um caso de infidelidade dela ou um crime pequeno que ela cometeu, porque assim conseguirá mantê-la na linha e fazer com que ela lhe dê outras informações valiosas – disse Rita.

– E Joanna não fazia isso? – perguntou Kate.

– A grande história inicial era que Noah Huntley aceitava suborno em contratos do governo quando era parlamentar. Era uma boa matéria. Apelava a uma grande variedade de leitores e gerava repercussão. Mas, quando os jornais reproduziram a história e Joanna não levou os créditos, ela perdeu totalmente seus instintos jornalísticos. Em vez de sair em busca de outros furos, que existem aos montes, ela escolheu chafurdar na lama e ir atrás de Noah Huntley e seus amantes *gays*. Era como um cachorro que não largava o osso, pesquisando todos os rapazes com quem ele havia transado. Ela queria que um deles usasse uma escuta! Lembrem-se de que estamos falando de um jornal regional. Joanna não teve coragem de pedir demissão e tentar a sorte em Londres; ela escolheu ficar e foi se tornando amargurada e vingativa.

– Você chegou a conhecer Noah Huntley? – perguntou Kate.

– Sim, passei um tempo com ele durante a campanha eleitoral de 2001. Ele foi eleito ao cargo por uma maioria enorme. Noah e a esposa, Helen, eram companhias divertidas. Ele é um bobalhão, mas é adorável. As pessoas acham que Helen sofre muito, que é um capacho de Noah, mas ninguém nunca se deu ao trabalho de olhar além da imagem dos dois juntos em fotos oficiais. Eles se conheceram em Cambridge. Ele é *gay*, ela é lésbica. O acordo entre os dois foi que se casariam pela segurança e pela companhia. Noah se tornou o mais famoso do casal, então o fato de ele gostar de pica, se me perdoam a franqueza, era uma boa fofoca, mas eu não teria passado tanto tempo correndo atrás dessa história.

– Conversamos com o seu editor há alguns dias e ele disse ter pedido para Joanna não focar nos garotos de programa na matéria original, certo? – disse Kate.

– Sim. Não se pode tirar as pessoas do armário por esporte. Não havia provas de que Noah usava as despesas parlamentares para pagar por macho.

– Ele assinou um cheque para um dos garotos – disse Tristan.

– Ok, mas ele poderia estar pagando por serviços de pesquisa ou de administração *freelancer*. É improvável? Sim, mas muitos parlamentares contratam secretários e pesquisadores. Esse cheque não teria se sustentado no tribunal se o rapaz envolvido tivesse se recusado a ser entrevistado.

– Você sabia que Joanna se encontrou com Noah Huntley duas semanas antes de desaparecer? – perguntou Kate.

– Não. Não sabia.

– Você estava trabalhando na redação no dia em que Joanna desapareceu?

– Trabalhei pela manhã. Saí por volta do horário de almoço.

– Você notou alguma coisa estranha em Joanna naquele dia?

– Defina *estranha*.

– Ela estava estressada por alguma coisa? Agindo fora do comum? Rita se recostou e pensou por um momento.

– Nossa, faz tanto tempo. Lembro que ela foi simpática comigo... – Ela riu baixinho. – As coisas eram bem frias entre nós, mas ela me levou um café; parecia animada, entusiasmada até. Tinha acabado de receber um pacote de fotos da Boots. Lembram-se de quando mandávamos revelar fotos?

– Fotos de viagem? – perguntou Kate, trocando um olhar com Tristan.

– Não, acho que não. Ela me pediu um formulário de reembolso de despesas. Lembro disso porque foi a última coisa que ela falou para mim – disse Rita.

– O que aconteceu depois? – perguntou Kate.

– Nada. Fiquei ali uns dez minutos, mais ou menos, e saí para almoçar com meu namorado.

– Eram muitas fotos? – perguntou Kate.

– Eu só a vi empilhar aqueles envelopes em que nos devolviam as fotos reveladas. Não era incomum, na época, que jornalistas trabalhassem com fotos, filmes etc. Ainda faltavam alguns anos para entrarmos na era digital.

– Você se lembra de quantos envelopes havia? – perguntou Kate.

– Faz muito tempo. Era uma pilha, não sei, quinze, vinte?

– Se Joanna quisesse usar uma foto impressa em uma matéria jornalística, ela mesma a escanearia? – perguntou Tristan.

– Não. A foto seria mandada para a sala de cópias pela editoria de imagens – respondeu Rita.

– Vocês usavam *laptops* ou computadores de mesa no *West Country News*? – perguntou Kate.

– Eu tinha um *laptop*. Quase todos tínhamos *laptops* para podermos trabalhar de casa.

– As pessoas deixavam os *laptops* no trabalho?

– Não. Joanna nunca fazia isso, ela sempre o levava consigo. Ela era muito competitiva. Era uma boa jornalista, no sentido de que trabalhava tanto dentro quanto fora da redação.

– A polícia chegou a falar com os funcionários do jornal? – perguntou Kate.

– Sim. Todos demos a eles as poucas informações que tínhamos. Foi algo chocante – respondeu Rita, sua expressão se fechando. – Fui sincera sobre o que eu pensava a respeito de Joanna, mas foi um período difícil quando um dos nossos virou pauta. Eu escrevi a maior parte das matérias nos primeiros dias após o desaparecimento de Joanna.

– Você sabe o que aconteceu com as fotos? – perguntou Tristan.

– Não – ela respondeu.

– O que acha que aconteceu com Joanna? – perguntou Kate.

– Acho que foi vítima de alguém que a conhecia muito bem, ou de um estranho.

– Noah Huntley se destaca como um possível suspeito devido ao histórico dos dois e do fato de terem tido aquele encontro clandestino, à noite, no estacionamento de um posto de gasolina. E Joanna poderia ter algum tipo de informação comprometedora sobre ele.

– Sempre pensei que Noah Huntley fosse um fanfarrão. Ele parecia desorganizado, bebia demais nas campanhas eleitorais. Claro que na época não havia celulares com câmera, então era mais fácil para ele ficar bêbado sem que ninguém soubesse. Mas também não acho que Joanna fosse uma jornalista boa o bastante para ter informações tão bombásticas assim sobre ele. A preferência dele por homens mais jovens era algo conhecido, e ele já tinha perdido o cargo, então nada referente ao uso indevido de fundos parlamentares daria uma grande matéria. Vocês acham mesmo que Noah matou aqueles rapazes?

– É uma teoria – disse Kate.

Rita bufou e balançou a cabeça.

– Vocês têm outros suspeitos ou pistas? Alguma ideia de onde o corpo dela possa estar?

Kate e Tristan se entreolharam.

– Não – respondeu Kate.

– De uma coisa eu tenho certeza: Joanna não fugiu. Ela era ambiciosa demais para fazer isso. Queria fama e glória em seu nome – disse Rita.

***

– Uau. As fotos que Joanna mandou revelar, essa é uma pista importante – disse Tristan quando eles encerraram a chamada de vídeo.

Kate pegou sua xícara de café e viu que estava vazia. Ela se levantou para preparar outra.

– Jorge disse que Joanna foi ao seu apartamento no final de agosto de 2002. Uma semana depois, no dia do desaparecimento, ela surge com uma pilha de fotos reveladas. A polícia não deve ter apreendido as fotos, já que não havia nada nos arquivos do caso. Precisamos pegar essas imagens com Jorge. Já mandei uma mensagem sobre isso para ele. Vou mandar outra para convencê-lo da urgência. – Kate enfiou a mão no bolso e tirou o celular, que apitou. Era uma mensagem de texto. – É Faye Stubbs – disse ela, olhando a tela. – Disse para ligarmos no canal da BBC News.

Tristan pegou o controle remoto e ligou a pequena televisão no canto do escritório.

– Qual é o canal da BBC News? – ele perguntou, zapeando. – Ah, achei.

A reportagem tinha acabado de começar e mostrava uma árvore caída em Dartmoor, onde o corpo de Hayden havia sido encontrado.

CORPO EM PÂNTANO LIGADO A QUATRO ASSASSINATOS SEM SOLUÇÃO, dizia a manchete no canto inferior da tela.

– A polícia está buscando testemunhas para ajudar a rastrear os últimos passos de Hayden Oakley, um rapaz de 21 anos, de Torquay. Ele foi visto pela última vez na noite de segunda-feira, dia 11 de maio, em um *pub* da cidade, o Brewer's Arm.

Uma foto do *pub* apareceu na tela, seguida de três imagens turvas tiradas de uma câmera de segurança na parte de trás de um táxi:

Hayden visto de cima no banco de trás, depois se inclinando para a frente para pagar o motorista e, depois, saindo do táxi.

– A polícia acredita que o assassino está relacionado a quatro outros homicídios não solucionados: David Lamb, que desapareceu em junho de 1999; Gabe Kemp, que sumiu em abril de 2002; e outros dois rapazes ainda não identificados... – As fotos de David e Gabe do site de pessoas desaparecidas do Reino Unido surgiram na tela. – A polícia também acredita que esses assassinatos sem solução têm relação com o desaparecimento da jornalista Joanna Duncan, de Exeter, em setembro de 2002. Uma detetive particular local, Kathy Marshall, entrou em contato com a polícia com evidências irrefutáveis de que Joanna Duncan estava investigando o desaparecimento de David Lamb e Gabe Kemp quando ela própria desapareceu. Houve vários apelos sobre o caso ao longo dos anos, e o desaparecimento de Joanna chegou a ser noticiado no programa *Crimewatch*, da BBC, em janeiro de 2003, mas seu corpo nunca foi encontrado.

A foto de Joanna apareceu na tela, e, então, eles mostraram imagens da reconstituição do *Crimewatch*, na qual uma atriz parecida com Joanna subia a Exeter High Street rumo ao estacionamento Deansgate.

– A polícia de Devon e Cornualha criou uma linha telefônica específica para o caso e pede que quaisquer testemunhas liguem para esse número.

– *Kathy* Marshall – disse Kate, olhando para Tristan enquanto o número da polícia aparecia na tela, mas ele estava lendo uma mensagem do celular.

– Noah Huntley mordeu a isca – disse Tristan, sorrindo. – Ele concordou em nos encontrar.

CAPÍTULO 35

O sentimento de onipotência de Tom evaporou quando encontraram o corpo de Hayden. Ele tinha se convencido de que a chuva e o barro encheriam o buraco deixado pela árvore morta e que a prefeitura a levaria embora, tapando o restante do buraco e sepultando Hayden em uma cova enlameada.

A princípio, sentiu-se aliviado ao ver que a descoberta do corpo causara apenas um pequeno impacto no noticiário local. Ele havia tomado o cuidado de limpar todas as evidências de DNA e tinha certeza de que estivera sozinho na charneca. Ninguém o havia visto.

No fim da tarde de segunda-feira, Tom estava descendo a rodovia na direção de Exeter com o rádio ligado e as janelas abertas, quando ouviu a notícia de que a polícia havia associado a morte de Hayden a quatro outros corpos que não tinham sido identificados antes. David Lamb e Gabe Kemp foram mencionados. Ele virou o carro, desviando por pouco de um caminhão grande, e estacionou no acostamento.

Tom ficou sentado por alguns minutos, suando, com o carro em ponto morto sob o calor. A notícia acabou e uma música começou a tocar. Ele desligou o rádio e pesquisou no celular. A reportagem, agora disponível na primeira página do site da BBC News, dizia que a polícia acreditava que as mortes dos rapazes estavam associadas ao desaparecimento da jornalista Joanna Duncan, em 2002, e que o caso dela seria reaberto. Havia um resumo de todos os detalhes e uma linha telefônica direta para quem quisesse dar informações à polícia.

– Linha direta. Merda – ele disse em voz alta.

Tom havia temido que isso pudesse acontecer. Que um dia a polícia fizesse essa associação. Ele respirou fundo algumas vezes. Os corpos daqueles rapazes podiam até ter sido vinculados, mas ele tinha certeza de que não havia nenhuma evidência de DNA para associar as mortes a ele...

... e a Joanna Duncan.

O corpo de Joanna estava bem escondido, ele estava certo de que ela nunca seria encontrada. No entanto, a polícia precisava de um suspeito para suas investigações, alguém que pudessem atacar e culpar.

Um caminhão passou ruidosamente, chacoalhando as laterais do carro. Tom voltou o espelho retrovisor para si e encarou o próprio reflexo.

– Você precisa manter a calma. Não perca a cabeça – ele disse a si mesmo. Sua voz saiu fraca e patética. – Peter Sutcliffe... O Estripador de Yorkshire foi pego por um acaso, quando a polícia o parou por uma violação de trânsito. Ted Bundy, idem. A polícia não tem porra nenhuma. Eles não sabem de nada. E enfim... você não é como eles, você não é... como eles.

Ele ergueu a mão e afagou o próprio rosto, sentindo os contornos do nariz, da boca, dos lábios, traçando o contorno da testa até a linha do cabelo.

– Você é o inocente. Você sabe disso... Aqueles rapazes podem parecer inofensivos vistos de fora, mas eles têm problemas sérios, problemas mentais. Usam a aparência para machucar os outros. Você os impediu de machucar outras pessoas. Como você foi machucado. Mas você sobreviveu aos valentões, e você tem um propósito.

Tom fechou os olhos para se proteger do sol ardente e, por um momento, ele tinha 13 anos e estava de volta àquela cama de hospital. O ataque nos banheiros da escola o deixou com a mandíbula quebrada, uma cavidade ocular partida e costelas fraturadas. Fora pisoteado tão violentamente que sofreu hemorragia interna nos rins, o que fez com que a bolsa conectada ao seu cateter se enchesse de urina rosa por duas semanas.

Três dos meninos envolvidos foram expulsos da escola, mas nenhum dos outros testemunhou a favor dele. Todos se juntaram e disseram não ter visto nada. Até o professor, o sr. Pike, alegou à polícia que havia encontrado Tom depois, deitado e sangrando no corredor dos chuveiros.

Tom havia se recuperado completamente, mas nunca ter tido a resposta sobre o *porquê* do ataque havia alimentado sua raiva e seu medo desde então. Ele também teve experiências negativas aos 20 e poucos anos. Os homens com quem dormia, ou tentava dormir, haviam sido cruéis, e ele fora usado, abusado e espancado. Foi apenas pagando por sexo que conseguiu encontrar aceitação. Quando se paga por isso, eles não têm o direito de reclamar. E, então, ele decidiu ser alguém diferente. Decidiu que precisava estar no controle. A partir dali, pagar por sexo ganhou um significado mais sombrio para Tom.

Um movimento do lado de fora do carro o trouxe de volta ao presente. Havia um caminhão grande estacionado atrás dele no acostamento, e os carros passavam em alta velocidade. Ele baixou os olhos e viu que estava batendo repetidamente no volante com a palma da mão. Havia um homem baixo e corpulento do lado de fora, com suor rebrilhando no alto da careca. Tom parou e precisou recuperar o fôlego.

– Está tudo bem aí, amigo? – perguntou o homem. Ele parecia preocupado, um pouco assustado até.

Tom fechou o vidro e ligou o motor. Saiu do acostamento cantando pneu, e, quando olhou pelo espelho retrovisor, o homem, com uma expressão perplexa, diminuiu até desaparecer. Tom torceu para que ele não se lembrasse do seu rosto.

CAPÍTULO 36

Quando Sarah ligou para Tristan, ele estava passando pela orla de Ashdean.

– Preciso conversar com você – disse ela. Seu tom de voz era brusco, e ele imediatamente pensou que tinha feito algo errado.

– Você me deixa nervoso quando fala desse jeito – disse Tristan, guiando o carro para uma vaga que encontrou na frente de seu apartamento.

– É bem sério – disse Sarah. – Seu pedido de financiamento não foi aceito.

Ele desligou o motor e começou a suar no mesmo instante.

– Você disse que tinha sido aprovado.

– Gary pensou que, sendo o gerente do banco, conseguiria contornar o sistema, mas alguém na sede revisou o pedido e... Você não ganha o suficiente. Não no papel, pelo menos – disse Sarah.

– O que você quer dizer? Eu ganho dinheiro.

– Eles não podem considerar a agência porque é uma empresa nova. Precisam de uma declaração de imposto de renda antes de contá-la como fonte rentável.

– Certo, então o que eu faço?

– Bem, não entre em pânico. Isso quer dizer apenas que seu financiamento vai retornar para as taxas de juros convencionais, que por sorte não são muito maiores.

– O quão maior é?

– Cento e cinquenta libras.

– É muita coisa – disse Tristan, repassando os valores mentalmente. O dinheiro já estava apertado e, se a polícia reabrisse o caso de Joanna Duncan, Bev talvez não precisasse mais deles.

– Temos um mês para resolver isso, e vamos dar um jeito. Você precisa de alguma ajuda financeira? – perguntou Sarah.

– Não. Obrigado.

– Só queria que não precisasse convidar um estranho para morar com você... – Houve um barulho abafado enquanto ela largava o celular, e ele a ouviu vomitar.

– Sarah?

– Ai, desculpe por isso – disse ela.

– Você ainda está doente?

Sarah soltou um longo suspiro.

– Tris, tenho uma coisa para contar... Estou grávida.

– Uau! Que ótima notícia – disse Tristan, sentindo-se genuinamente empolgado pela irmã. – Pensei que você quisesse passar um tempo casada antes de...

– Sim. Foi um grande choque. Eu literalmente acabei de descobrir. Fiz o teste agorinha – disse ela.

– Cadê o Gary?

– Está no trabalho. Você é a primeira pessoa para quem conto... – A voz de Sarah parecia melancólica e distante.

– É uma ótima notícia. Você se casou com alguém que ama. Vocês têm empregos, uma casa. Têm aquele quarto extra – disse Tristan.

– Eu sei. Estou feliz. Vou ficar feliz. Só estou preocupada; parece tudo tão adulto. Será que sei o suficiente da minha própria vida para ser responsável pela vida de outra pessoa?

– Sarah, você foi uma mãe para mim, além de uma irmã. Você vai ser a melhor mãe do mundo. A melhor. Essa criança terá muita sorte.

Ele ouviu a irmã começar a chorar.

– E você vai ser o tio mais divertido e maravilhoso do mundo.

– Nem pensei nisso – disse Tristan, sentindo lágrimas nos olhos. – Pode apostar que vou. Acha que é menino ou menina?

Sarah riu.

– É só uma linha azul em um teste de farmácia. Não deve ter mais do que duas ou três semanas agora.

Houve uma pausa. Os dois estavam chorando de soluçar.

– Que notícia boa! Você precisa contar para o Gary, agora. Ligue para ele – disse Tristan.

Ele a ouviu fungar e assoar o nariz.

– Tá, vou fazer isso. Eu amo você. E vamos dar um jeito no seu financiamento, ouviu?

— Ok. Também amo você.

Tristan desligou o celular e entrou em casa. Estava vazia, e ele viu que o vidro da porta dos fundos havia sido consertado. Ele se olhou no espelho do banheiro. Sarah estava grávida. Ela teria um bebê. Isso o fez pensar na própria vida. Estava feliz no trabalho, muito feliz, mas e na vida pessoal? Não havia nenhum namorado no horizonte. E filhos? Ele sempre quis ter filhos, mas agora não sabia como isso aconteceria, o que o fez se sentir triste e solitário.

Ele vestiu sua roupa de corrida. Era uma tarde quente, e ele correu pela orla, passou pela praia, foi até o farol e voltou ao píer. O exercício o fez se sentir melhor, tirando a preocupação de seus pensamentos e o peso de suas costas. Os próximos meses seriam bons. Ele teria que comprar algo para Sarah e Gary. As pessoas davam presentes de gravidez? Dinheiro era um problema. E se Bev e Bil decidissem não continuar com a investigação particular depois do primeiro mês, justo quando estavam avançando? Ele vinha seguindo uma carga horária reduzida na universidade ao longo do verão. Poderia cancelar a academia, que custava 60 libras por mês, ou largar o hábito de comprar um par de tênis caros todo mês, ou começar a levar sanduíches para o escritório – o que o faria economizar uma fortuna. Ele investiria o dinheiro extra no financiamento se as coisas não dessem certo. Seu aniversário estava chegando, e ele poderia pedir halteres de presente.

Quando chegou ao píer, estava pingando de suor. Ele tirou a camiseta, secou o rosto e o peito e parou no bebedouro, onde bebeu por um longo tempo. Quando se levantou, Ade estava saindo de uma lanchonete com um pote de batatinhas e uma salsicha empanada. Ele olhou para o torso de Tristan.

— Filho da puta, eu odeio você – disse ele, sorrindo.

— Por quê? – perguntou Tristan. – Oi, aliás. Bom ver você também.

— Olhe só esse corpo! Ai, meu Deus – disse Ade, tirando a salsicha empanada da embalagem e se abanando com ela. – E eu aqui prestes a devorar três mil calorias. – Ele mordeu a parte de cima da salsicha e ofereceu batatinhas para Tristan, que pegou uma e mordeu.

— Obrigado.

— E aí? Você parece meio mal. Quer dizer, você é um gostoso, mas seu rosto parece meio mal – disse Ade.

— Problemas de dinheiro… E minha irmã está grávida.

— Você é o pai?
— Não!
— Então por que isso está te preocupando? — questionou Ade, dando outra mordida da salsicha.
— Em algum momento antes... antes de eu me entender *gay*, pensei que poderia ter filhos. Acho que não vai acontecer por agora.
— Por que não? Você pode entrar na internet e comprar um... Ou encontrar uma boa amiga com quadril de parideira e inseminá-la com uma seringa. Ou você pode adotar. Ou pode fazer as duas coisas e virar a Mia Farrow de Ashdean!
— Ade. Fala sério — disse Tristan.
— Não sei como isso funciona, nunca quis filhos... Vamos sentar no píer. Eu me sinto muito simplório comendo batata na calçada.
Eles encontraram um banco vazio com vista para o mar.
— Esse caso está me afetando. Ouvir sobre esses quatro jovens que foram estuprados, estrangulados e mortos... Noah Huntley é *gay*, mas se casou com uma mulher para não ficar solitário. Minha irmã me ama, mas sei que ela tem medo de que eu acabe sozinho, que não encontre a felicidade. E você disse algo umas semanas atrás, no pub, sobre ter perdido muitos amigos para a paternidade. Só não sei onde me encaixo. Não sei como vai ser a minha vida.
Ade colocou a mão sobre a de Tristan.
— Tris. Você não precisa *se encaixar*, sabe? Muitas pessoas héteros não querem ou não podem ter filhos, e tudo bem. A vida não gira em torno de ter filhos. Sim, muitos *gays* e lésbicas têm filhos ou adotam. E muitas bichas velhas azedas, como eu, são felizes vivendo sozinhas... Amo meu espaço. Gosto de morar sozinho, mas não sou solitário.
— Você não gostaria de ter um namorado?
— Às vezes. Mas já passei por tudo isso. Sou um excelente amigo, mas não acho que seja um bom namorado. Tris, você tem o que, 25 anos?
— Sim.
— Você sabe quem você é, sabe o que quer da vida. Acho que vai se tornar um detetive particular bem-sucedido, com uma agência bem-sucedida. Pense na sorte que tem em comparação com David Lamb e... como ele se chamava?
— Gabe Kemp.

— Eles não fizeram as mesmas escolhas ou tiveram as mesmas vantagens que você, e agora não têm mais o luxo de viver. Mas você pode ser a pessoa que vai encontrar o assassino deles, certo? – disse Ade. Sua expressão estava séria agora.

— Certo. Mas, agora que encontramos o elo entre as vítimas, a polícia vai reabrir o caso de Joanna Duncan. Estamos com medo de que a mãe de Joanna não queira continuar com a investigação particular – disse Tristan.

— Sim, eu vi o jornal hoje. *Kathy* Marshall.

— Pois é. Kate não ficou feliz com isso. A polícia disse que daria os créditos à agência, mas errou o nome dela. Foi graças a nós que eles conseguiram associar as investigações.

— Então não desista! Se você e Kate querem um negócio bem-sucedido, façam isso acontecer!

— Obrigado. Você tem razão – disse Tristan, secando os olhos e vestindo a camiseta.

— Que bom, então estamos acertados – disse Ade. – O que você vai fazer hoje? Topa beber umas no Boar's Head? Aquela imitadora canadense da Cilla Black, que canta "What's It All About, Alfie", vai se apresentar.

Tristan sorriu e aceitou.

— Está bem, mas só algumas. Vamos encontrar Noah Huntley amanhã, e preciso me preparar.

CAPÍTULO 37

Depois que Tristan deixou o escritório, Kate preparou o jantar e ela e Jake comeram assistindo à televisão. A reportagem sobre o caso passou de novo no jornal da noite, exibindo as fotos de David e Gabe e parte da reconstituição do *Crimewatch*.

Quando os dois terminaram de comer, Jake foi lavar a louça e Kate sentiu vontade de fumar, então pegou o maço de cigarros que guardava em uma prateleira na varanda dos fundos.

A noite estava agradável, e os sons do vento e das ondas eram abafados pelas dunas enquanto ela descia a falésia em direção à praia. Lá embaixo, encontrou as duas espreguiçadeiras enferrujadas em que tantas vezes se sentou com Myra para fumar e conversar. Uma delas estava virada de lado. Kate a pegou, espanou a areia e a colocou ao lado da primeira. Depois se sentou, jogou a cabeça para trás e olhou para as estrelas, brilhantes contra o céu preto. Cansaço e preocupação a dominaram, e ela fechou os olhos.

***

Kate ouviu uma voz rouca e abriu os olhos. Sua amiga Myra estava descendo as dunas devagar, os ombros arredondados e curvados. Vestia um casaco escuro comprido, que estava aberto, uma velha calça esportiva cinza e tinha os pés descalços. Seu cabelo branco reluzia mesmo na escuridão, e sua pele brilhava.

— Boa noite, Kate — disse ela. — Meu Deus. As dunas mudaram, não? Faz um tempo que não venho aqui.

Myra se sentou ao lado dela. A espreguiçadeira rangeu. A maré estava baixa, e a areia úmida brilhava sob o luar. Era uma sensação estranha. Kate sabia que estava dormindo e sonhando. De que outra forma sua amiga morta estaria sentada na praia, conversando com ela?

– Olá – disse Kate.

Myra sorriu e tirou uma garrafa de Jack Daniel's do bolso do casaco, depositando-a na areia entre seus pés. Kate encarou o uísque enquanto a amiga revirava o outro bolso e encontrava um maço de cigarros. Ela o abriu, pegou um e o colocou entre os lábios enrugados. A luz bruxuleante do isqueiro iluminou seu velho rosto, fazendo as pupilas se contraírem rapidamente nos grandes olhos castanhos.

– Quer beber? – perguntou Myra, apontando para a garrafa na areia. – Estou morta e isto é um sonho, então acho que você pode beber.

Era tentador, mas, mesmo em sonho, Kate sabia os riscos. O que aconteceria se bebesse de novo. Ela abanou a cabeça.

– Não.

– Boa menina – disse Myra, sorrindo e exalando fumaça por entre os dentes.

– Sinto sua falta – disse Kate, sentindo uma onda de tristeza por sua amiga falecida. – Coloco flores em seu túmulo todo mês. – Ela estendeu o braço, e Myra pegou sua mão. Parecia real, macia e quente. Myra riu baixinho.

– E são boas flores. Nada daquela merda do pátio do posto de gasolina.

– Estou estragando tudo – disse Kate. – Meu primeiro caso grande com a agência vai escapar por entre meus dedos... Tristan largou um bom trabalho, e não sei por quanto tempo vou conseguir continuar pagando o garoto... Estou dependendo de Jake para cuidar da loja de equipamentos e do camping... Não sei o que vou fazer no fim do verão.

Myra deu uma longa tragada no cigarro e bateu as cinzas. A brasa vermelha voou pelo ar, caiu na areia úmida e desapareceu.

– Bom, é melhor eu ir – disse ela, dando um tapinha na mão de Kate e se levantando da espreguiçadeira.

– É só isso? – perguntou Kate.

Myra ajeitou o casaco.

– Kate, pense em tudo que você passou nessa vida. Jake está finalmente morando com você. Você finalmente está fazendo o que sonhou, tocando sua própria agência de detetives. A polícia associou quatro assassinatos não solucionados. Aqueles rapazes teriam ficado em covas de indigentes se não fosse pelo seu trabalho. Você se recusou a beber esse Jack Daniel's até em sonho. E, mesmo assim, aqui está você, melancólica *e se sentindo mal por bobagens. Por problemas de caixa. Problemas de dinheiro. – Myra se agachou e pegou a garrafa de uísque. Ela deu um tapinha no ombro de Kate e apontou com um dedo. – Você voltou da imensidão selvagem, minha garota. Não jogue isso fora. – Ela começou a caminhar devagar pela falésia. Kate a observou se virar e desaparecer pelas dunas de areia.*

***

Quando acordou, Kate ainda estava sentada na praia. A espreguiçadeira ao seu lado estava vazia. Uma brisa quente soprava, e seu celular tocava no bolso. Ela o pegou e atendeu segundos antes de parar de tocar. Era Tristan.

– Desculpe ligar tão tarde. Está tudo bem? – ele perguntou. – Você parece sonolenta.

– Sim, eu cochilei. O que foi?

– Noah Huntley. Estou sentado aqui tentando pensar no que perguntar para ele, no que devo dizer, em como fazer as perguntas difíceis e não sei por onde começar. Afinal, ele não vai simplesmente nos dizer se andou matando e estuprando rapazes.

– Andei pensando isso – disse Kate. – Não vamos perguntar isso a ele. Vamos nos concentrar em entender como era a relação dele com Joanna. Essa é a chave.

CAPÍTULO 38

Nas primeiras horas da manhã seguinte, Tom estacionou em uma rua residencial e tranquila nos arredores de Exeter. Estava todo vestido de preto. Era uma noite quente, mas ele vestiu luvas pretas e uma balaclava preta com buracos para os olhos. No banco do passageiro, pegou um saco plástico contendo a cueca de Hayden. Ele a colocou em uma mochila preta e saiu do carro.

A rua de casas geminadas e finamente decoradas era calma e silenciosa, e o único som vinha do zumbido de mariposas pairando sob a luz laranja dos postes. Mantendo-se nas sombras, Tom caminhou por duas quadras, até chegar a uma SUV preta embaixo de uma árvore alta. As janelas das casas ao redor estavam todas escuras. Ele colocou a mão no bolso e encontrou o desbloqueador de travas de carro. Tinha sido uma compra cara na internet, mas valera a pena. Ao lado da SUV, preparado para agir rapidamente se não desse certo, ele apertou o botão do aparelho. Com um zumbido suave e uma piscada dos faróis, o carro foi desbloqueado e as travas se abriram.

Ele abriu a porta do passageiro esperando o alarme do carro, mas nada aconteceu. Houve um belo silêncio. Tomando cuidado para não encostar em nada, Tom pegou um par de pinças de metal compridas, tirou a cueca de Hayden do saco plástico e passou o tecido em todo o banco de motorista, no painel e no volante. Em seguida, enfiou a cueca embaixo do banco do passageiro.

Ele se empertigou, colocou a pinça de volta na mochila e fechou a porta da SUV. Depois apertou o botão do desbloqueador e o carro travou novamente, piscando os faróis uma vez.

Tinha levado menos de um minuto. Tom mergulhou de volta nas sombras até o seu carro.

Ele fez uma parada no caminho para casa, em um antigo telefone público vermelho em uma estrada rural. Então, ligou para a linha direta da polícia e deixou uma informação urgente sobre o assassinato de Hayden Oakley.

CAPÍTULO 39

Na manhã de terça-feira, Kate e Tristan se encontraram em uma Starbucks perto do campus universitário de Exeter. Ficava no topo de uma colina, em uma movimentada rua cheia de lojas, com vista para o estuário. Era perto de onde Noah morava com a esposa.

Tristan pensou que seria estranho vê-lo pessoalmente depois de semanas olhando imagens dele em câmeras de segurança, com Joanna, e ouvindo todas as histórias e opiniões conflituosas sobre ele.

Noah era alto e largo, muito mais alto do que parecia nas fotos. Também havia engordado um pouco desde o início dos anos 2000. Vestia-se como um ator de férias, com uma calça chino branca levemente amassada e uma camisa de linho azul com um lenço fino amarrado frouxamente ao redor do pescoço.

Ele foi até a mesa dos dois, e por um momento Tristan não soube o que dizer.

— Olá — ele disse por fim, levantando-se e estendendo a mão. — Sou Tristan Harper, e essa é minha sócia, Kate Marshall.

— É um prazer conhecer vocês. — Ele sorriu, apertando a mão de Tristan com as duas mãos. Tristan notou que ele cumprimentou Kate com um pouco menos de entusiasmo, usando apenas a mão esquerda.

— Obrigada por arranjar tempo para nos encontrar — disse Kate. — Vou fazer o pedido. Quer um café?

— Daria tudo por um *latte* grande e um bolinho, se tiver algum — respondeu Noah.

Ele agia com muita confiança, mas, por baixo, havia um toque de nervosismo, pensou Tristan. Quando Kate foi até o balcão, Noah pareceu olhar para ele de cima a baixo.

— Onde exatamente fica a sua agência de detetives? — ele perguntou.

— Em Thurlow Bay, a uns 8 quilômetros de Ashdean.

— Ashdean, um lugar tão charmoso. Passei alguns fins de semana lá quando era criança. Uma tia minha, tia Marie, tinha uma casa em cima de uma falésia. Ela era muito divertida, gostava de gim, se é que me entende... – Ele fez um movimento de bebida com a mão.

– Entendi – disse Tristan. Fez-se um silêncio constrangedor, e ele olhou para ver se faltava muito para Kate voltar. Ela havia feito o pedido e estava esperando para pegar as bebidas.

Noah tamborilou os dedos na mesa.

– Então... Estou aqui para falar com vocês sobre Joanna Duncan, certo? – Ele ergueu as sobrancelhas. – Foi uma época difícil, eu perdi o cargo no Parlamento. Tive muitos constrangimentos em vários sentidos... Mas – nesse momento, ele riu – muitos outros parlamentares que ainda ocupam seus cargos estão se dando muito pior agora.

Tristan ficou contente ao ver que Kate havia pegado o pedido deles e estava voltando à mesa com os cafés e o bolinho de Noah.

– Maravilha, obrigado – agradeceu o detetive.

– Tristan estava começando a me interrogar sobre Joanna Duncan – disse Noah. – Falei para ele que sou um adulto e não guardo rancor, são tudo águas passadas.

Tristan pensou em como Noah estava confiante e praguejou por se sentir tímido. Por que ele deveria se sentir assim? Era loucura, mas pessoas articuladas sempre o faziam agir como um bicho do mato.

Kate, que também tinha comprado um bolinho para si, estava abrindo o pacotinho de manteiga. Ela olhou de relance para Tristan. Os dois haviam concordado que ele guiaria o questionamento.

– Estamos tentando encontrar Joanna Duncan – começou Tristan.

– Sim, você disse isso – Noah o interrompeu, sem levantar os olhos, enquanto passava manteiga no bolinho.

– Certo. Há muitas informações sobre os últimos dias antes de ela sumir. Sabemos que vocês se encontraram duas semanas antes do desaparecimento, no dia 23 de agosto de 2002. Você a encontrou naquela noite em um posto de gasolina perto da vila onde ela morava, Upton Pyne.

– Nunca vem manteiga suficiente nessas embalagens – disse Noah, erguendo o pote vazio. – Tristan, poderia me fazer a gentileza de buscar outro?

Tristan viu Kate revirar os olhos muito discretamente.

– Eu posso ir – respondeu ela.

– Não, vá você, Tristan. Sua sócia aqui já foi uma vez. – Ele ergueu o rosto para o detetive, e havia um brilho zombeteiro em seu olhar.
– Claro.
Tristan se levantou e foi até o balcão pedir mais manteiga.
– Ok, só um segundo – respondeu o barista, que estava finalizando um café grande com espuma cremosa.

Quando olhou para a mesa, Tristan viu que Kate estava conversando com Noah e se sentiu bobo. Ele não tinha chegado a lugar nenhum com suas perguntas. Precisava voltar e começar de novo. Não havia motivos para se sentir intimidado. A Starbucks estava lotada, com quase todas as mesas ocupadas, e, quando ele olhou para o outro lado, viu a detetive Mona Lim sentada perto da janela. Ela vestia calça jeans, uma blusa de lã e estava com fones de ouvido. Havia materiais de estudante à sua frente, como um livro didático grande aberto sobre a mesa e um *laptop*. Seus olhares se encontraram, e Mona pareceu entrar um pouco em pânico. Pela janela atrás dela, Tristan viu um caminhão de entregas parado do lado de fora. Sentado no banco do motorista estava um entregador, que olhava para dentro da Starbucks e falava pelo rádio. Do outro lado da rua havia um carro azul e, dentro dele, estava a detetive inspetora-chefe Faye Stubbs.

Ele voltou o olhar para Mona, que agora o encarava.

Merda, ele está sob vigilância policial, Tristan disse a si mesmo.

Abruptamente, Mona se levantou e pegou o casaco pendurado na cadeira. Faye estava saindo do carro, e duas viaturas pararam cantando pneu na frente da Starbucks. E, então, tudo aconteceu muito rápido. Quatro policiais de uniforme entraram na cafeteria e correram até a mesa em que Kate estava com Noah. Mona chegou à mesa antes de Tristan e ergueu o distintivo da polícia.

– Noah Huntley, você está preso pelos assassinatos de David Lamb, Gabe Kemp e Hayden Oakley...

Noah ergueu os olhos, segurando meio bolinho com manteiga, e Kate se recostou na cadeira, olhando para os policiais.

– Você não pode estar falando sério – disse ele, mordendo o bolinho.

– Você tem o direito de permanecer calado, mas sua defesa no tribunal pode ser prejudicada se não responder quando for questionado.

Tudo o que disser poderá ser usado como evidência – continuou Mona. Faye chegou à mesa, onde um dos policiais estava com um par de algemas abertas.

– O senhor pode se levantar, por favor? – pediu o oficial.

– Isso é… Você não pode estar falando sério! – exclamou Noah. – É isso que você queria? – perguntou ele, voltando-se para Kate. – Você me atraiu para um lugar público e causou um grande escândalo!

– Não precisa haver um escândalo – disse Faye.

– Quem é você, porra? – gritou Noah, seu rosto subitamente vermelho de raiva.

– Detetive inspetora-chefe Faye…

– Mostre a porra do distintivo! – ele vociferou, enchendo a mesa de pedaços mastigados de bolo. Faye já estava com o distintivo à mão e o ergueu.

– Sou a detetive inspetora-chefe Faye Stubbs. Essa é a detetive Mona Lim, e…

– Não quero saber o nome de todo mundo, porra! – gritou Noah. – Por que estão fazendo isso aqui? Poderiam ter esperado até eu terminar a porra do meu bolinho!

– Coloquem a algema nele – disse Faye.

O rosto de Noah estava quase roxo, e Tristan pensou que ele teria um ataque cardíaco. Noah se levantou, chutando a cadeira para trás na direção da parede, e se deixou algemar.

– Por aqui, senhor – disseram os dois policiais sem uniforme, enquanto o guiavam para fora da Starbucks, na qual havia caído um silêncio mortal. Todos os encaravam.

– Está olhando o quê? – Noah gritou para uma mulher com um carrinho de bebê. – Quero falar com a minha esposa e com o meu advogado. Não precisa me guiar, estou vendo a porra da porta! – ele berrou enquanto era levado em direção à saída.

– Aí está mais um para eu adicionar à lista de últimos pedidos antes da prisão: *me deixa terminar meu bolinho* – disse Faye.

– Surgiram evidências novas? – perguntou Kate.

A inspetora-chefe fez que sim.

– Venham. Vamos sair.

Tristan e Kate a seguiram para a rua, onde Noah estava sendo colocado dentro de uma viatura.

– Não precisa encostar na minha cabeça, não sou idiota! Já entrei na traseira de um carro antes! – ele berrava. Um grupo de pessoas observava da vitrine da cafeteria enquanto o carro o levava embora.

Adiante na rua, Tristan viu que haviam cercado uma SUV preta com faixa de isolamento, e agentes da perícia vestindo macacões de proteção trabalhavam no carro.

– Recebemos uma denúncia pela linha direta – disse Faye. – A testemunha mencionou Noah Huntley, dizendo ter visto Hayden dentro de uma grande SUV preta. Enquanto vocês tomavam café com Noah, encontramos roupas que parecem ter pertencido à vítima dentro do carro – disse Faye. – Tais fatores, associados às evidências que vocês nos forneceram, nos deixaram confiantes para fazer a prisão e interrogá-lo melhor.

Uma voz começou a chamar Faye pelo rádio.

– Tenho que ir. Bom trabalho, vocês dois. Não fazíamos ideia de que era com vocês que ele tinha vindo se encontrar. Estávamos vigiando-o desde hoje cedo.

Faye e Mona atravessaram a rua e entraram no carro azul, saindo atrás da última viatura.

– Só notei Mona sentada perto da janela quando fui pegar a maldita manteiga – disse Tristan. – Merda. Não tirei nada dele. Desculpe.

– Você fez mais do que eu. Eu deveria tê-la visto lá. Não que tivesse feito alguma diferença – disse Kate.

– Ele falou alguma coisa depois que eu saí?

– Não, só ficou resmungando sobre o pote de manteiga ser pequeno demais.

– Sinto que estraguei tudo – disse Tristan. Kate tocou seu ombro, e ele ergueu os olhos para ela.

– Não, você não estragou. Noah foi preso. E ele era o nosso principal suspeito desde o começo – disse Kate, mas Tristan sabia que ela estava desapontada por não terem conseguido interrogar o homem.

CAPÍTULO 40

No dia seguinte, três semanas após o início da investigação, Kate e Tristan foram se encontrar com Bill e Bev em Salcombe para atualizá-los do caso.

Era uma manhã quente, e eles saíram cedo, chegando à mansão de Bill pouco antes das 10 horas. O mar e o céu estavam em confluência, de um azul perfeito. Um grupo de barcos movia-se pela superfície plana da baía e, mais adiante, havia um iate ancorado no mar, perto de um *jet ski* que traçava um grande círculo na água.

O jardim de Bev e Bill havia ganhado vida desde a primeira visita dos detetives e agora estava preenchido por flores de verão de aroma adocicado e pelo zumbido preguiçoso de abelhas. Quando chegaram à porta, Bev já esperava por eles. Kate ficou surpresa ao ver que ela estava chorando, mas, quando se aproximaram, ela sorriu e se jogou sobre Kate, envolvendo-a em um abraço.

– Obrigada, muito obrigada – disse ela, e então estendeu a mão e puxou Tristan para o abraço. Bev cheirava a cigarro e álcool velhos, misturado com balas de hortelã. – Está no jornal, a polícia prendeu Noah Huntley... Bill gravou para mim. Já assisti à reportagem duas vezes. Entrem.

Os dois seguiram Bev até a grande sala de estar de mármore. Estava tão vazia e arrumada quanto antes e, assim como da primeira vez, Kate pensou em como Bev parecia deslocada, andando pelo elegante piso de mármore branco e dourado com seu velho par de Crocs rosa. Bill estava sentado diante de um grande balcão da cozinha com seu *laptop*, e havia uma televisão de tela plana em uma das paredes.

– Olá, Kate, olá, Tristan – disse ele, com um sorriso tão largo quanto o de Bev. Os três trocaram apertos de mão.

– Essa é a casa de Noah Huntley – disse Bev, pegando o controle remoto da televisão. A imagem congelada na tela mostrava o exterior de uma casa em uma rua residencial arborizada com uma fileira de viaturas estacionadas na porta. O sol estava baixo no céu, lançando uma luz quase horizontal e um brilho dourado nas janelas ao redor, de modo que Kate não sabia se a polícia havia chegado a casa cedinho ou tarde da noite. Bev apertou o *play* e a câmera mudou de ângulo, mostrando alguns vizinhos que observavam a cena de cada lado da rua, enquanto agentes da perícia saíam da casa de Noah carregando sacos plásticos de evidência contendo peças de roupas.

– A polícia obteve um mandado para entrar na casa do ex-parlamentar de Devon e Cornualha, Noah Huntley – disse a voz do repórter. – Ele foi preso imediatamente. – Houve um corte na cena, que agora mostrava Noah Huntley sendo escoltado para a entrada da delegacia de Exeter com as mãos algemadas na frente do corpo. Uma multidão de jornalistas esperava com câmeras e smartphones do lado de dentro, e ele manteve a cabeça baixa enquanto a polícia o guiava através da multidão. – Noah Huntley perdeu o cargo nas eleições suplementares após ter sido acusado de receber suborno para conceder contratos de licitação pública. A polícia agora o prendeu por sua ligação com um homem de 21 anos, cujo corpo foi encontrado em West Country. Ele também será interrogado por quatro outros assassinatos não solucionados da época em que era parlamentar e pelo desaparecimento de Joanna Duncan, uma jornalista local do *West Country News* que vinha investigando Noah Huntley pouco antes de desaparecer – continuou o repórter. A foto de Joanna sorrindo na praia com um coquetel de coco na mão apareceu na tela.

– Ah, minha querida – disse Bev, pegando um lenço de papel e levando-o ao rosto. – Pegaram o cara. Pegaram o filho da mãe. – Ela se aproximou da tela, falando com a foto de Joanna. Tristan e Kate se entreolharam. A dor de Bev era tão grande que se sentiam invasivos por estarem perto dela.

– Parece que os repórteres foram informados da prisão de Noah Huntley – disse Tristan.

– Isso é bom? Deve ser bom... Vão procurar por Joanna. Há mais alguma informação sobre ela? Disseram se vão reabrir o caso? – perguntou Bev, voltando-se para os detetives.

Bill continuava sentado diante do balcão com seu *laptop*.

– A polícia ainda está no início da investigação. Imagino que só tenham alguns dias para interrogar Noah Huntley antes de acusá-lo ou soltá-lo – disse ele. Bev deu a volta e o empurrou com o cotovelo para tirá-lo da frente do computador. Ela passou os dedos no *touchpad* e rolou a tela até a foto de Joanna.

– Eu disse que descobriríamos quem fez isso com você – ela disse para a foto. Bill ergueu os olhos para Kate e Tristan com um ar de desculpas. – Sei que foi aquele político nojento. Você o expôs e ele não gostou, não foi?

Kate entendia que Bev estava afundada em culpa, mas a forma como falava com a foto da filha era constrangedora.

– Podemos conversar com vocês para atualizá-los do caso até agora?

Bev ainda estava concentrada na foto, sem dar atenção a Kate e Tristan.

– Agora vamos interrogar aquele homem horrível e ele vai nos dizer onde escondeu você, está me ouvindo, Jo?

– Por que não se sentam no terraço? Há uma mesa com uma guarda-sol. Vou preparar um café e já nos juntamos a vocês – disse Bill, sinalizando que precisava lidar com Bev.

Kate concordou com a cabeça e saiu com Tristan pela porta de vidro. O terraço cobria toda a extensão da casa; para Kate, parecia enorme. Não havia móvel algum, exceto por uma mesa e quatro cadeiras de madeira sob um guarda-sol branco. Ela e Tristan se sentaram.

– A polícia deve estar confiante para ter agido tão rápido e prendido Huntley, não acha? – disse Tristan.

– Eles têm possíveis evidências de DNA. Se forem comprovadas e associadas a Hayden ou a qualquer um dos outros rapazes, terão um argumento sólido para acusá-lo – disse Kate.

Bill surgiu pela porta de vidro com Bev apoiada em seu braço. Ela parecia frágil sob a luz do sol, a pele pálida. Os dois sentaram-se à mesa.

Kate os atualizou de tudo que haviam descoberto nas últimas três semanas: como os nomes de David Lamb e Gabe Kemp foram encontrados gravados na tampa da caixa, levando-os a Shelley Morden, amiga de David que, por sua vez, os levou a Max Jesper.

– Ampliamos a busca nas últimas semanas, mas gostaríamos de continuar a investigação com foco na comunidade de Max Jesper e em seus antigos membros – completou Kate. – Muitas pessoas que investigamos estão ligadas a essa comunidade.

– Nunca ouvi falar desse lugar. E você, Bill? – perguntou Bev.

Bill esfregou o rosto. Ele parecia sério depois do resumo de Kate.
– Ouvi falar de Max Jesper por causa da história de usucapião. Aquele casarão custa uma fortuna agora. Já tive reuniões de negócios lá no passado. Alguns de meus clientes gostam de se encontrar em bons restaurantes.
– E vocês acham que Jo estava atrás de Noah Huntley porque ele frequentava essa comunidade e tinha relações com esses jovens? – Bev perguntou aos detetives.
– Achamos que ela podia estar investigando tanto Noah Huntley quanto outra pessoa, mas também precisamos descobrir o motivo pelo qual esses rapazes foram mortos – respondeu Kate.
– A polícia pode achar que encontrou o culpado, mas eles só chegaram a Noah Huntley graças à nossa investigação – disse Tristan. – Foi Kate quem relacionou as mortes de Hayden Oakley, David Lamb, Gabe Kemp e as duas outras possíveis vítimas, e justo nessa altura tivemos que entregar nossas descobertas e os arquivos do caso de Joanna à polícia.
– A polícia vai ter que encontrar um elo definitivo entre as mortes desses rapazes. No momento, as evidências são convincentes, mas, no tribunal, se não houver evidências de DNA que associem os assassinatos, tudo pode ser visto como circunstancial – disse Kate. – Os corpos foram encontrados em estágio avançado de decomposição e foram cremados depois disso.
Bill e Bev ficaram em silêncio. Kate não conseguia imaginar o que eles estavam pensando.
– Então Noah Huntley pode se safar? – perguntou Bill.
– Se a polícia não encontrar amostras de DNA para associar aos jovens, será difícil montar um caso.
– Acreditamos que Joanna seja o elo – disse Tristan. – Você nos pediu para buscar por ela, e queremos continuar.
– E se a polícia reabrir o caso de Jo? – perguntou Bev.
– Podemos cooperar com eles, claro, mas também poderíamos dedicar todo o nosso tempo a descobrir o que aconteceu com ela.
Bev concordava com a cabeça enquanto secava os olhos. Bill estava ao lado dela, segurando sua mão livre. Kate pensou em como os dois pareciam desesperados. Ela e Tristan ainda tinham dúvidas quanto a algumas informações conflitantes a respeito de Bill. Chegaram a

discutir se fariam perguntas sobre as transações comerciais dele e sobre a matéria da contaminação de amianto em que Joanna estava trabalhando, mas acharam melhor confirmar antes se o casal queria dar continuidade à investigação. Caso aceitassem, eles falariam a sós com Bill e fariam as perguntas. No entanto, ele parecia arrasado e envolvido no luto de Bev.

– Está tudo bem, querida – disse Bill, colocando os braços ao redor de Bev. Ela chorou de soluçar no peito dele.

– Querem um minuto? – perguntou Kate.

– Não – respondeu Bev, recompondo-se e secando os olhos. – Vocês vieram até aqui e encontraram mais informações do que a polícia jamais encontrou... Gostaria que eles continuassem procurando por Joanna – ela acrescentou, olhando para Bill. – Não quero depositar minha confiança na polícia de novo e acabar sem respostas.

Bill parecia sério. Ele concordou com a cabeça e então parou, refletindo por um momento.

– Certo. Vamos seguir por mais um mês e, desta vez, gostaria que me atualizassem regularmente por telefone.

– Será um prazer continuar com a investigação – disse Kate, sentindo uma pontinha de felicidade.

Bill recebeu uma ligação do escritório, e Bev pareceu partir para outro mundo, olhando fixamente para o mar.

– Vamos indo – disse Kate, fazendo sinal para Tristan.

– Certo. Querem um sanduíche ou outra coisa? – perguntou Bev.

– Não, obrigada.

Bev os guiou de volta e, ao passarem pelo corredor, Bill colocou a cabeça para fora do escritório e falou, cobrindo o telefone com a mão:

– Vou organizar o pagamento e entrar em contato com vocês.

Eles saíram da casa, e Bev os acompanhou até o carro.

– Você está bem? – perguntou Tristan ao vê-la apoiar a mão na parede para recuperar o fôlego.

– Sim, meu bem. Só fumei demais – respondeu ela. – Gostei do seu carro. É novo?

– Sim, eu o comprei há alguns meses – disse Tristan.

– É bonito. Não dirijo desde que roubaram meu carro, anos atrás – disse Bev. – Perdi a coragem. E ele foi roubado na noite em que Joanna desapareceu... Foi como um chute no estômago. Sei que reclamo sobre ter me mudado para cá, mas fico contente por não ter que morar mais naquele conjunto habitacional horrível. Você tem uma trava de volante?

— Sim.

— Que bom. A polícia acha que alguém arrombou a fechadura e fez uma ligação direta no carro, fugindo sem deixar rastros. Travas de volante são úteis porque os filhos da puta não conseguem virar o volante sem quebrar o vidro do para-brisa.

— Chegaram a encontrar o seu carro?

— Ah, não. A polícia disse que menos da metade dos carros é encontrada. Acabam sendo pintados, reemplacados e vendidos, ou incendiados em aterros, jogados na água... E duvido que eu teria coragem de dirigir agora. Obrigada de novo, por tudo. Vocês me deram os primeiros raios de esperança em anos. Podem entrar em contato assim que tiverem algo novo?

— Sim, claro — respondeu Kate. Bev deu tchauzinho para eles, e Kate a observou sumir, sozinha e distante, no espelho retrovisor.

— Estou muito contente que eles quiseram continuar — disse Tristan. Kate percebeu que ele também estava aliviado por terem dinheiro na agência por mais um mês. — Acha que Bill estava hesitante em nos manter?

Kate fez que sim.

— Não sei se ele preferia que a polícia tivesse assumido a investigação — disse ela. O carro agora estava subindo as ruas sinuosas em direção à via expressa no alto da colina. — Vamos fazer outra visita ao Jesper's. Quero tentar conhecer Nick Lacey.

CAPÍTULO 41

Tristan estacionou o carro em frente ao terraço externo do Jesper's. Estava movimentado devido ao horário de almoço, com as mesas lotadas. Havia até mesmo pessoas esperando na rua com cardápios, algo que Kate nunca vira em Exeter.

Eles saíram do carro e deram de cara com Bishop na entrada principal, carregando uma bandeja de bebidas.

– Oi, Tristan – disse ele. – Vai almoçar? Posso encaixar vocês depois das 13 horas...

– Não, obrigado. Queremos falar com Max – Tristan o interrompeu.

– Ele está viajando. Foi visitar a irmã na Espanha – disse Bishop.

– Sabe quanto tempo ele vai ficar fora?

– Até quinta-feira, dia 4.

– Nick Lacey está aqui? – perguntou Kate.

Bishop fez uma careta.

– Não. Nick nunca está aqui... – Um senhor grisalho de óculos estava com a mão levantada. Bishop sorriu e apontou para a bandeja. – Preciso ir. Tem certeza de que não quer almoçar? É meu último turno.

– Não, obrigado – respondeu Tristan. Sentia-se desanimado quando voltaram ao carro. O *timing* de Max Jesper não era muito bom para eles. – O que quer fazer agora? – ele perguntou a Kate.

– Uma semana é tempo demais para esperar. O endereço de Max Jesper está informado no registro empresarial, não está? E se formos lá dar uma olhada? Nick Lacey está lá – disse Kate.

– Certo, vamos colocar no GPS – disse Tristan, pegando o celular. – Burnham-on-Sea fica a uma hora de distância. Nada mal.

* * *

Eles seguiram na direção norte pela rodovia M5 durante a maior parte da viagem. Cruzaram Dartmoor, que era linda sob o sol de maio. Nenhum dos dois tinha ido à região de Somerset antes. Após saírem da via expressa, restava um trajeto curto até Burnham-on-Sea, que seguia ao longo da costa. Eles passaram pelo centro turístico, com as praias e o calçadão cheios de gente se bronzeando e tomando sorvete. A música calorosa da banda de fanfarra do Exército da Salvação ecoava no ar, e o cheiro de peixe, batata frita e algodão-doce se misturava à brisa quente. Adiante na orla, uma multidão de pais e crianças assistia ao teatro de marionetes perto de um parque de diversões.

Conforme o calçadão se transformava em uma rua comum, a multidão se dispersava e a praia ficava mais selvagem. O carro chegou a uma bifurcação e o GPS os instruiu a virar à direita, levando-os para longe da orla. O calçadão desapareceu por completo, e uma fileira de casas surgiu entre eles e a praia. Passaram por casas grandes em terrenos gigantes. A vizinhança parecia muito tranquila, e então eles entenderam por quê. A rua dava em um beco sem saída com um portão de metal e um muro alto. A placa no portão dizia CONDOMÍNIO FECHADO LANDSCOMBE.

— Em 500 metros, você chegará ao seu destino — disse a voz feminina do GPS, entrecortada e ligeiramente surpresa.

Havia um interfone no portão e, mais à frente, eles avistaram uma fileira de casas luxuosas na orla.

— Será que toco o interfone? — perguntou Tristan. Kate olhou ao redor e se virou para checar o espelho retrovisor.

— Vamos voltar à bifurcação na estrada — respondeu ela. — Parece que aquela rua leva à praia. Talvez dê para chegar à casa deles a pé.

Tristan engatou a marcha a ré e fez o retorno na frente do portão. O GPS começou a dizer para darem meia-volta, então ele o colocou no mudo. Quando chegaram à bifurcação, ele virou à esquerda.

A estrada seguia por uma praia selvagem e íngreme, ladeada por dunas de areia e tufos de estorno. Eles avistaram a fileira de casas elegantes no alto da colina, afastadas da praia.

— Deveria ser aqui em cima — disse Tristan, espiando o mapa no GPS enquanto passavam por uma grande casa cinza em ruínas, com pilares adornando a entrada. Era a única com o quintal coberto de grama.

A estrada asfaltada acabava logo depois dessa casa, e o carro de Tristan seguiu aos solavancos por uma estradinha de areia e grama até chegar a um pequeno estacionamento para três ou quatro carros, com uma cancela baixa de metal que dava acesso a uma trilha para a praia.

Enquanto Kate e Tristan saíam do carro, o sol desapareceu atrás de uma camada densa de nuvens prateadas, e fazia mais frio do que em Exeter. Logo à frente estavam as dunas, uma vasta e deserta extensão de areia cor de laranja queimada. O vento soprava a areia fina em cristas ondulantes. O solo à frente das dunas era mais escuro e úmido, e parecia se estender por 2 quilômetros ou mais. Kate não sabia julgar a distância exata, mas não conseguia ver a margem da água. O trecho úmido era plano e pontilhado de poças de água do mar. Um grupo de gaivotas voava sobre uma poça grande, cantando enquanto descia para beliscar as conchas. Uma névoa fina subia da água e, de repente, parecia mais outono do que começo de verão.

Que lugar sinistro e deserto, pensou Kate. Seu pedaço de praia em Thurlow Bay ficava isolado de Ashdean, mas nunca parecia solitário. Ela lembrou das visitas de Jake quando ele era pequeno e de como o filho adorava entrar na água e explorar as poças nas rochas durante a maré baixa. Esse trecho da praia, em comparação, parecia hostil.

Kate cruzou os braços ao redor do corpo, sentindo calafrios por estar apenas de calça jeans e camiseta. Ela pegou um suéter no carro e o vestiu, e Tristan fez o mesmo. Os dois seguiram a trilha a pé por cerca de 100 metros, passando pela praia e por um trecho de vegetação rasteira e ervas daninhas, até chegarem a uma grande placa de metal fixada na areia. Tristan já a tinha visto antes, em uma das fotos que Bishop mostrara a ele.

– "Cuidado! Não caminhe nem dirija qualquer tipo de veículo na areia macia ou na lama na maré baixa" – Kate leu a placa. – Você acha que essa é a maré baixa? A água está bem longe.

– Parece que sim – respondeu Tristan. Ele se virou e apontou para um cubo branco no estilo arquitetônico de Los Angeles, com um terraço pavimentado e jardins paisagísticos. – E aquela parece ser a casa de Max Jesper.

Havia mais uma casa à frente, um bangalô de tijolos vermelhos que parecia minúsculo em comparação às demais construções. A casa de Max era cercada por um muro alto e branco. Uma trilha íngreme de areia passava ao longo da parede lateral, perpendicular à orla. Era larga o bastante para um carro atravessar, e a areia estava revirada por passos. No meio do caminho, havia uma coluna de metal com uma placa que dizia SEM ACESSO. BECO SEM SAÍDA.

— Aposto que leva para a casa e a estrada particular no topo – disse Kate.

Eles começaram a subir a trilha. O muro que margeava a propriedade tinha quase 2 metros de altura, de modo que não era possível ver o interior do jardim dos fundos.

— É difícil andar na areia – disse Kate, arfando. Ela estava com um par de tênis finos.

— Bom para os músculos das pernas – disse Tristan. No alto, havia outra coluna, e a trilha se abria para a estrada particular. Os dois chegaram a um grande portão de garagem, que estava fechado, e ao lado havia uma pequena porta de entrada, feita de aço. Não havia número nem maçaneta, apenas um buraco de fechadura e um pequeno interfone na lateral. Kate estava prestes a apertá-lo quando a porta de aço se abriu.

Uma senhora de idade usando uma saia de tartan xadrez, blusa de lã e botas Wellington saiu. Estava com uma sacola cheia de frutas e uma chave nas mãos. Ela ergueu os olhos e viu os dois.

— Ah! Vocês me assustaram – disse a mulher. – Posso ajudar? – Ela tinha um leve sotaque escocês e olhava para Kate e Tristan com desconfiança.

— Olá. Íamos tocar a campainha para falar com Nick – disse Kate, pensando rápido. — Somos amigos de Exeter e estamos de passagem. Ele está em casa?

— Isso. Olá – disse Tristan, sorrindo.

— Não, não está – respondeu ela.

— Ah. Sabemos que Max está visitando a irmã na Espanha... Ele volta na semana que vem, dia 4, não é? – disse Kate, agradecendo a Deus por ter encontrado Bishop no Jesper's.

A velha relaxou um pouco.

— A senhora é a vizinha, certo? Seu nome é... – Kate hesitou.

— Elspeth – respondeu ela, saindo do batente e fechando a porta.

— Claro, prazer. Sou Maureen, e esse é John.

– Olá – disse Tristan, olhando para Kate. Ela estava improvisando, e esses foram os únicos nomes que lhe vieram à mente naquele momento.

– É um prazer conhecê-la – disse Elspeth. – Nick estará fora até segunda-feira... Sempre que eles viajam, pedem para eu vir regar as plantas, pegar a correspondência, alimentar os peixes. Eles têm muitos peixes no laguinho.

– Você mora em alguma dessas casas? – perguntou Kate, apontando para a fileira de residências ao longo da trilha.

– Moro no bangalô pequenininho ao lado desse complexo imenso... Max e Nick me recebem com frequência, venho nadar na piscina deles algumas vezes por semana, então não posso reclamar. Eles são uns amores... Como vocês os conheceram em Exeter? – ela indagou, curiosa.

– Vamos sempre ao Jesper's, o bar deles. Os dois vivem falando para visitá-los quando estivermos na região – disse Tristan. – Passamos o dia em Birmingham.

Elspeth trancou a porta e colocou a chave no bolso.

– Posso deixar uma mensagem? Acho que não vou conseguir falar com eles pelo telefone – disse ela, começando a voltar pela trilha em direção à praia. Kate e Tristan a seguiram.

– Não, tudo bem. Vou mandar um *e-mail* para eles. Devo encontrar Max na semana que vem, quando ele voltar – respondeu Kate.

– Certo. É o carro de vocês estacionado ali?

– Sim. A praia aqui é muito diferente do calçadão – disse Kate. – A maré desce bastante.

Elspeth seguiu o olhar de Kate pela praia.

– A maré nem terminou de descer ainda – disse ela. – As pessoas pensam que sim, mas ela desce mais. Burnham-on-Sea tem a segunda maior variação de marés do mundo, chegando a 11 metros da mais alta à mais baixa. Perdemos só para a baía de Fundy, no Canadá.

– Até onde dá para andar? – perguntou Tristan.

– Eu não iria muito além de onde dá para ver agora – respondeu Elspeth. – E, mesmo assim, você precisa ficar de olho, porque ela sobe muito rápido, e há trechos de areia movediça nos baixios. Temos patrulheiros na costa durante a alta temporada... Nick, coitadinho, fica muito preocupado quando vê pessoas andando na maré baixa...

Já o vi correr e a gritar para as pessoas voltarem. Ele contou para vocês do aerodeslizador?
– Não.
– Nick tem um aerodeslizador pequenininho, o mesmo que os salva-vidas usam. É a única forma de chegar até os alagadiços, porque ele desliza.
– Quanto custa um veículo desses? – perguntou Kate.
– Não sei. Provavelmente mais do que ganho em um ano todo de aposentadoria – Elspeth riu baixinho. – Ele ajudou a salvar um cachorrinho no verão passado. Mesmo quando a lama está rasa, é densa como mingau, e você pode entrar em apuros, como aconteceu com uma mulher e o Basset Hound dela... Vocês devem ter visto as notícias no jornal local.
– A história de um cachorro encalhado apareceu no jornal? – perguntou Tristan. Eles já tinham chegado ao início da trilha.
– Claro que não – respondeu Elspeth, abrindo um grande sorriso. – Eu me referi a pessoas atoladas na areia, vive aparecendo no jornal local... Não tem um verão que passe sem que alguém saia dirigindo pela areia e tenha que abandonar o carro para não ficar preso quando a maré sobe de repente.
– Nick e Max estão sempre aqui?
– Alguns dias por semana. Os dois têm trabalhos agitados... Vocês os conhecem bem? – perguntou ela, protegendo os olhos do sol, que tinha acabado de sair detrás das nuvens.
– Eles parecem viajar muito... Estou acostumada a vê-los em Exeter – respondeu Kate.
– Vocês devem vir às festas de verão deles, então?
– Sim, gostamos do baile de máscaras de agosto do ano passado, com a escultura de gelo... Não me lembro de ver a senhora lá – disse Tristan.
– Sou velha demais para essas coisas. Prefiro ver os meninos no café da manhã, embora Nick pareça estar sempre viajando. Nunca os vejo juntos... Bom, preciso ir. Foi um prazer conhecer vocês.
– O prazer foi nosso – Kate se despediu. Elspeth acenou e pegou a trilha até o bangalô.
Enquanto desciam para o carro, Kate observou Elspeth e ficou contente ao ver que ela não se virou para olhar para eles.

– Não sei se exagerei.
– De onde você tirou Maureen e John? – perguntou Tristan.
– Não sei.
– Foi um bom improviso. Ela parece ser uma boa amiga deles.
– Ou é apenas uma velha enxerida louca para vigiar a casa deles quando estão viajando. Fiquei me perguntando por que ela saiu com uma sacola de frutas. Devia estar roubando. Vamos – disse Kate, tremendo. Os dois entraram no carro.
– Parece o fim do mundo – disse Tristan, ligando o motor e o aquecedor. Ele deu a volta no pequeno estacionamento e pegou a trilha de areia. Tufos lanosos e espessos, semelhantes a algodão, passaram flutuando diante do carro, separando-se da névoa sobre a areia.
– Precisamos voltar na segunda-feira. Estou determinada a conversar com Nick Lacey – disse Kate.

CAPÍTULO 42

Kate e Tristan passaram o caminho de volta discutindo os próximos passos. Havia muito trânsito na rodovia M5, então eles só chegaram a Exeter depois das 17 horas. A essa altura, os dois estavam cansados e famintos.

– Vamos ter uma boa noite de sono e nos encontrar amanhã – Kate disse a Tristan quando ele a deixou em casa.

Ao ver que Jake não havia chegado, ela mandou uma mensagem para descobrir onde o filho estava, ao que ele respondeu que tinha saído para um mergulho e chegaria às 19 horas. Kate decidiu preparar o jantar para variar, em vez de apenas esquentar alguma coisa ou pedir um *delivery*. Eram poucos os pratos que sabia cozinhar, e um deles era o favorito de Jake: chili com carne. Tinha os ingredientes de que precisava e começou a trabalhar, grata por uma distração do caso. Quando Jake chegou, pouco antes das 19 horas, Kate se sentiu feliz ao ver o rosto do filho se iluminar com um sorriso.

– Chili com carne? Da hora! – exclamou ele. – Precisa de ajuda?

– Não, vai ficar pronto em dez minutos. Só estou terminando o arroz – respondeu ela. – Quer comer lá fora? Está agradável e quentinho.

– Legal – disse Jake. Ele foi até a geladeira, pegou uma cerveja e foi para a varanda. Kate pegou um chá gelado para ela.

Quando Kate saiu com duas tigelas de chili fumegante, Jake estava sentado em uma das cadeiras com vista para um lindo pôr do sol.

– Que cheiro bommm! – disse ele, pegando uma das tigelas e um garfo. Kate se sentou na cadeira da frente, e os dois começaram a comer.

– Como foi o mergulho? – ela perguntou.

– Foi bom. Fomos só eu e uma menina, Becca. É a garota loira que você viu aquele dia, quando passou de carro. Ela está hospedada no *camping* com os amigos.

– Ela é bonita.

— Sim, e fica muito gata de biquíni — disse Jake, levando outra garfada de chili à boca e sorrindo. — Foi a segunda vez que ela me pediu para levá-la para mergulhar.

— Que legal. Quantos anos ela tem?

Jake encolheu os ombros.

— Vinte, acho. Ela está no terceiro ano da universidade.

— É algo sério?

— Não, ela vai embora sábado de manhã. Está gostoso assim, casual.

— Vocês estão se protegendo? — Kate odiou fazer essa pergunta, mas precisava garantir.

— Nossa, mãe, estou comendo — disse ele, ficando vermelho.

— Só me responda sim ou não, e então mudamos de assunto.

— Sim, estou me protegendo... Sou eu que reponho a máquina de camisinhas no banheiro masculino, então não está faltando.

Kate começou a rir.

— Tá, eu sou sua mãe. Não preciso saber tantos detalhes.

— Você é minha mãe e meu pai, então tenho que conversar sobre tudo com você — disse ele.

O celular de Kate tocou. Ela não reconheceu o número, mas atendeu.

— Oi, Kate. Aqui é Marnie, amiga de Jo.

Kate engoliu o chili que tinha na boca.

— Oi — disse ela, com cautela. Houve uma longa pausa.

— Escuta... Desculpa se pressionei você no outro dia, sobre o autógrafo do livro. É que eu recebo auxílio-doença, e recentemente foi cortado pelo governo. O pai das crianças não me dá muito apoio. É difícil criar dois filhos com tão pouco dinheiro, e não consigo trabalhar. Se conseguisse um emprego em tempo integral, eu trabalharia.

Kate sentiu um aperto no peito. Jake fez *Quem é?* com a boca, e ela balançou a cabeça.

— Marnie, eu sinto muito. Sinto de verdade, mas continuo pensando a mesma coisa. Não quero autografar esse livro. Não quero fazer parte dessa exploração mórbida — disse Kate.

Marnie ficou em silêncio. Kate achou que ia ouvi-la disparar uma série de palavrões, mas ela apenas disse:

— Ok. Então, pronto. Pensei que valia a pena tentar.

Houve um clique, e a ligação caiu. Kate olhou fixamente para o celular por um momento, sentindo-se enjoada.

– O que foi isso? – perguntou Jake. Kate contou a ele sobre Marnie e o exemplar de *Não é meu filho* que já tinha sido autografado por Peter e Enid. – Acho que você deveria autografar, mãe – disse ele.

– Mas isso seria explorar... – Kate não conseguiu terminar a frase; estava chocada demais. Ela não pensou que ele diria isso.

– Mãe. É tudo coisa do passado. Peter fez o que fez, Enid também. O livro está escrito. Está publicado. Todas essas coisas horríveis que aconteceram com você, com todas aquelas pobres mulheres... Você pode tirar coisas boas disso. Pode ajudar essa tal de Marnie só escrevendo seu nome. Você disse que ela vai ganhar 2 mil libras com o livro?

– Sim.

– E ela tem crianças pequenas?

– Sim – disse Kate.

– Assine, mãe. Duas mil libras podem ser uma grande ajuda para ela – disse ele, levantando-se ao terminar de comer. – Obrigado pelo chili, estava incrível. – Jake deu um beijo no topo da cabeça dela. – Ah, desculpe. Deixei um pouco de carne moída no seu cabelo – ele completou, limpando a boca.

Kate ergueu a mão e sentiu o pedaço de carne mastigada no meio da cabeça. Jake o pegou e o jogou nas dunas.

– Que bela maneira de dizer obrigado – ela riu.

– Ai, desculpe, mãe. – O celular de Jake tocou. e ele atendeu. – Sim, estou vendo vocês. Já vou descer – ele disse antes de desligar. – Vou encontrar os caras na praia. Obrigado de novo pelo jantar.

Antes que Kate pudesse dizer algo, Jake sumiu, descendo a encosta de areia entre as dunas. Ela viu que o grupo de rapazes e moças do *camping*, incluindo Becca, estavam na praia. Os meninos estavam montando uma fogueira, e duas das meninas estavam sentadas na ponta de um tronco gigante.

Kate observou enquanto o filho descia às pressas a última parte da encosta, correndo pelas dunas. Ele diminuiu o passo quando chegou do outro lado.

– Como você virou um menino tão bom, Jake? – ela perguntou para si mesma. Quando Jake alcançou o grupo, Becca se levantou e lhe deu um abraço e um beijo. – Se me disser que vou virar vó, eu te mato.

Ela tirou um pedacinho restante de carne moída do cabelo, pegou as tigelas vazias e entrou na cozinha. E então, ligou para Marnie.

CAPÍTULO 43

Kate acordou cedo na manhã seguinte. Já estava quente às 6h30, e ela viu os resquícios da fogueira quando desceu para a praia. Ficou contente em ver que não havia lixo, só restos de brasa cercados por um círculo de rochas. Tinha ouvido Jake chegar às 2h20 da madrugada, então o deixou dormir.

A água estava límpida, e os dias ficavam cada vez mais quentes. Depois de tomar café da manhã, tomar banho e se vestir, ela mandou uma mensagem para Tristan dizendo que chegaria um pouco atrasada ao escritório. Em seguida, dirigiu até o Conjunto Habitacional Moor Side.

O estacionamento estava vazio. Os carros incendiados ainda estavam lá, como obras de arte moderna. Kate encontrou Marnie na entrada do prédio – ela se movia devagar, apoiando-se na muleta.

– Acabei de deixar as crianças na escola – disse ela, evitando olhar nos olhos de Kate. A subida pela escada pareceu lenta e agonizante para Marnie, que estava sem fôlego quando as duas chegaram ao apartamento. – Quer um chá? – ela perguntou ao entrarem.

– Sim, obrigada – respondeu Kate, arrependendo-se assim que a frase saiu de sua boca. Ela só queria autografar o livro e ir embora.

A porta da sala estava fechada, e havia o mesmo cheiro opressivo de cigarros velhos e desodorizador de ambiente. Quando elas chegaram à cozinha, o livro estava esperando na mesa ao lado de uma caneta esferográfica azul.

Enquanto Marnie enchia a chaleira, Kate se sentou e puxou o livro em sua direção. Era uma edição em capa dura, e a guarda estava um pouco amarelada nas bordas. O título estava em letras pretas garrafais sobre a imagem de capa.

**NÃO É MEU FILHO
ENID CONWAY**

A imagem da capa era dividida em duas fotografias. À direita, uma foto de Enid Conway, aos 16 anos, com o bebê Peter no colo. A foto estava desfocada de forma nostálgica, e os olhos de Peter estavam arregalados e fixos na câmera, enquanto Enid olhava para ele com um ar de adoração. Ela era uma jovem de rosto endurecido e cabelo comprido muito escuro. Usava um vestido longo rodado e, ao lado dela, havia uma placa que dizia ABRIGO DE MÃES SOLTEIRAS DE AULDEARN. Do outro lado da janela, atrás de Enid e Peter, estava a imagem desfocada de uma freira em seu hábito de pinguim, encarando os dois.

A outra metade da capa era um retrato policial de Peter Conway, tirado no dia em que ele depôs em seu julgamento preliminar. Nessa foto, suas mãos estavam algemadas e ele sorria para a câmera. Seu olhar era desvairado, com as pupilas dilatadas. Isso foi antes de ele começar a tomar o coquetel de medicamentos para lidar com sua esquizofrenia e seu transtorno dissociativo de identidade.

– É difícil olhar para essa capa? – perguntou Marnie. Kate não percebera que a tinha encarado por tanto tempo. Marnie havia feito duas canecas de chá e colocara uma sobre a mesa, diante dela.

– Sim. Está vendo aqui, no retrato policial, que Peter tem pontos acima da sobrancelha esquerda? – perguntou Kate, batendo o dedo na foto. – Foi onde o acertei com um abajur quando ele me atacou... – Ela se levantou e ergueu a camiseta para mostrar a Marnie a cicatriz de 15 centímetros em seu abdome, que se curvava perto do umbigo. – E foi aqui que ele me cortou. Eu estava grávida de quatro meses de Jake, eu não sabia na época. Os médicos disseram que a faca não o acertou por milímetros. Foi um milagre ele não ter morrido... – Marnie estava balançando a cabeça, ligeiramente boquiaberta de espanto. – Então, quando eu disse que não queria autografar o livro, eu tinha meus motivos, não acha?

– Sim – Marnie respondeu baixinho. – O que fez você mudar de ideia?

– Jake. Ele é meu pequeno milagre. Isso me fez pensar em seus filhos e em como você precisa de ajuda.

Kate respirou fundo, abriu o livro e encontrou a folha de rosto. Assinou seu nome entre os de Enid e Peter. Ela soprou a tinta para confirmar que estava seca e que não mancharia o livro, então o fechou.

– Obrigada – disse Marnie.

– Você deveria pedir 2.500 libras. Dei uma olhada ontem à noite e vi um cara nos Estados Unidos que vendeu esse livro no eBay, só com a assinatura de Peter, por 3 mil dólares – disse Kate.

Marnie assentiu. Elas beberam o chá em silêncio por um momento.

– Vi a reportagem no jornal sobre aquele rapaz e Noah Huntley. Mencionaram Jo também. Acha que vão reabrir as investigações?

– Espero que sim. Ainda estamos trabalhando no caso... Acho que a comunidade de Walpole Street é a resposta. Os rapazes desaparecidos que Joanna estava investigando moraram lá. Muitos dos homens que estamos investigando visitavam a comunidade e, depois, investiram no hotel, mas o proprietário, Max Jesper, e seu companheiro, Nick Lacey, parecem estar se esquivando de nós.

Marnie franziu a testa e se recostou na cadeira.

– O que foi? – perguntou Kate.

– Nick Lacey?

– Sim. Não comentei dele antes?

– Não.

– Você o conhece?

– Não exatamente, mas o nome ficou gravado na minha cabeça.

– Por quê?

– Lembra quando contei a você que, no dia seguinte ao desaparecimento de Jo, bati de ré em uma BMW novinha? O dono dela se chamava Nick Lacey.

– Deve haver mais de um Nick Lacey – disse Kate, tentando não se empolgar demais. – Como ele era?

Marnie deu de ombros.

– Não sei. Deixei meu contato no para-brisa, depois só falei com o advogado dele... Não sei o que deu em mim para assumir a culpa. Eu deveria ter fugido. Gastei uma fortuna com o sinistro do meu seguro e do dele, e ainda perdi meu bônus – disse ela.

– Você se lembra do endereço dele? – perguntou Kate, sua cabeça a mil. *Se for o mesmo Nick Lacey, por que ele estaria estacionado lá fora na manhã seguinte ao desaparecimento de Joanna?*

– Não, mas costumo guardar essas coisas. Talvez eu ainda tenha os formulários do seguro – respondeu Marnie. Ela se levantou e começou a revirar uma gaveta da cozinha, cheia de documentos. Em seguida foi para o corredor, se dirigiu até a sala e abriu a porta. Kate a escutou abrir gavetas e armários. Ela voltou minutos depois com um papel.

– Aqui, são esses os documentos do seguro – disse Marnie, entregando o papel para Kate. – Nick Lacey é morador local. Tem um endereço em Devon e Cornualha.

CAPÍTULO 44

Tristan tinha acabado de chegar ao escritório e estava fazendo café quando Kate entrou de repente, com um papel na mão. Ela foi direto ao *laptop*, abriu o aparelho e começou a digitar.

– Bom dia? – disse Tristan.

– Desculpe! Bom dia – disse Kate. Ele se aproximou e ela entregou o papel a ele. – Veja só isso.

– Uma reivindicação de seguro de carro de Marnie Prince e *Nick Lacey*? – Tristan disse após ler.

Ele observou enquanto Kate fazia *login* no site do registro empresarial do Reino Unido, no qual era possível verificar os detalhes de pessoas que dirigiam sociedades anônimas. Ela encontrou o registro de Nick Lacey. Havia uma lista de declarações de confirmação desde 1997.

– O que são declarações de confirmação? – perguntou Tristan.

– Todo ano, diretores de empresa precisam confirmar seus dados ou atualizá-los em caso de mudanças – respondeu Kate. – Qual é o endereço dele no formulário do seguro?

– Maple Terrace, número 13, Exeter, EX14 – disse Tristan. Ele ergueu os olhos. O mesmo endereço estava na tela do computador.

– Jesus. É o mesmo Nick Lacey – disse Kate.

– O que aconteceu?

Kate contou que havia visitado Marnie e descoberto que Nick Lacey era dono do carro em que ela havia batido.

– Nick Lacey tinha uma BMW top de linha. Maple Terrace fica a quilômetros de distância. É uma área chique de Exeter. Por que ele estacionaria o carro no Conjunto Habitacional Moor Side? – perguntou Kate. – E Marnie disse que a batida aconteceu de manhãzinha, no dia seguinte ao desaparecimento de Joanna, então ele pode ter estacionado na noite anterior.

– Bev contou que o carro dela foi roubado no mesmo lugar na noite em que Joanna desapareceu – disse Tristan.

– É muita coincidência. Nick Lacey está ligado à comunidade, que está ligada a David Lamb e, potencialmente, a Gabe Kemp, e a morte de ambos está ligada a Hayden Oakley.

Kate abriu os arquivos do caso no computador.

– O que está procurando? – perguntou Tristan.

– Quero confirmar onde todos estavam na noite em que Joanna desapareceu. Podemos imprimir os depoimentos deles?

– Não temos um depoimento de Nick.

– Não, mas quero ver os detalhes de onde Fred, Bev e Bill estavam. Tem uma coisa me incomodando... uma ideia.

Kate se levantou, e Tristan se sentou diante do computador. Ele abriu e imprimiu todos os depoimentos.

Kate foi até o quadro branco e o limpou.

– Certo, vamos começar por Joanna. Ela estava no trabalho sábado, dia 7 de setembro de 2002. Como ela chegou lá?

– Fred disse que ela foi no próprio carro, um Ford azul. Saiu de casa por volta das 8h30, e sabemos que passou o dia todo no trabalho. Ela deixou a redação às 17h30 e foi em direção ao estacionamento Deansgate. Foi fotografada perto do ponto de ônibus às 17h41, e essa é a última vez em que foi vista.

– Ok, vamos passar para Fred. Ele ficou o dia todo em casa. Encontrou-se com Famke à tarde. Estava esperando por Joanna às 18 horas, mas ela não apareceu. Tentou ligar no celular dela algumas vezes, mas estava desligado. Então, às 19 horas, ele ligou para Bev, que estava em seu apartamento no Conjunto Habitacional Moor Side...

– Então eles... – começou Tristan.

– Espere, vamos retomar onde Bill e Bev estavam até esse momento – disse Kate.

Tristan folheou os depoimentos até encontrar o de Bev.

– Certo. No sábado, dia 7, Bill e Bev foram à Killerton House, em Devon. É um local de turismo histórico a 30 quilômetros de Exeter. Eles saíram às 9 horas...

– Como chegaram lá? – perguntou Kate.

– De carro. Bev buscou Bill no próprio carro e dirigiu até Killerton House, onde chegaram pouco depois das 10 horas. Eles ficaram lá até as 16 horas, quando precisaram voltar porque Bill foi chamado no trabalho.

– Onde?

Tristan percebeu que Kate estava ficando impaciente.

– Quer trocar de lugar? Posso escrever no quadro? – ele sugeriu.

– Não, desculpe. Não estou irritada com você, só estou com essa pulga atrás da orelha. Sabe quando você sente que descobriu alguma coisa, mas falta um pouquinho mais para entender de verdade?

– Bill estava trabalhando na construção de um edifício comercial, o Teybridge House. É perto do Conjunto Habitacional Moor Side, onde Bev morava. Eles saíram de Killerton House às 16 horas e foram no carro de Bev para o Teybridge House... Bev então foi a pé para casa, deixando seu carro com Bill. Ele disse em seu depoimento que ficou no Teybridge House até as 20h30, depois foi com o carro de Bev para o apartamento dela.

– Então, por volta das 20h45 ou 21h de sábado, o carro de Bev estava estacionado na rua do Conjunto Habitacional Moor Side? – perguntou Kate.

– Segundo o depoimento de Bill, sim.

– Mas às 20 horas Bev não estava mais em seu apartamento.

– Sim. Fred ligou para Bev às 19 horas para perguntar se ela e Joanna estavam juntas, pois Joanna não tinha voltado para casa. Bev tentou ligar para Bill algumas vezes, mas o celular dele também estava desligado. Ela então pediu para Fred buscá-la de carro para saírem em busca da filha – disse Tristan.

– Fred saiu de casa às 19h30 e dirigiu até o Moor Side, onde chegou por volta das 19h45. Ele pegou Bev e os dois voltaram a Exeter, indo ao estacionamento Deansgate, onde encontram o carro de Joanna com o celular embaixo. Bev ligou para a polícia. Eles disseram que Joanna não podia ser classificada como pessoa desaparecida até se passarem 24 horas, então Bev e Fred começaram a procurá-la nos hospitais da região – disse Kate.

– Bev tentou ligar para o próprio apartamento às 20h45. Usou um telefone público, pois nem ela nem Fred tinham celular. Bill atendeu a linha fixa, disse que tinha acabado de chegar e que a bateria de seu celular havia acabado. Bev contou para ele que Joanna estava desaparecida. Ele concordou em esperar no apartamento, caso Joanna aparecesse lá. Fred e Bev continuaram a busca pelos hospitais da região, mas não encontraram Joanna. Fred deixou Bev em seu apartamento pouco antes da meia-noite. Ele voltou para casa para conferir se Joanna havia chegado lá, mas depois de meia hora confirmou para Bev que não – disse Tristan. Houve um longo silêncio enquanto eles olhavam a linha do tempo que Kate havia montado no quadro branco.

– Em algum momento daquela noite, ou daquela madrugada, Nick Lacey estacionou sua BMW em frente ao Conjunto Habitacional Moor Side – disse Kate. – E se Nick e Bill se conhecem? Bill ficou sozinho no apartamento das 20h45 até a meia-noite, quando Fred deixou Bev em casa. Eles não podem ter se encontrado?

– Bill também ficou sozinho do momento em que chegou ao trabalho, às 16h45, até voltar ao apartamento de Bev, às 20h45 – completou Tristan.

– Ele atendeu o telefone fixo de Bev às 20h45 – disse Kate.

– Certo. Bev também disse em seu depoimento que ligou para casa de novo às 22h30 e ele atendeu – disse Tristan, conferindo os depoimentos impressos.

Kate foi até o computador e começou a pesquisar entre os arquivos do caso.

– Dois trabalhadores do canteiro de obras do Teybridge House confirmaram o álibi de Bill de que ele chegou pouco depois das 16h45 e ficou lá por quatro horas, saindo por volta das 20h45. Cadê o nome deles... Aqui. Raj Bilal e Malik Hopkirk são as duas testemunhas que trabalhavam na obra.

Tristan observou enquanto Kate navegava pelos depoimentos.

– Os dois assinaram, eu verifiquei – disse ele.

– As duas pessoas dispostas a confirmar o álibi de Bill trabalhavam para ele e provavelmente eram de baixa renda. Será que os dois mentiriam por ele? – Kate considerou.

– A principal questão aqui não é o motivo de Nick Lacey também estar estacionado na rua de Bev na noite do desaparecimento de Joanna? – perguntou Tristan.

– Sim. Por que alguém estacionaria uma BMW chique naquele conjunto habitacional perigoso durante a noite?

– E se Nick tinha um amante? Alguém mais barra-pesada que morava no conjunto habitacional? – perguntou Tristan.

– Parece que, quando se trata de Nick Lacey, estamos sempre nos perguntando "e se" e "quem é ele", mas será que essas são as perguntas certas? Até agora, ouvimos que ele é muito bem-sucedido, um executivo implacável. A vizinha do casal, Elspeth, disse que Nick é um amor. Ele conhece Max desde a época da comunidade, o que significa que pode ter conhecido David Lamb, Gabe Kemp e Jorge Tomassini.

De repente, o telefone de Kate tocou.

– Por falar nele… É Jorge Tomassini. – Ela atendeu e colocou o telefone no viva-voz.

– Oi, Kate – disse Jorge. – Escuta, dei uma olhada no sótão e encontrei aquelas fotos de quando eu morava na Inglaterra. Tem oito álbuns de vinte e quatro fotos. Escaneei todos.

Tristan cerrou os punhos e fez com a boca: *Que demais!*

– Foi muita gentileza sua, obrigada – disse Kate.

– Cada arquivo de imagem tem oito fotos digitalizadas. Fiz assim para economizar tempo. Você vai ter que dar zoom nas imagens.

– Desde que estejam nítidas, está excelente – disse Kate.

– Tem várias da comunidade, de algumas festas em que fui lá. Tem uma minha com meu namorado da época, com Noah Huntley, algumas com Max e uma minha no sofá da comunidade com Max e o namorado dele, Nick Lacey.

– Vai ajudar muito, obrigada.

– Certo. Vou pedir para a minha assistente enviar tudo por *e-mail* – disse Jorge.

As fotos chegaram dez minutos depois, divididas em dois *e-mails*. Kate e Tristan pegaram seus *laptops*, baixaram os arquivos e começaram a navegar por eles. Havia uma foto de Noah Huntley embriagado, com o rosto vermelho, passando o braço ao redor de Jorge e de um jovem loiro e musculoso.

– Jesus Cristo! – exclamou Kate ao encontrar a foto de Jorge e Max no sofá, ao lado de um terceiro homem. – Tristan, venha ver isso.

Tristan se levantou e foi até ela.

– Meu Deus, é sério? – perguntou ele ao olhar a tela. – Esse é Nick Lacey?

– Sim… – disse Kate, ainda em choque. – Meu Deus. É essa foto. É essa a chave que faz tudo se encaixar.

CAPÍTULO 45

Já era tarde da noite de sábado quando Nick Lacey deixou Southampton, voltando para casa após uma viagem de negócios. Sempre que visitava a cidade, passava pela zona informal de prostituição no caminho de volta. A rua estava fortemente iluminada pelas luzes do cais movimentado; ao longo dos anos, o governo fizera diversas tentativas de limpar a região e expulsar os trabalhadores do sexo e seus clientes. Agora, aquela era uma típica rua da Grã-Bretanha que se reinventa a cada 100 metros, alternando entre degradada, residencial e degradada de novo.

Ele já havia dado duas voltas no quarteirão, passando pelo mesmo *pub gay* fortemente iluminado, verificando se havia alguma câmera de segurança pública ou particular.

A uns 100 metros do pub, nas sombras de um poste quebrado, notou um rapaz parado. Era alto e atlético, com o maxilar bem definido. Em sua terceira volta pelo quarteirão, Nick diminuiu a velocidade ao se aproximar do poste e abriu a janela.

– Oi – disse ele.

– Oi – respondeu o rapaz, olhando-o de cima a baixo. – Carro bonito. – Ele usava calça jeans azul bem justa, tênis brancos caros, que pareciam novos, e uma camiseta fina de gola V. Nick pôde ver que ele tinha ombros e pernas musculosos.

– Está fazendo o que hoje? – perguntou Nick.

– O que você acha? – retrucou ele, aproximando-se da janela e olhando pela abertura. Sua agressividade afetada fez Nick rir. Era como se estivesse atuando.

– Acho que você é um putinho safado, e é exatamente isso que estou procurando – disse Nick.

Um lampejo de mágoa passou pelo rosto do rapaz, e Nick o notou. De repente, sentiu-se desesperado para levá-lo consigo. Manteve contato visual para ver se o rapaz desviaria o olhar. Ele não desviou.

– Qual é o seu nome? – perguntou Nick.

– Mario.

– Qual é o seu *verdadeiro* nome? Pago mais se puder usar o verdadeiro...

Houve uma longa pausa, e uma rajada de vento soprou do lado de fora, agitando as folhas das árvores, o lixo do meio-fio e o cabelo castanho do jovem. Ele baixou os olhos, e Nick se perguntou para que precisava do dinheiro. Para viver? Comprar drogas? Comprar outros tênis brancos como aqueles?

– É Paul.

– Oi, Paul. Quanto custa a noite toda?

– Trezentas libras em dinheiro vivo, adiantado.

Paul cheirava a pós-barba e sabonete.

– Entre pelo lado do passageiro – disse Nick, fechando a janela. Ele observou Paul dar a volta pelo carro e se perguntou por que aquele rapaz estava em uma região tão perigosa. Os caras bonitos tinham passado a usar aplicativos de celular. Era mais fácil e, em certa medida, mais seguro, pois deixava um rastro digital caso a polícia precisasse se envolver.

De repente, uma viatura policial apareceu mais à frente. Paul deve tê-la notado, porque passou reto por trás do carro de Nick e atravessou a rua, caminhando na direção oposta.

Nick abriu o painel entre os bancos da frente do carro e conferiu as garrafas de champanhe e Coca-Cola no frigobar, tornando a fechá-lo.

Foi então que ele caiu em si e se deu conta de que estava agindo no piloto automático. Tinha chegado tão perto de pegar Paul, mas nunca pegava rapazes sob sua verdadeira identidade. Nas primeiras vezes, fizera isso como Nick Lacey, mas já tinha muitos anos, e, quanto mais tempo ficava impune, mais ele tinha a perder. Por isso, começou a usar nomes e disfarces diferentes, assim como alterar sua aparência para parecer diferente. Steve, Graham, Frank e Tom, seu alter ego mais recente, o mesmo que usou para pegar Hayden Oakley.

Ele vinha conferindo os jornais todos os dias para ver se a polícia havia acusado Noah Huntley. Eles o estavam interrogando e, sem dúvida, esperando os resultados do exame de DNA da cueca que Nick havia plantado em seu carro.

Isso trazia um impasse. Se Noah Huntley fosse julgado e condenado pelos assassinatos de David Lamb, Gabe Kemp e daqueles outros dois cujos nomes não se lembrava agora, ele estaria livre. O que também significava que teria que mudar seus métodos se quisesse continuar.

A viatura chegou ao fim da longa rua e virou à direita.

Paul saiu da rua lateral, onde estava esperando, e Nick o viu se aproximar.

Ele apertou o volante com força. O desejo de capturar e torturar aquele jovem até a submissão era avassalador, mas precisava se forçar a deixar essa ideia de lado. Então, com o cheiro do pós-barba de Paul ainda no ar, ele passou a marcha e pisou no acelerador, pegando a estrada de volta para Burnham-on-Sea.

CAPÍTULO 46

Naquela manhã de segunda-feira, Kate notou que Tristan estava com medo enquanto dirigiam até Burnham-on-Sea para confrontar Nick Lacey. Os dois haviam passado o dia anterior rastreando testemunhas adicionais e verificando detalhes do caso, e ela também se sentia apreensiva com a perspectiva de ficarem cara a cara com Nick.

Estava ensolarado e quente quando deixaram Ashdean, mas o tempo mudou bruscamente conforme seguiam pela rodovia M5. Ao chegarem em Burnham-on-Sea, estava nublado e escuro. Eles estacionaram no mesmo local de antes. O vento uivava pela enorme praia vazia, soprando areia ao redor deles.

– Está pronto para isso? – Kate perguntou.

– Não – respondeu Tristan. – Você está com a foto?

Ela fez que sim.

Tristan travou o carro e os dois começaram a subir a trilha de areia em direção à casa de Nick Lacey. Parte de Kate estava torcendo para que ele não tivesse voltado de sua viagem de negócios, mas, quando estavam no meio da trilha, Elspeth saiu de seu bangalô, acenando com a bengala e caminhando na direção deles.

– Bom dia! – ela disse alegremente. Estava usando um cachecol grosso e óculos de sol.

Kate e Tristan deram bom-dia e voltaram a andar.

– Parece que o vento mais uivante do canal de Bristol passa por aqui, mas temos alguns dias bonitos também! – O vento tinha ficado mais forte, e ela teve que gritar a última frase. À sua direita estava o campo de vegetação rasteira e ervas daninhas, e a areia soprada da praia fazia um som crepitante ao atingir as folhas. – Estão procurando por Nick? – ela gritou atrás deles.

– Sim – respondeu Kate.

– Ele está em casa, acabei de voltar de lá. Tomamos nosso café da manhã cedinho, como sempre – gritou Elspeth. Ela cambaleou um pouco, açoitada pelo vento. – Parece que essa ventania não vai passar – concluiu ela, e com um aceno, baixou a cabeça e voltou a andar em direção à praia.

– Ela não sabe, não é? – perguntou Tristan.

– Claro que não – disse Kate.

A caminhada ficava mais fácil com o vento nas costas. Eles chegaram à porta da frente rápido demais para o gosto de Kate.

– O importante é fazer com que ele fale – disse ela. – Estou com meu *spray* de pimenta aqui.

– Você acha que vai precisar? Isso pode se virar contra nós... É ilegal carregar.

– Só vou usar em último caso.

Tristan concordou, engolindo em seco.

– Acha que ele sabe que estamos vindo?

– Somos John e Maureen, lembra? – Kate tentou fazer graça, mas nenhum dos dois riu. – Certo?

Tristan fez que sim.

Kate se aproximou e tocou a campainha. Um minuto se passou, depois outro. O vento parecia gritar na praia.

E se ele se recusar a atender a porta?, pensou Kate. *E se a vizinha tiver dito que estivemos aqui na semana passada e ele começar a juntar as peças?*

Kate e Tristan se sobressaltaram quando ouviram o trinco sendo solto, e a porta se abriu devagar.

Bill surgiu diante deles carregando um cesto cheio de roupa suja.

Por um momento, todos ficaram paralisados. A foto tirada na festa na comunidade em 1998 mostrava Jorge em um sofá, ao lado de Max e Bill. Kate e Tristan entraram novamente em contato com Jorge, que confirmou que a pessoa sentada com ele e Max era Nick Lacey. Foi um choque descobrir que Bill e Nick eram a mesma pessoa, e um choque maior ainda ver a descoberta se confirmar quando Bill abriu a porta da casa que dividia com Max Jesper.

Bill alternou o olhar entre os dois, depois abriu e fechou a boca. Então, se recompôs e sorriu. Era um sorriso sem graça. Seus olhos brilhavam, parecendo ligeiramente ensandecidos.

– Olá – disse ele.

– Olá, Bill – disse Kate. – Ou devemos chamá-lo de Nick?

Atrás de Bill havia um longo corredor arejado com um aparador largo abaixo de um espelho. Sobre o aparador, Kate viu uma seleção de fotos pessoais em molduras douradas e prateadas. Bill notou para onde ela estava olhando e moveu o corpo para bloquear o vão deixado pela porta.

Kate tirou a foto de Jorge do bolso.

– Você se lembra desta festa, Bill? Em 1998, na comunidade de Walpole Street?

Na imagem, Bill aparecia levantando a mão para tentar cobrir o rosto, mas não tinha sido rápido o bastante. Estava claro que era ele na foto.

– Jorge Tomassini nos enviou a foto no fim da tarde de ontem. Ele também identificou você como Nick Lacey. Namorado de Max Jesper – disse Tristan.

Bill estava completamente imóvel, bloqueando o batente. Tristan ergueu a mão e empurrou a porta para abri-la outra vez. Kate passou pelo vão e entrou no corredor.

– Espere! – gritou Bill. Ele tentou puxar Kate pelo braço, mas ela escapou de sua mão. Tristan permaneceu na porta, agora ele mesmo bloqueando o batente.

Kate foi até o aparador e pegou uma das molduras prateadas. Era uma foto de Bill e Max sentados em um bote de borracha no que parecia ser o Grand Canyon ao fundo. Bill estava com um braço ao redor dos ombros de Max. Ela colocou a foto sobre a mesa e pegou outra, em uma moldura dourada, que mostrava Bill e Max em um jardim. Nesta, os dois vestiam terno e gravata-borboleta. Max estava com o braço ao redor de Bill, e ambos sorriam.

– Você não me respondeu. Como devemos chamá-lo, Bill ou Nick? – perguntou Kate. – Quem veio primeiro, Bill ou Nick?

Toda a cor se esvaiu do rosto de Bill. Ele deu um passo para trás e se apoiou na parede. Seus ombros se curvaram, e ele derrubou o cesto de roupas. Tristan entrou na casa e fechou a porta, passando por Bill para chegar ao aparador.

A situação era surreal. Nenhum deles disse nada.

– Vocês não entendem – Bill disse em voz baixa. Ele engoliu em seco, mas se recompôs em seguida.

– Há quanto tempo você é Bill e Nick? – perguntou Tristan.

– Tempo demais – respondeu ele. – Bill é meu nome de batismo. Nick veio depois.

Ele olhou para o telefone fixo no aparador e correu, passando por Kate e Tristan e desaparecendo rapidamente dentro da casa.

– Não deixe que ele fuja – disse Kate. Os dois seguiram pelo corredor, que se abria em uma cozinha grande e uma sala de estar com janelas do chão ao teto. A vista dava para o jardim com piscina e para uma sacada, com a praia mais à frente. As portas dos fundos levavam à saída, mas estavam fechadas.

– No andar de cima – disse Tristan, apontando para uma escada. Eles subiram os degraus de dois em dois. No segundo andar, havia um longo corredor, com uma claraboia, que dava para os quartos. Eles ouviram sons vindo do segundo quarto. Kate enfiou a mão na bolsa e achou seu *spray* de pimenta. Tristan foi na frente.

A porta do cômodo estava aberta. Era um escritório, decorado no mesmo estilo do escritório de Bill na casa em Salcombe. Neste, porém, um armário com portas de vidro exibia uma fileira de espingardas reluzentes, pretas e prateadas. Uma das portas estava aberta, e Bill segurava uma arma. A mesa ao lado dele estava quase vazia, exceto por duas balas de espingarda sobre a superfície polida.

Kate tentou ignorar a sensação de pânico quando seu coração começou a acelerar. Recusava-se a perder a cabeça. Tristan estendeu a mão e segurou o braço dela, parando-a na porta.

Quando Bill se virou para eles, seu olhar era estranho e vago. Ele abriu a espingarda para carregá-la. Tristan saltou sobre a mesa e jogou as balas no chão de ladrilhos. Elas tilintaram ao cair e saíram rolando. Tristan agora estava do outro lado da mesa. Bill continuava segurando a arma.

– Abaixe a arma – disse Kate, entrando no escritório.

– Até parece – retrucou Bill.

– Bill. Dê a arma para mim – disse Tristan, estendendo a mão.

– Vá se foder. Você não me intimida. EU ESTOU COM A ARMA! – ele gritou, e Kate estremeceu. Bill e Tristan tinham quase a mesma altura e eram bem musculosos. Tristan se manteve próximo, com a mesa entre eles. Bill continuou parado com a espingarda aberta na mão.

Kate enfiou a mão na bolsa e apalpou a lata de *spray* de pimenta outra vez. *Temos que fazê-lo falar*, pensou ela.

– E Bev? Ela sabe que você leva uma vida dupla? E que essa outra vida é com um homem?

Bill riu e balançou a cabeça.

– Max sabe?

– Deixe Max fora disso! Ele não sabe de nada. NADA!

– Então é Max quem você ama. Como Bev fica nessa história?

– Eu a amo, mas...

– Mas o quê? – perguntou Kate.

– Não tenho que me justificar ou me explicar para você! – gritou Bill.

– Mas terá que se justificar para a polícia – disse Tristan. – Você foi meticuloso ao criar essas duas identidades, e provavelmente criou outras para capturar suas vítimas, mas cometeu um grande erro. Nick Lacey estacionou uma BMW na rua de Bev na noite em que Joanna desapareceu, mas Bill disse à polícia que havia estacionado o carro de Bev naquela rua na mesma noite. Nick tinha uma BMW top de linha. Bev tinha um Renault velho. Por algum motivo, esse "ladrão" escolheu roubar o carro de Bev.

Bill riu.

– Isso não significa nada. Carros são roubados por diversos motivos, e traficantes baratos não querem chamar atenção.

– É verdade – Kate concordou. – Relemos seu depoimento do caso de Joanna. Você estava com Bev em Killerton House, e então recebeu um telefonema do trabalho pouco antes das 16 horas chamando você para a obra do Teybridge House. Bev o levou no carro dela até lá e voltou a pé para casa, deixando o carro com você. Dois trabalhadores da obra, Raj Bilal e Malik Hopkirk, confirmaram seu álibi, dizendo que você chegou lá às 16h45 e ficou por cerca de quatro horas.

– Sim – disse Bill.

– Passamos os últimos dias procurando por eles – disse Kate. – Malik Hopkirk morreu de câncer de pulmão há seis anos, mas Raj Bilal está vivo. Explicamos nossa teoria para ele e falamos sobre o risco de ir para a prisão por mentir à polícia, e agora ele não tem tanta certeza de que você ficou *mesmo* no canteiro de obras do Teybridge House por quatro horas. Admita que você pagou para ele mentir.

— Cadê as provas? — perguntou Bill. — Isso é circunstancial.

— Se Bill não estava no Teybridge House das 16h45 às 20h40 na noite de 7 de setembro de 2002, o que ele fez nessas quase quatro horas?

Bill os encarava com as duas mãos na arma. Para Kate, seu olhar lembrava o de um cachorro — um cachorro assustado, decidindo se atacaria ou fugiria. A mão dela suava segurando a lata de *spray* de pimenta dentro bolsa.

— Joanna estava tentando descobrir os podres de Noah Huntley, não estava? Tentando encontrar todas as evidências possíveis de que ele contratava garotos de programa e traía a esposa — disse Kate. — Um dos rapazes disse a ela que Noah gostava de visitar a comunidade de Max Jesper em Walpole Street. O que ela não sabia é que você, Nick Lacey, também gostava de visitar a comunidade. Max sempre o conheceu como Nick?

— Cale a boca! Já disse que Max não teve nada a ver com... — Bill se conteve, mas continuou encarando Kate. Ela viu Tristan se aproximar dele lentamente, seus olhos fixos na arma.

— A ligação que você recebeu às 16 horas... não foi do trabalho, certo? Foi de Joanna. Provavelmente quando ela descobriu que você e Nick eram a mesma pessoa. E que Nick tinha matado aqueles rapazes.

Bill segurou a arma com mais força, respirando fundo.

— Você não pode provar nada disso. Não tem corpo. Não tem carro — disse ele, quase como se entoasse um mantra. — O carro de Bev foi roubado na rua da casa dela. Você não pode provar o contrário.

— Então como a BMW de Nick foi parar na frente do prédio de Bev naquela noite?

— Eu estacionei lá no dia anterior. Não havia câmeras de segurança naquela rua — respondeu Bill, com um sorriso triunfante.

— Por quê? Na manhã de sábado, dia 7 de setembro, Bev buscou você em seu apartamento, do outro lado de Exeter.

— Ok, eu tinha estacionado lá no dia anterior. Não havia câmeras de segurança naquela rua — ele disse.

— Você recebeu uma ligação de Joanna. Ela havia descoberto que você era Bill e Nick...

— Você está especulando. Não tem como provar! — ele gritou.

— A foto prova, Bill — disse Kate, erguendo a fotografia de 1998. — Nós a conseguimos com Jorge Tomassini. Joanna o entrevistou quando buscava por David Lamb, e Jorge mostrou a ela algumas fotos da comunidade. E ela pegou os negativos dele sem pedir. No dia em que Joanna desapareceu, uma de suas colegas de trabalho, Rita Hocking, disse que ela chegou à redação com um pacote de fotos que tinha revelado naquele dia. Eram dos negativos que ela havia roubado de Jorge. Essa foto aqui estava entre as que foram reveladas. Jorge disse que você não gostava que o fotografassem. Essa é a única em que alguém pegou você de surpresa e conseguiu fotografar seu rosto.

— Foi Joanna quem ligou para você naquela tarde, não foi? – perguntou Tristan. – Soubemos por Raj Bilal que o canteiro de obras do Teybridge House estava fechado naquele dia. Joanna viu essa foto, juntou as peças e ligou para você. Você pediu para se encontrarem para tentar se explicar antes que ela ligasse para a polícia. Depois de se despedir de Bev na obra, você dirigiu até Exeter para encontrar Joanna no estacionamento Deansgate. Sabia que estaria deserto. Foi lá que você pegou Joanna e a matou, e depois usou o carro de Bev para se livrar do corpo.

Bill riu e levantou a arma.

— Tudo isso é uma bobagem. E o júri vai concordar comigo.

— Você era próximo de Joanna, não era? – perguntou Kate.

O rosto de Bill relaxou um pouco.

— Claro... Eu jamais faria mal a ela! – Ele ergueu a voz outra vez, batendo a arma na mesa.

— Por isso deve ter sido difícil matá-la – disse Kate.

— Não fui eu! Eu não a matei! Cale a boca, porra!

— Matou, sim. Você a sequestrou e a assassinou porque ela conseguiu informações sobre a sua vida dupla. Ela sabia que você era responsável pelas mortes de David Lamb, Gabe Kemp e de outros rapazes – disse Kate. – Você a colocou no carro de Bev e a trouxe para cá, não foi, Bill? Você a trouxe para esta casa. Ninguém que conhecia Bill sabia deste lugar. Conversamos com as pessoas que vêm às suas festas de verão, conversamos com a sua vizinha. Todos falaram sobre o medo de Nick de que as pessoas desçam para a praia quando a maré está baixa. A princípio, pensamos que você fosse um bom samaritano, que morresse de medo de que as pessoas se afogassem, tanto que comprou um aerodeslizador para patrulhar a praia durante as baixas da maré. Mas não é esse o motivo, é? Seu medo é que um dia a maré revire a areia e revele onde o corpo de Joanna está escondido. Você dirigiu o carro de Bev com o corpo de Joanna no porta-malas. Esperou escurecer e foi até os bancos de areia movediça, mais longe do que a maioria das pessoas se atreve a ir, onde sabia que o corpo e o carro afundariam. Depois, você precisou voltar para Exeter para encontrar Bev, por isso pegou a BMW de Nick e a estacionou na frente do Conjunto Habitacional Moor Side. O carro de Bev nunca foi roubado. Ele não foi encontrado depois daquela noite porque está enterrado na areia, com o corpo de Joanna dentro.

Bill continuava encarando Kate. O sangue tinha se esvaído completamente de seu rosto.

– Há quantos anos você vem guardando esse segredo terrível? – perguntou ela. – Você o guardou de Max. Você o guardou de Bev.

– Não existem provas. Você só está dizendo o que acha! – ele gritou. Em seguida, pegou a arma, fechou os olhos e a pressionou junto ao peito. Lágrimas escorriam por suas bochechas. Ele estava quieto e imóvel. Kate deu um passo à frente, Tristan também, mas Bill abriu os olhos.

– Com quem estamos falando: Bill ou Nick? – perguntou Kate.

– Não é assim que funciona – disse ele, erguendo o rosto para ela. Sua voz estava calma agora. – Nick era só um nome que eu usava para me encontrar com homens. Eu não tinha nada planejado na época, só não queria que aqueles homens soubessem meu nome verdadeiro. Mas isso saiu do controle, e minhas duas identidades ganharam vida própria.

– Bill matou Joanna? Ou foi Nick, como fez com aqueles rapazes? – perguntou Kate.

– Pare! – ele gritou.

– Sei que deve ter sido assustador – disse Kate. – Aquela escuridão. A areia afundando. A maré subindo... A cena fica se repetindo em sua mente, não é? E o medo de que, depois de todos esses anos, o carro enferrujado de Bev, com Joanna dentro, venha à tona na praia.

– Por que nos contratou para encontrar Joanna? – perguntou Tristan.

– Bev – ele disse baixinho. – Por Bev. Eu queria que isso acabasse. Pensei que vocês não encontrariam nada e que poderíamos colocar uma pedra sobre esse assunto. Eu precisava que Bev desistisse de Joanna. Que deixasse isso para trás.

— Bev deve saber, no fundo, que você a matou — disse Tristan.

— Cale a boca! — gritou Bill, batendo a arma repetidas vezes na mesa. — Você não tem como provar isso! Não tem como provar! — ele cantarolou com uma voz infantil. Seu rosto estava vermelho e seu corpo tremia.

— Quando acabarmos com você, Bill, vou pedir para a polícia revirar cada centímetro dessa praia maldita. Eles vão encontrar o carro, e vão encontrar o corpo de Joanna lá dentro — disse Kate. Seu coração estava batendo forte agora, e sua boca estava seca.

Bill agiu rápido. Ele pegou uma das balas do chão e carregou a arma. Por um momento, Kate pensou que ela e Tristan seriam o alvo, mas ele virou a espingarda e enfiou a ponta do cano na própria boca.

Tristan deu a volta pela mesa bem a tempo, tirando a arma da boca de Bill no instante em que ele puxou o gatilho. O vidro de uma das portas do armário estourou atrás de Kate.

Bill e Tristan lutaram pela arma. Os dois tinham a mesma altura, mas Tristan era mais forte. Kate sentiu uma pontada no braço direito, logo abaixo do ombro. Quando baixou os olhos, viu que uma mancha vermelha se espalhava pela manga de sua camiseta.

Bill levou a melhor na disputa e empurrou Tristan, que caiu para trás, contra as estantes. Rapidamente, Bill pegou a outra bala do chão e saiu correndo do escritório com a arma. Ao se levantar, Tristan viu que o braço de Kate sangrava.

— Kate! Você foi atingida!

A dor a atravessava, mas, quando arregaçou a manga da camisa, Kate viu apenas um raspão fundo no braço.

— Foi superficial — disse ela, apertando a ferida. — Vá atrás dele. Não o deixe usar aquela bala! — ela gritou. Tristan fez que sim e saiu correndo atrás de Bill.

Kate estremeceu e levou a mão à bolsa. Encontrou um cachecol preto fino e o amarrou rapidamente na ferida. Ela respirou fundo algumas vezes e, em seguida, pegou o celular e ligou para a polícia.

CAPÍTULO 47

Tristan sentiu uma intensa rajada de vento soprar areia para dentro da casa. Quando viu que a porta principal estava aberta, saiu em disparada. Bill corria descalço pela trilha de areia em direção à praia, com a espingarda na mão. Tristan começou a correr atrás dele.

Na outra ponta da trilha, Bill pulou a pequena cancela do estacionamento e caiu na areia, cambaleando, mas então se endireitou e continuou a correr. Tristan foi se aproximando e pulou a cancela pouco depois. Bill agora corria em direção ao mar.

O que ele está fazendo?, pensou Tristan, seus pés afundando no solo úmido. Era mais difícil correr na superfície arenosa com seus tênis pesados, enquanto Bill se movia rápido com os pés descalços. O vento agora soprava da costa, formando, ao longo da praia, uma névoa de areia que envolveu Tristan, entrando em seus olhos e fazendo sua pele arder.

– Bill! Pare! – ele gritou, mas o vento sufocou as palavras em sua boca e o fez engasgar com a areia. Bill correu na direção de um bando de gaivotas, que levantaram voo e ergueram-se sobre Tristan, cantando e gritando para o céu.

Quanto mais longe eles corriam, mais úmido o solo se tornava. Bill segurava a espingarda com as duas mãos, movendo-a de um lado para o outro para ganhar impulso. Tristan conseguia ver onde as ondas estavam se quebrando agora, e quando olhou para trás, as casas pareciam pequenas no horizonte. Estava por conta própria nessa terra de ninguém, com Bill, uma arma e uma bala.

Bill olhou para trás e Tristan teve a impressão de que ele havia diminuído a velocidade. A areia estava ficando mais úmida e sulcada em alguns trechos, formando poças de água salgada. Os sapatos de Tristan estavam molhados e se afundavam alguns centímetros a cada passo.

Tristan acelerou, reduzindo a distância entre os dois a poucos metros. Bill se virou outra vez, mas, ao fazer isso, tropeçou e caiu com tudo no chão. A espingarda voou de suas mãos. Tristan tropeçou nele e os dois rolaram na areia. Ele soube imediatamente que tinha se colocado em uma situação idiota. Agora, ou Bill se mataria ou tentaria matá-lo, ou ainda, os dois acabariam afundando na areia movediça.

Tristan havia caído de bruços, mas, antes que conseguisse se levantar, Bill o agarrou e o virou, subindo em cima dele para imobilizá-lo e apertando sua garganta com as duas mãos.

– Você acha que pode me intimidar? Acha que pode me humilhar? – gritou Bill, o rosto vermelho, o olhar ensandecido. Tristan sentiu as mãos dele apertarem sua garganta com força, e então ergueu as pernas, tentando tomar impulso para empurrá-lo.

O solo úmido embaixo dele começou a ceder conforme Bill empurrava seu pescoço para baixo. Os sons do vento e da rebentação tornavam-se abafados à medida que sua nuca e suas orelhas afundavam na areia lamacenta. Ela cobriu seu rosto, envolvendo-o na escuridão, entrando por seu nariz. Tristan sentia Bill em cima dele, ainda empurrando. As mãos de Bill haviam relaxado em seu pescoço, mas ele o empurraria cada vez mais fundo, até sufocá-lo na areia.

Tristan tentou mexer os braços e as pernas, mas estava semissubmerso na areia úmida agora. Ele sentiu o ar sendo arrancado de seus pulmões. Estava prestes a sufocar.

***

Kate correu o mais rápido que pôde pela praia. Conseguia distinguir a silhueta de Bill agachado na areia. O braço dela doía mesmo com o cachecol amarrado sobre o ferimento, mas o fluxo de sangue havia diminuído. Quando chegou mais perto, viu que Bill empurrava Tristan para dentro da areia macia. A cabeça e a parte superior do corpo dele estavam totalmente submersas, as mãos de Bill embaixo da lama movediça. Os pés de Tristan se debatiam no ar.

O olhar de Bill estava fixo em Tristan. As veias saltavam em seus braços, e ele suava e tremia pelo esforço.

Kate viu a espingarda caída na areia. Ela correu até a arma, pegou-a pelo cano e bateu com a coronha na nuca de Bill. Houve um estalo e ele gritou, soltando Tristan e caindo de lado, zonzo.

– Tristan! – gritou Kate, afundando as mãos onde ele estava submerso e encontrando seu tronco. Ela se ajoelhou, encaixou os braços embaixo dele e, com muita força, sentando-se sobre os calcanhares, o puxou para trás. No começo, o solo não cedeu, e ela pensou que talvez fossem afundar mais. Mas então, com um ruído surdo de sucção, Tristan emergiu da lama e os dois tombaram para trás.

– Está tudo bem – disse ela, limpando a areia úmida do rosto dele. Ele cuspiu e tossiu, seu corpo inteiro coberto por uma grossa camada marrom. Por fim, ele inspirou fundo e ruidosamente.

– Cadê ele? Não consigo enxergar – disse Tristan. Bill ainda estava caído ao lado deles.

– Eu bati nele com a arma – disse Kate. Ela foi até uma poça de água limpa, pegou um pouco com as duas mãos e a usou para lavar o rosto de Tristan.

Foi então que ela viu Bill se contorcer. Rapidamente, ele rastejou pela areia, pegou a espingarda e rolou de barriga para cima. Ele apontou a arma para Kate e puxou o gatilho, mas houve apenas um estalido quando o ferrolho acertou o cano vazio. Ele puxou o gatilho de novo, e Kate gritou, mas houve outro estalido.

– Não, não, não! – gritou Bill, buscando a única bala que havia trazido consigo. Kate a viu logo atrás dele e a alcançou primeiro, guardando-a no bolso.

Ela se sentiu aliviada ao ouvir gritos vindos da costa e ver que um grupo de policiais vinha correndo na direção deles. Pouco depois, a polícia os alcançou e prendeu Bill.

– Bill Norris, Nick Lacey. Você está preso sob suspeita de assassinato – disse o policial, colocando as algemas nos punhos dele. – Você tem o direito de permanecer calado, mas sua defesa no tribunal pode ser prejudicada se não responder quando for questionado. Tudo o que disser poderá ser usado como evidência.

Kate foi até Tristan, que agora estava deitado na areia, recuperando o fôlego.

– Pensei que seria o meu fim – disse ele, ainda cuspindo areia.
– Jesus.

Três policiais começaram a guiar Bill em direção à costa.

– Precisamos ir depressa – um quarto policial disse aos dois. – A maré está subindo, e pode encher mais rápido do que conseguimos andar.

Mais à frente, Kate viu que um carpete espumoso de água se aproximava deles.

– Você está bem? – ela perguntou para Tristan, ajudando-o a se levantar.

– Não, mas vou ficar – ele respondeu. – E você? Precisa dar uma olhada nesse braço.

Kate concordou, mas já não sentia dor alguma, só euforia. Eles o haviam pegado. Haviam resolvido o caso. Ela passou o braço no de Tristan e os dois começaram a andar rumo à segurança da costa.

CAPÍTULO 48

Quatro dias depois, às 4 horas da madrugada de sexta, Kate e Tristan voltaram à casa de Max e Bill em Burnham-on-Sea. Ainda estava escuro, e era possível ver a tenda iluminada da perícia a alguns quilômetros de distância, lançando um brilho espectral em meio ao breu. O pequeno estacionamento perto da casa estava ocupado por duas vans da polícia e uma van preta da perícia, então Kate passou reto e estacionou na trilha de areia.

Os últimos quatro dias tinham parecido uma vida inteira. Quando Bill foi detido, ele estava emocionalmente abalado, e Kate ingenuamente presumiu que ele repetiria a confissão que havia feito a ela e Tristan. Bill foi levado à delegacia de Exeter e usou sua única ligação para entrar em contato com Bev, que, por sua vez, chamou um advogado. Ele se recusou a responder qualquer pergunta, então a urgência agora era encontrar os restos mortais de Joanna Duncan.

Kate ligou para Bev após a prisão, mas, em vez de ficar grata pelo avanço no caso, ela culpou Kate por tudo. Bev se recusou a aceitar que Bill tinha outra vida e, com ainda mais firmeza, se recusou a acreditar que ele havia matado Joanna. Parte de Kate entendia a negação. Depois de tantos anos chorando no ombro de Bill e recebendo o apoio dele, era algo difícil de acreditar.

A polícia também entrou em contato com Max Jesper, que reagiu de maneira parecida com Bev. Ele perdeu o voo para casa, permanecendo na Espanha. Kate se perguntou por quanto tempo ele adiaria a volta.

A detetive inspetora-chefe Faye Stubbs permanecera em contato com Kate e Tristan, e as coisas estavam tensas agora. Eles tinham poucas horas para encontrar o antigo carro de Bev e acusar Bill formalmente antes de o tempo da custódia se esgotar e eles terem que soltá-lo. Noah Huntley já havia sido liberado, e a investigação estava focada em Bill.

— Ai, meu Deus. Não acredito que vamos voltar àquela praia – disse Tristan quando Kate desligou o motor. Estava completamente escuro lá fora, e o vento balançava o carro. Kate pegou a mão dele e a apertou.

— Pode ficar no carro se for demais para você – disse ela.

— Está doida? Quero ir até o final disso – ele riu. Os dois saíram do carro e vestiram seus casacos e luvas de inverno. Quando passaram pela van da polícia a caminho da praia, Faye saiu da porta lateral.

— Bom dia – disse ela. – Querem um chá? Estamos esperando a maré baixar, o que deve acontecer nos próximos vinte minutos. – Ela verificou o relógio. – Só preciso falar com a equipe forense e a Guarda Costeira. Eles estão organizando a praia.

Faye pulou a cancela do estacionamento e seguiu para a praia. Kate e Tristan entraram no calor da van, onde dois policiais tomavam chá em copinhos de isopor. Os quatro se cumprimentaram e Tristan foi até a mesinha da chaleira, servindo dois copos para eles.

Essa era a terceira manhã em que Kate e Tristan acompanhavam a equipe de buscas na praia. A polícia supunha que Bill havia descido a colina de casa durante a maré baixa, saído da trilha e atravessado a praia em direção ao mar. Mas, mesmo que ele tivesse dirigido em linha reta, o raio do trajeto era amplo, e a equipe de busca vinha usando um radar de penetração no solo para vasculhar a área. Um pequeno *transponder* também fora acoplado em um aerodeslizador emprestado da Guarda Costeira e levado até o limite da maré, e, no dia anterior, uma grande massa foi detectada na margem. Houve tempo apenas de cravar uma haste de metal para marcar o lugar antes de a maré voltar a subir e impossibilitar a operação. Hoje, eles tinham esperança de voltar ao mesmo ponto e encontrar algo.

Kate e Tristan tomaram seu chá do lado de fora da van com os dois policiais.

— Soube que foram vocês que revistaram a casa, não é? – ela perguntou aos homens.

— Sim. Meu nome é Keir, esse é Doug – respondeu um deles. – A perícia está trabalhando na suíte e no banheiro. Os dois cômodos foram limpos recentemente com alvejante e amônia. Encontramos algumas fibras no carro dele, além de fios de cabelo, sangue e fluidos corporais.

Eles ouviram o ronco de um motor, e uma viatura desceu a trilha e parou ao lado do carro de Kate. A praia agora estava banhada pela luz fraca do amanhecer, mas eles só conseguiram identificar quem estava na viatura quando o policial que a dirigia abriu a porta e a luz interna se acendeu. Kate entreviu Bev Ellis sentada no banco do passageiro com um semblante abatido e fatigado. O policial saiu e colocou a cabeça para dentro de novo para falar com ela.

– Jesus Cristo. Não sei o que eu faria se estivesse no lugar dela – disse Doug.

– Eu gostaria de estar aqui – disse Kate. – Por mais difícil que seja, Bev precisa de um desfecho. Precisa encontrar Joanna, mesmo que a dor seja insuportável.

Parte de Kate queria ir até o carro e conversar com Bev, mas a outra parte acreditava que era melhor deixá-la em paz. Não havia mais nada que pudesse dizer agora. Eles observaram enquanto o policial se aproximava da van, com Bev ainda dentro da viatura.

– A chaleira está ligada? Acho que ela precisa de um chá forte – disse ele.

– Se eu fosse Bev, precisaria de algo mais forte do que chá – disse Kate. Ela virou-se novamente para o carro, onde Bev, ainda sentada, olhava em transe para a praia banhada pelas sombras da alvorada.

Trinta minutos depois, o sol havia nascido, lançando um brilho azul-prateado sobre a areia. O vento havia diminuído, mas ainda estava frio. Quando Kate e Tristan pularam a cancela para fazer companhia a Faye e assistir à operação, viram que o aerodeslizador já estava descendo a praia na direção da água, com cinco homens sentados nele. Um trator verde com pneus enormes seguia ao longe. Os oficiais da perícia, vestindo macacões de proteção e botas altas, dirigiam-se à área de recuperação, onde Kate conseguia enxergar a longa estaca fincada na areia.

– Temos menos de uma hora para fazer isso, antes de a maré subir – disse Faye.

– O trator não vai afundar na areia? – perguntou Tristan. O aerodeslizador tinha parado a alguns metros da estaca, e o trator estava cerca de 30 metros atrás, ainda em movimento, avançando lentamente.

– Ele foi equipado com pneus de flutuação extralargos com a pressão do ar reduzida, o que permite uma tração maior. Vai chegar o mais perto possível – explicou Faye.

Kate e Tristan seguiram a detetive-inspetora pela areia para se aproximar da ação. Eles viram quando o trator diminuiu a velocidade, parando a cerca de 15 metros do aerodeslizador. Um minuto depois, ouviram o motorista gritar e acenar com a mão. Ele não podia avançar mais.

Todos sentiam a tensão enquanto observavam a equipe da Guarda Costeira trabalhar para encontrar o carro. Kate olhou para trás algumas vezes, na direção de Bev, mas tudo que conseguiu ver foi a silhueta dela dentro da viatura, assistindo à cena ao lado do policial.

A equipe da Guarda Costeira usava botas altas para entrar na areia grossa e movediça ao redor da estaca de metal. Três dos homens carregavam mangueiras compridas de alta pressão, que usavam para lançar água do mar na areia e amolecê-la, enquanto outros dois escavavam. Vinte minutos depois, ouviu-se um grito, e uma voz confirmou pelo rádio de Faye que eles haviam encontrado um para-choque de carro.

– Precisamos agir rápido – Faye informou pelo rádio. – Vocês têm trinta minutos até a maré subir.

– Como será que Bill conseguiu chegar tão longe na areia movediça de carro? – Tristan perguntou a Kate.

– Se ele tiver cruzado a praia em alta velocidade, o impulso pode tê-lo levado mais longe, até a margem – respondeu Kate, sentindo uma explosão de adrenalina. Esse poderia ser o momento. Esse poderia ser o carro de Bev.

Eles observaram enquanto a longa corrente presa na dianteira do trator era levada até a equipe da Guarda Costeira, que a fixou no carro sob a areia. O trator começou a dar ré, recuando centímetro por centímetro, até a corrente se esticar, tensa. O ronco do motor se tornou mais agudo enquanto o trator puxava; as rodas atolaram e giraram sem sair do lugar, jogando areia úmida para cima. Os homens da Guarda Costeira escavaram com suas pás e usaram as mangueiras de alta pressão para irrigar o solo ao redor do veículo preso.

– Ah, não, a maré já está começando a subir – disse Kate, vendo a água espumosa se aproximar de onde a equipe trabalhava.

Foi então que se ouviu uma série de gritos. As rodas do trator tomaram impulso e ele começou a se mover para trás. A areia ao redor da estaca começou a subir e ceder e, então, emergindo da lama, surgiu a silhueta de um carro.

Kate olhou para trás, na direção da costa, e viu que Bev agora estava de pé, do lado de fora da viatura, segurando a porta aberta e olhando para os escombros arruinados. O trator continuou a recuar e, com um solavanco, desenterrou o que restava do carro, que foi arrastado da areia movediça para o trecho de terra mais firme.

Eles acompanharam os destroços sendo puxados para cima, até as tendas da perícia no início da praia. A lataria do carro estava bastante enferrujada. A borracha dos pneus havia perecido fazia muito tempo, deixando expostos os aros das rodas. Kate tentou ver o interior do veículo, mas parecia que o teto havia cedido, e ela não conseguiu distinguir onde estavam as janelas. Dois agentes da perícia soltaram a corrente e o trator se moveu pesadamente, voltando pela praia. A tenda branca foi desmontada e trazida mais para perto, até cobrir a carcaça enferrujada do carro.

Uma hora de tensão se passou, e Kate e Tristan acompanharam Faye de volta à van da polícia, onde tomaram mais chá. Eles viram que Bev, agora muito ansiosa, descia em direção à tenda. Um minuto depois, o rádio chiou na lapela de Faye.

– A identificação foi confirmada, chefe.
– Certo, estou descendo.

A detetive-inspetora fez sinal para Tristan e Kate a acompanharem. Quando chegaram, Bev estava nos braços de um policial de meia-idade, que a apoiava e segurava para que não entrasse na tenda. Um lamento baixo saía dela. Era mais animal do que humano, o que deu calafrios em Kate, deixando os pelos de sua nuca arrepiados.

A lateral da tenda que dava para o estacionamento estava aberta, e as luzes fortes lá de dentro iluminavam a carcaça enferrujada. O interior do carro era uma mistura confusa de lama, areia e metal retorcido.

Os oficiais da perícia haviam aberto dois lençóis brancos na frente do carro. No primeiro estavam os restos de uma bolsa de couro e um *laptop* em uma caixa de plástico, surpreendentemente bem conservado. No segundo, Kate viu os ossos amarelados de um esqueleto. As cavidades oculares do crânio pareciam escancaradas. Os dentes estavam intactos e, ao lado do crânio, havia uma parte do maxilar. O esqueleto parecia muito pequeno.

– O número da placa confere. Esse é o carro que pertencia a Bev Ellis – disse um dos agentes da perícia. – Conseguimos comparar os dentes do crânio com registros dentários da vítima. O esqueleto encontrado no carro é de Joanna Duncan.

Bev gritou de dor e se lançou para a frente, tentando tocar o crânio, mas Faye e Kate correram para segurá-la. As pernas de Bev cederam, e ela apertou os ombros de Kate.

– Minha garotinha... Você encontrou minha garotinha! – gritou ela. Kate passou os braços ao redor de Bev e a abraçou.

– Sinto muito, Bev. Sinto muito mesmo.

EPÍLOGO

Duas semanas após a resolução do caso, Kate, Tristan, Jake e Ade se reuniram na praia atrás da casa de Kate. O sol estava se pondo, e eles se sentaram em um grande tronco caído, que tinha sido trazido pela água depois de uma tempestade anos atrás e levado para cima, até a areia. Na frente do tronco, eles fizeram uma fogueira.

– Até que essa porcaria gasosa não alcoólica não é tão ruim, sabia? – disse Ade. – Qual é a ocasião para não bebermos?

– Você está sendo um pouco folgado, considerando que veio de penetra ao churrasco – disse Tristan.

– Eu trouxe carne! – exclamou Ade.

– Obrigada, Ade, e você é muito bem-vindo – disse Kate, dando um gole no drinque não alcoólico e concordando que não era ruim. – Estamos comemorando o pagamento pela resolução do caso de Joanna Duncan e a grande entrevista que demos para o *West Country News*.

– E torcendo para que isso leve a mais trabalhos – completou Tristan.

Jake estava ao lado de uma grande árvore na praia, tentando acender a pequena churrasqueira que eles haviam trazido de seu lugar habitual, do lado de fora da porta dos fundos, até ali.

– Também estamos comemorando finalmente termos encontrado camareiras para trabalhar nos *trailers* – disse ele, pegando sua taça e indo até os outros. – À agência de detetives, ao *camping* e ao fim da temporada de lavar privadas – ele brindou, e todos o acompanharam.

– Você vai aprender, Jake, que parte da vida é ter que lavar privadas. – Ade deu outro gole em sua bebida. – Vocês têm gelo?

– Eu comprei, vou trazer um pouco – respondeu Tristan.

– Traga a carne da geladeira também – pediu Jake.

– Vou subir com você – disse Kate. – É muita coisa para trazer.

Os dois deixaram Jake e Ade na praia, conversando próximos à churrasqueira, e subiram até a casa. Quando estavam na cozinha, a campainha tocou. Kate franziu a testa. Tristan a acompanhou até a porta e, quando a abriram, deram de cara com Bev. Eles não a tinham visto desde que o esqueleto de Joanna fora recuperado.

– Desculpe incomodar – disse ela.

– Imagina, não é incômodo algum – disse Kate. Bev usava uma longa saia preta de Lurex com um pulôver de gola rolê e parecia exausta. Alguns centímetros de raízes grisalhas haviam crescido em seu cabelo escuro. – Quer entrar?

– Não, não. Só queria pedir desculpas a vocês... Eu estava em negação sobre Bill... E nunca agradeci direito por terem encontrado Jo. Sinto vergonha de como reagi. Eu estava em choque. Agora finalmente posso enterrá-la para que repouse em paz – disse Bev.

Kate e Tristan assentiram. Pouco depois de a perícia confirmar que o esqueleto na praia era de Joanna, Bev havia desmaiado e sido levada ao hospital em um grave estado de choque. Eles não haviam tido contato com ela desde então, mas ela havia transferido o dinheiro que faltava por terem solucionado o caso.

– Vou fazer uma pergunta boba, mas como você está? Você quase nos matou de susto na praia – disse Tristan.

Bev passou o peso de um pé para o outro, ajeitou a bolsa e encolheu os ombros.

– Não sei como me sinto... Ele se declarou culpado. Bill, Nick ou seja lá como se chama. O que é a coisa certa a se fazer. São tantas evidências contra ele... Por matar Jo e todos aqueles pobres rapazes. Ai, Deus, vocês devem me achar uma idiota. Passei tantos anos com ele e não fazia a mínima ideia... Suponho que ficaram sabendo. A equipe de perícia cibernética recebeu o *laptop* e o *pen drive* encontrados no carro, na bolsa de Jo.

– Sim – disse Kate. – O *laptop* foi destruído pela água, mas conseguiram recuperar alguns dados do *pen drive*. Havia uma cópia da foto que nos ajudou a resolver o caso, que mostrava Bill em uma festa na comunidade com Max Jesper e um homem chamado Jorge Tomassini.

– Por favor – disse Bev, erguendo a mão. – Por favor, não me diga os nomes deles. Tive que ouvir da polícia sobre tudo o que foi encontrado... – Ela levou uma mão à boca, e seu lábio inferior começou a tremer. – Eles encontraram amostras de DNA daquele rapaz, Hayden... Bill sempre foi gentil comigo, o que torna ainda mais difícil ouvir sobre as coisas que fez. As coisas que Nick fez. Estou me consultando com uma psicóloga. Ela disse que devo ter salvado a vida de muitos rapazes, que dei raízes a esse lado dele: o lado que queria ser Bill, um homem heterossexual. Tudo isso é papo furado. Eu era o disfarce dele. Eu o acompanhava em eventos de trabalho, provava que era um homem hétero com a vida no lugar, com tudo "nos conformes"...

– Por favor, Bev. Não faça isso consigo mesma – disse Kate. – Tem certeza de que não quer entrar e beber alguma coisa?

Bev pegou um lenço da bolsa e secou os olhos.

– Não, obrigada. Não serei uma companhia muito boa no momento, como vocês devem imaginar. Tive uma longa conversa com Max Jesper pelo telefone hoje. Ao que parece, ele estava tão no escuro quanto eu... Vamos nos encontrar amanhã. É loucura, não é?

– Não – respondeu Tristan. – Ele também perdeu alguém. Vocês têm isso em comum.

– Nossa, passo o dia todo enjoada. Não quero lidar com Bill nem com toda essa história. Só quero lamentar a perda da minha Jo... – Bev revirou a bolsa e tirou um pequeno embrulho de papel. – Escutem, quero que fiquem com isto, para se lembrarem de continuarem fazendo o que fazem. Sei que é um trabalho difícil. – Ela entregou o embrulho para Kate. Quando o abriu, havia um pequeno pingente de prata em forma de lupa. – Jo tinha um bracelete com esse pingente. Eu comprei quando ela estava com 18 anos, e ela sempre o usava. Foi encontrado no carro, junto com os restos dela. Eu mandei limpar.

– Não podemos aceitar – disse Kate.

– Não, quero que fique com vocês. Por favor. É um pedacinho de Jo para lembrá-los que fizeram algo incrível solucionando o caso e devolvendo-a para mim.

– Obrigado – disse Tristan. Bev deu um abraço nos dois.

– Deus abençoe vocês – disse ela por fim, despedindo-se com um tchauzinho.

Depois que ela saiu, Kate fechou a porta e encarou o pingente por um momento.

– Esse caso partiu meu coração. Pensar que Joanna ficou lá, presa naquele carro, enterrada na areia movediça – disse ela.

– Você deveria se orgulhar, Kate. Conseguiu fazer em um mês o que a polícia não conseguiu em treze anos.

– Nós dois devemos nos orgulhar. Eu não teria feito isso sem você.

Eles encararam novamente o pequeno pingente de prata. Kate o colocou sobre o balcão da cozinha e secou os olhos. Pensou em como o pingente tinha ficado no punho de Joanna por todos aqueles anos, esperando para ser encontrado.

De repente, o celular de Tristan apitou. Ele o tirou do bolso e olhou a tela.

– É Ade. Está perguntando aonde fomos com o gelo.

– Temos sorte de essa ser nossa única preocupação agora: a bebida de Ade esquentando. Vamos voltar lá para baixo e comer – Kate disse com um sorriso.

Eles pegaram o gelo, a carne e saíram da casa, descendo a falésia na direção de Jake e Ade, que os aguardavam perto da luz quente e alegre do fogo.

NOTA DO AUTOR

Queridos leitores,
    Obrigado por lerem *Quando a luz se apaga*. Se gostaram do livro, agradeço se puderem contar para seus amigos e familiares. A recomendação boca a boca ainda é a forma mais poderosa de alcançar novos leitores, e seu apoio faz uma diferença enorme! Vocês também podem deixar uma avaliação on-line. Não precisa ser longa, basta algumas palavras para ajudar novos leitores a encontrarem um dos meus livros pela primeira vez.

    Eu adoro ler, e não há nada que eu ame mais do que me refugiar dentro de uma história. Acho que durante a pandemia da Covid-19, mais do que nunca, recorri aos livros para escapar do que estava acontecendo no mundo. Obrigado a todos que me escreveram para dizer que encontraram refúgio dentro dos meus livros. Suas mensagens significam muito para mim.

    Para saber mais sobre mim, você pode visitar meu site, www.robertbryndza.com.

    Kate e Tristan voltarão em breve para outra emocionante investigação de assassinato! Até lá...

Robert Bryndza

AGRADECIMENTOS

Obrigado a meus editores brilhantes. Nos Estados Unidos e no Canadá, a equipe de Thomas e Mercer: Liz Pearsons, Charlotte Herscher, Laura Barrett, Sarah Shaw, Michael Jantze, Dennelle Catlett, Haley Miller Swan e Kellie Osborne.

No Reino Unido e na Commonwealth, a equipe da Sphere: Cath Burke, Callum Kenny, Kirsteen Astor, Laura Vile, Tom Webster e Sean Garrehy.

Obrigado, como sempre, à Equipe Bryndza: Janko, Vierka, Riky e Lola. Amo muito todos vocês e sou grato por me fazerem seguir em frente com seu amor e apoio!

O maior agradecimento vai para todos os leitores e blogueiros literários. Quando comecei, eram vocês que estavam ao meu lado, lendo e promovendo meus livros. O boca a boca é a forma mais poderosa de publicidade, e nunca vou me esquecer que meus leitores e os muitos maravilhosos blogueiros literários são as pessoas mais importantes. Ainda há muitos livros por vir, e espero que vocês continuem comigo nessa jornada!

Este livro foi composto com tipografia Electra Std e impresso
em papel Off-White 70 g/m² na Formato Artes Gráficas.